Ellen Gunderson Traylor

Noah

Der Untergang der alten Welt

Ellen Gunderson Traylor

Noah

Der Untergang der alten Welt

VIS Medien • Reprint Edition

Titel der amerikanischen Originalausgabe:
Noah
Erschienen bei Port Hole Books, Westlake, Oregon, USA

Aus dem Amerikanischen von Karl-Heinz Neumann

Umschlaggestaltung: be-sign.net, Erzhausen

Gesamtherstellung: Schönbach Druck, Erzhausen

Frühere Auflagen dieses Buches sind unter dem Titel
„Der Untergang der alten Welt" im Leuchter-Verlag, Erzhausen erschienen.
Als Nachdruck der ursprünglichen Ausgabe ist auch dieses Buch
in der damals gültigen Rechtschreibung gehalten.

Best.-Nr.; 567450
ISBN: 978-3-932994-50-0

1. Auflage der Reprint-Ausgabe

VIS Medien
Postfach 180 119 - 40568 Düsseldorf
verlag@vis-medien.de
www.vis-medien.de

Inhalt

Ein Wort an den Leser

Als man mich bat, ein Buch über Noah zu schreiben, hatte ich keine Ahnung, in welch eine Welt voller Geheimnisse und Abenteuer ich eindringen würde. Viele, die meine vorhergehenden Bücher gelesen haben, *„Der Wanderer Gottes"*, *„Der Sohn des Donners"* und *„Maria Magdalena"*, haben dankbar anerkannt, daß ich mich in meinen Forschungen und meiner Arbeit immer an die Bibel gehalten habe. Als ich nun versuchte, die Zeit Noahs näher kennenzulernen, also die Welt vor der Sintflut, betrat ich ein Gebiet, das erstaunlich und überraschend zugleich war.

Viel ist in den letzten Jahren von Wissenschaftlern darüber geschrieben worden, wie die Erde vor der großen Flut ausgesehen haben mag. Die Flut selbst wird heute wohl kaum mehr bestritten. Deshalb kommt vieles, was ich in diesem Buch beschreibe, von den Entdeckungen und Theorien der Geologen, Wasserwissenschaftler, Archäologen, Zoologen und anderen Forschern.

Doch wissenschaftliche Fragen über die Erde vor der Flut sind nur die eine Seite. Viel wichtiger für das Verständnis der menschlichen und geistlichen Geschichte sind Fragen, die mit dem Weltsystem der damaligen Zeit zusammenhängen — seinen Herrschaftsformen, Technologien und seinem Niedergang. Die Frage, die sich hierbei aufdrängt, ist: Sollen wir uns auf die wenigen Hinweise beschränken, die wir im 1. Buch Mose haben, oder sollten wir auch außerbiblische Quellen — Überlieferungen, Theorien, Spekulationen — mit heranziehen?

Es ist nur weise, wenn der Schreiber historischer Erzählungen alle nur verfügbaren Quellen benutzt, die Licht auf eine bestimmte Zeit werfen können. Ich mußte versuchen zu ergründen, wer die *Gottessöhne* aus 1. Mose 6,1 und die *Riesen* sowie die *Helden der Vorzeit* aus 1. Mose 6,4 gewesen sein könnten, über die in theologischen Kreisen schon so viel diskutiert worden ist. Meine Betrachtungsweise baut auf den Überlegungen berühmter Gelehrter, Historiker und Theologen auf, von Josephus bis Unger, und von Plato bis Albright.

Viele dieser Gelehrten glauben, daß es in jener alten Zeit hochstehende Kulturen mit sehr weit fortgeschrittener Technologie und Wissenschaft gegeben hat. Natürlich haben mich auch die Legenden von Atlantis angezogen, wie außerbiblische jüdische Traditionen und die unzähligen Berichte der verschiedenen Völker über eine große weltweite Flut, in der alles unterging. Unsere moderne westliche Zivilisation tendiert dahin, eine klare Linie zwischen den physikalischen und geistlichen Geschehnissen zu ziehen. Doch ich meine, daß dies nicht möglich ist, wenn man manche verborgenen Zusammenhänge begreifen will. Auch in der Geschichte Noahs wird dies klar.

Während ich mich mit Noah und seiner Zeit beschäftigte, kam mir manches bekannt vor, vor allem im geistigen und geistlichen Ablauf der Dinge. Ich mußte erkennen, daß sicherlich auf diesem Gebiet die Geschichte sich immer wiederholt. So sagt ja auch Jesus, daß es zur Zeit Seiner Wiederkunft sein wird wie „in den Tagen Noahs". Deshalb ist dies nicht nur eine Geschichte von Noahs Zeit, sondern auf vielerlei Weise auch von der unseren. In der Zwischenzeit, bis einmal die Arche gefunden sein wird (und ich glaube, wir werden sie finden), ist dies meine Version der Geschichte. Mag Jesus, die Arche unserer Errettung, Sie auf der Reise durch dieses Buch führen.

HIERARCHIE DER ÜBERWESEN UND IHRE TITEL

Luzifer
Herr des Lufthimmels, herrlicher Morgenstern, Herr, Engel des Lichts, Fürst dieser Welt, Lichtträger

Gefallene Engel
Überherren, Dämonen, Götter, große Wächter, Fürsten

Nephilim
Riesen, Halbgötter, Bastarde, Meteore, Giganten, Titanen, Göttersöhne

1

Riesen auf der Erde

„Denk an die Tage der Vergangenheit, lerne aus den Jahren der Geschichte! Frag deinen Vater, der wird es dir erzählen, frag die Alten, sie werden es dir sagen. Als der Höchste (den Göttern) die Völker übergab, als Er die Menschheit aufteilte, legte Er die Gebiete der Völker nach der Zahl der Götter (der beaufsichtigenden Engel) fest."

5. Mose 32,7.8

„Als sich die Menschen über die Erde hin zu vermehren begannen und ihnen Töchter geboren wurden, sahen die Gottessöhne (Engel), wie schön die Menschentöchter waren, und sie nahmen sich von ihnen Frauen, wie es ihnen gefiel."

1. Mose 6,1.2

„In jenen Tagen gab es auf der Erde die Riesen, und auch später noch, nachdem sich die Gottessöhne mit den Menschentöchtern eingelassen hatten. Das sind die Helden der Vorzeit, die berühmten Männer."

1. Mose 6,4

1. Kapitel

Nicht der geringste Windhauch hatte während dieses Vormittags das dichte Unterholz bewegt. Auch kein Tier war erschreckt aufgeflogen oder davongesprungen und hätte so den am Rand der Wiese verborgenen Beobachter verraten können. Auch an dem Teich, der in einer Senke der Wiese lag, hatte sich seit dem Morgen nichts gerührt. Doch seit einigen Minuten war es in ihm lebendig geworden; und darauf richtete der versteckte Beobachter seine Aufmerksamkeit.

Die vier Töchter Moricahns waren zum Teich gekommen, um zu baden. Was der Zuschauer sah, befriedigte ihn. Die Berichte seiner Späher hatten nicht übertrieben, eher war das Gegenteil der Fall. Die Mädchen konnten es an Schönheit mit allen aufnehmen, die jemals zu ihm in die Sonnenstadt gebracht worden waren. Die Frauen der Stadt langweilten ihn mit ihrem affektierten Wesen und der unnatürlichen, gekünstelten Aufmachung. Hier waren Mädchen in ihrer Frische und Natürlichkeit, wie sie sich der „Fürst des Lufthimmels", ihr großer Herr und Gebieter, einmal für sie gedacht hatte, seit die Menschen durch seine List aus dem Garten Eden vertrieben worden waren.

Welches der vier Mädchen sollte er für sich auswählen, überlegte er. Sie hatten alle dunkles Haar und eine olivfarbene dunkle Haut. Doch er hatte ja noch Zeit und konnte noch eine Weile zuschauen. Während er dies tat, wurde seine Aufmerksamkeit zu dem schmalen Hügelrücken gelenkt, der Moricahns Bauernhof von dem Teich trennte. Dort erschien jetzt eine andere junge Frau und näherte sich dem Wasser. Ihr Anblick nahm dem Beobachter fast den Atem. Sie war älter als die anderen. Obwohl die Tunika, die sie trug, ihr bis auf die Knöchel fiel, konnte er sehen, daß sie kein Mädchen mehr war, sondern eine Frau. Er fragte sich, wer sie war und zu welchem Menschenmann sie wohl gehören mochte.

Vorsichtig schob der Beobachter einige Zweige beiseite, um die sich nähernde junge Frau besser sehen zu können. Er mußte dabei an das denken, was er von den Frauen in diesen Bergen gehört hatte. Sie sollten so feine Sinne haben wie das Wild und auch noch das leiseste Rascheln im Laub oder das geringste Knacken eines Zweiges bemerken und würden unglaublich schnell flüchten. Er wußte nicht, was er von diesen Berichten glauben sollte, wollte aber unter keinen Umständen diese Gelegenheit durch Unachtsamkeit verderben.

Ob sie zu den anderen in das Wasser stieg, fragte er sich. Er war nicht sicher, ob er sich dann noch würde zurückhalten können. In seiner Erregung ließ er einen der Zweige los, so daß dieser zurückschnellte. Hätten die Mädchen im Wasser nicht die Neukommerin gerade in diesem Augenblick mit lautem Gelächter begrüßt, wäre er wohl entdeckt worden. Er ermahnte sich selbst, ruhig zu bleiben, und nahm sich zusammen.

Schon bald zeigte sich, daß die junge Frau nicht baden wollte, obwohl die anderen sie spielerisch vollspritzten und fröhlich aufforderten, ebenfalls in das Wasser zu kommen. „Ich bin nicht gekommen, um mit euch zu spielen, liebe Cousinen“, rief sie, „sondern soll euch zurückholen.“ Während sie dies sagte, beobachtete sie scharf den Waldrand. Ob sie etwas ahnt oder gar weiß? fragte sich das verborgene Wesen.

„Aber Vater hat doch gesagt, es sei ein sicherer Tag“, antwortete eines der Mädchen enttäuscht. „Er meinte, wir könnten bis Mittag bleiben. Sicher hat er seine Meinung nicht geändert. Oder ist etwas geschehen, Adala?“

Adala schüttelte den Kopf, während sie weiter mit großer Aufmerksamkeit in den Wald blickte. Plötzlich schien sich ihre Spannung noch zu steigern. „Schnell“, rief sie ihren Freundinnen zu, „ihr müßt sofort mit mir zurückkommen!“

Doch das schien dem Mädchen, das ihr schon vorher geantwortet hatte, nicht zu gefallen. „Dann geh doch wieder, Adala“, sagte sie und wandte sich ihren Schwestern zu. „Wir kommen jedenfalls erst, wenn Vater uns rufen läßt.“

Die anderen nickten, und alle schickten sich an, wieder ins tiefere Wasser zu schwimmen, als sich am Waldrand plötzlich die Zweige teilten. Die fünf Frauen standen wie erstarrt, aufs Höchste alarmiert. Als der Beobachter nun hervortrat, sprangen die vier aus dem Wasser, dorthin, wo Adala stand, und wo sie ihre Gewänder an einem Busch aufgehängt hatten. Doch die vier Töchter Moricahns hätten sich nicht zu fürchten brauchen, ihre ländliche Schönheit interessierte den Beobachter längst nicht mehr. Seit die fünfte Frau aufgetaucht war, hatte er nur noch Augen für sie.

Adala betrachtete das Wesen auf der anderen Uferseite voller Schrecken. Er war wirklich mehr als ein Mann. Sie erkannte es sofort. Tatsächlich hatte sie schon, als sie sich dem Wasser näherte, so etwas wie eine übermenschliche Gegenwart verspürt; deshalb war sie auch die ganze Zeit so aufmerksam gewesen.

Ihr Vater, Lamech, hatte sie extra deshalb zu Onkel Moricahn auf das Land geschickt, um sie vor einer solchen übermenschlichen Begegnung zu bewahren. Sie konnte kaum glauben, daß einer der Überherren sich aus einem solchen Grund auf eine so weite Reise von den Städten hinweg, in denen sie wohnten, begeben würde.

Ihre vier Cousinen drängten sich in ihren nassen Gewändern hinter ihrem Rücken zusammen. Immer noch lief ihnen das Wasser in Rinnsalen aus dem nassen Haar. Sie hielten sich gegenseitig umschlungen und waren vor Schreck sprachlos. Endlich flüsterte die älteste: „Kann es sein, Adala, ist das einer von ihnen?"

Adalas Mund war wie ausgetrocknet, mühsam stieß sie hervor: „Es kann gar nichts anderes sein."

Da stand er am anderen Ufer, mehr als 2,20 Meter groß, in einem roten, schimmernden Gewand, das sich leuchtend von dem grünen Hintergrund des dichten Waldes abhob. Der Stoff seiner Kleidung war nicht einfach aus Wolle oder ähnlichem, sondern aus ganz besonderem Material, an dem man das hohe technische Können der Überherren sehen konnte. Wie auch immer, der Dämon, denn ein solcher war es nach Adalas Meinung, stand bewegungslos und blickte zu ihnen herüber. Dabei versuchte er, sein wild pochendes Herz zu beruhigen.

Denn, so erstaunlich es auch klingen mag, aber auch er hatte Angst. Es war freilich eine andere Furcht als jene, von der Adala und ihre Cousinen gepackt waren — er fürchtete keine Gefahr; eher hatte er Sorge seiner eigenen Gefühle wegen, weil die Frau vor ihm so schön war. Er fürchtete, sie könnte ihn zurückweisen. Natürlich konnte sie sich nicht gegen seinen Willen auflehnen, wenn er sie für sich haben wollte. Er war stark genug, seinen Willen durchzusetzen. Auch würde sie nicht fliehen können, denn sein Himmelswagen, der leise summend auf einer kleinen Waldlichtung wartete, war natürlich viel schneller. Doch er wollte nicht, daß sie gegen ihren eigenen Willen mit ihm gehen sollte. Er wünschte sich, sie möge fühlen, wie er fühlte und seinem Charme und der Großartigkeit seiner Erscheinung verfallen, wie er schon ihrer Schönheit verfallen war.

Wie lange die beiden bewegungslos und schweigend standen und einander betrachteten, wußte hinterher keiner von ihnen mehr zu sagen. Erst als sich eine andere Stimme hinter ihr vernehmen ließ, riß sich Adala von dem sie fesselnden Blick des Wesens los. Eines der jungen Mädchen sprach aus, was alle anderen dachten: „Es ist ein Gott, Adala! Vor uns steht einer der Götter!"

Die Tochter Lamechs drehte sich um und schaute ihre Cousine mit brennenden Augen an. „Aber welch einen Charakter hat er?" erwiderte sie warnend. „Denk an unsere Schwestern, die auch betrogen wurden."

Doch es blieb keine Zeit für lange Überlegungen, denn der Überherr kam jetzt auf sie zu. Er ging einfach durch den nicht allzu tiefen kleinen See. Da, wo die Mädchen vorher schwammen, ging ihm das Wasser noch nicht bis zu den Hüften. Die vier Töchter Moricahns drängten sich noch enger aneinander und klammerten sich in atemloser Ehrfurcht an Adala. "Wie groß er ist!", flüsterte die Jüngste bewundernd. „Welch breite Schultern ... und die Muskeln seiner Arme!"

„Sei still", forderte Adala. „Denk nicht an solche Dinge."

„Aber meine Schwester sagt doch nur, was sie sieht", wurde sie von der Ältesten verteidigt. „Ich habe in unserem Tal noch keinen großartigeren Mann gesehen."

Obwohl sich Adala über die Worte ärgerte, mußte sie sich eingestehen, daß sie innerlich mit den gleichen Gefühlen zu kämpfen hatte. Das Wesen war wie die Sonne selbst aus dem dunklen Urwald herausgetreten und erschien ihr großartig und herrlich zu sein. Als er jetzt näher kam, konnte sie auch Einzelheiten seiner prachtvollen Kleidung erkennen. *Aber die Schlange im Paradies war auch schön,* sagte sie zu sich selbst. *Luzifer war der herrliche Morgenstern.*

„Adala . . ."

Seine Stimme erschreckte sie. *Woher wußte er ihren Namen? Und warum sprach er gerade sie an?* Doch dann fiel ihr ein, daß er sicherlich gehört hatte, wie ihre Cousinen sie riefen. Auch er konnte wohl nicht in ihren Gedanken oder in ihrer Seele lesen, obwohl sie fürchtete, daß es ihm doch möglich sein könnte. Leise flüsterte sie den Mädchen zu: „Luzifer war der helle und schöne Morgenstern. Denkt an unsere Stammutter Eva und alle unsere Schwestern, die von ihm betrogen wurden . . ." Doch was war das für ein Ausdruck in seinen dunklen Augen? Er blickte fast verlegen wie ein Junge. Und die scheue bittende Bewegung seiner Hand? Man hatte ihr erzählt, die großen Wächter würden die Menschenfrauen, die ihnen gefielen, mit Gewalt nehmen. Aber das sah gar nicht gewaltsam aus.

Die Tochter Lamechs wich einige Schritte zurück und wandte ihren Kopf zur Seite, dabei versuchte sie sich an die warnenden Worte ihres Vaters zu erinnern. Doch ihre Sinne waren erfüllt von der glänzenden Erscheinung dieses Fürsten; und sogar, als sie jetzt ihre Augen schloß, sah sie sein dunkles, lockiges Haar und seine kraftvolle Männlichkeit vor sich. „Nein, das ist nicht gut . . ." flüsterte sie.

Doch da war er auch schon neben ihr. „Adala", fragte er, „wessen Frau bist du?" Die Stimme war freundlich und einschmeichelnd und brach ihr Herz.

Sie öffnete die Augen und blickte zu ihm hinauf. Er hätte sie erschrecken und mit seiner Kraft überwältigen können, doch es war ihr, als könne sie Liebe in seinem Blick erkennen. „Ich bin verlobt, mein Herr", antwortete sie scheu.

„Hat unser Herr dir das mitgeteilt?“ forschte er.

Adala bebte. „Mein Vater hat es mir gesagt.“

„Wessen Frau bist du, Adala?“ fragte er nochmals.

„Keines Mannes Frau, mein Herr“, flüsterte sie.

Der Fürst griff nach ihrer Hand, die sie ihm willig überließ. Sie war völlig eingenommen und überwältigt von der Großartigkeit dieses Mannes und folgte ihm jetzt bereitwillig, ohne noch einmal auf ihre Cousinen zu blicken.

Auf den Lippen des Wesens lag ein Lächeln, als er sie wegführte. All seine Gefährten mußten ihn beneiden, denn er hatte das Herz einer Frau gewonnen, nicht nur ihren Körper.

2. Kapitel

Es war für Moricahn eine Reise von fünf Tagen von seinem weit auf dem Lande gelegenen Bauernhof zu der fleißigen Ortschaft Lamechs, die berühmt war für ihre Weißeichen und ihre steinharten Zedern. Doch die Entfernung schmolz für Lamechs Bruder zu schnell zusammen. War er doch gebeten worden, der Tochter seines Bruders, Adala, einen sicheren Aufenthaltsort auf seinem entlegenen Bauernhof zu bieten, bis ihr Verlobter von Cronos eintreffen würde und die Hochzeit stattfinden sollte. Nun mußte er Lamech die traurige Botschaft von der Entführung seiner Tochter bringen, mußte ihm erklären, daß einer der Überherren sich die ungewöhnliche Mühe gemacht hatte, im Hinterland nach einer Frau zu suchen. Und außerdem hatte er das Unvorstellbare getan — er hatte ein verlobtes Mädchen verführt, ohne an ihre Familie oder an die Tradition zu denken.

Moricahn hatte es vorgezogen, keinen seiner Knechte mitzunehmen, sondern allein auf die lange Reise zu gehen. Er wollte nicht, daß andere unterwegs seinen Kummer zu sehr sahen. Außerdem hoffte er, mit seinen Gedanken während der Reise allein gelassen, eine Erklärung für seinen Bruder Lamech zu finden, die nicht zu bitter klingen würde.

Doch nun war er nur noch wenige Stunden von Lamechs Ortschaft entfernt. Die Reise war nicht schwierig, denn die Straße durch die Berge stieg nur sanft an, genauso wie die Wasserläufe daneben nur ein sanftes Gefälle hatten. Die Hügel waren nicht schwer zu bewältigen, mit Ausnahme dort, wo sie der besonderen Schönheit wegen steil abfallende Hänge hatten, die extra so geschaffen waren. Die Erdoberfläche war noch nicht von Katastrophen heimgesucht und von Ausbrüchen und Umwälzungen geformt worden, sondern durch den Willen des großen Schöpfers, so daß fast alle Schroffheit und Unzugänglichkeit fehlte.

Als Moricahn jetzt zu dem feuchten Weiß des tiefhängenden Himmels hinaufschaute, sah er hinter dem weißen Schleier auch die Große Goldscheibe, die alles Leben auf der Erde bestimmte. Aufmerksam betrachtete er ihren Stand und erkannte daran, daß bald die Kühle des Abends hereinbrechen würde. Er fragte sich, wie sein Bruder die Gottheit der Großen Goldscheibe infrage stellen konnte. Es war doch klar zu erkennen, daß sie die große Kraft war, von der alle irdische Existenz abhing und die sicherlich auch alles Leben geschaffen hatte. Es war also nur vernünftig, dies zu glauben.

Doch über diesen Punkt hatte er schon zu oft mit seinem hartnäckigen Bruder diskutiert. Dieses Mal, das hatte er sich fest vorgenommen, würde er es nicht tun. Die Nachricht, die er brachte, würde seinen Bruder tief bekümmern, und er würde seine Trauer respektieren und ihm helfen bei allem, was Lamech vielleicht zu unternehmen gedachte, um seine Tochter zu finden.

Moricahn fiel es schwer, die Welt ohne philosophische Gedanken zu betrachten. Es war ihm nicht gegeben, die Dinge auch einfach zu sehen. Sogar jetzt, als er den schweren Umhang über die Schultern zog, um sich für den bald fallenden starken Tau vorzubereiten, betrachtete er die glatte Straße vor sich und bewunderte ihre großartige Konstruktion. Wie viele Generationen zurück mochte sie schon angelegt worden sein? Und doch waren kaum Unterhaltungsarbeiten nötig. Die Ritzen zwischen den Steinen waren so fein, daß man kaum die Klinge eines Messers dazwischen brachte. Nur wo es rechts und links der Straße Wald gab, war es von Zeit zu Zeit nötig, ihn zurückzuschneiden, damit er nicht die Straße überwucherte. Und das Wunder der Straßen war nur eines der vielen Geschenke, die sie durch die Überherren erhalten hatten.

Doch für die Zwiespältigkeit dieser großartigen Wächter, denen die Angelegenheiten der Erde anvertraut waren, schien es keine Erklärung zu geben. Einerseits waren sie klug und wandten ihr Wissen großzügig für die Menschen der Erde an. Sie hielten streng Ordnung und Gesetz aufrecht, bestraften Kriminalität und belohnten gute Leistungen. Andererseits benutzten sie ihre Macht manchmal zu Grausamkeiten und waren stolz und überheblich. Diese Zwiespältigkeit ihres Benehmens verunsicherte immer wieder ihre Untertanen, die Menschen — die Söhne Adams. Denn nicht nur ihr Wesen war unberechenbar, sondern die Bewohner der verschiedenen Reiche waren feurige Anhänger ihres jeweiligen Herrn und Fürsten und überzeugt davon, ihr Fürst sei der größte und bewundernswerteste von allen und verdiene die meiste Ehrfurcht und Anbetung. Das heißt, fast alle Menschen waren so, mit Ausnahme der von der wunderlichen Sorte, von denen Lamech, sein eigener Bruder, einer war. Männer wie Lamech wollten sich nicht in die allgemein herrschende Ansicht fügen. Sie nahmen für sich eine Wahrheit in Anspruch, die angeblich höher und älter war als die Weisheit der Götter.

Nachdenklich schüttelte der Wanderer den Kopf. Gut, er sah ein, daß die Überherren die Welt nicht geschaffen hatten, sondern daß es ihnen irgendwie gelungen war, die schon vorhandene Erde unter ihre Herrschaft zu bringen. Doch er konnte nicht so weit gehen wie Lamech und ihr Vater Ischna, die behaupteten, die Beherrscher des Planeten seien im Kern ihres Wesens böse; noch konnte er sich vorstellen, daß die Götter korrupt und verdorben waren.

Obwohl er solche Überlegungen weit von sich wies, beunruhigte ihn schon der Gedanke daran; und zwar so sehr, daß er es schon in jungen Jahren vorgezogen hatte, lieber das Elternhaus zu verlassen, als sich täglich diese Ansichten seines Vaters und seines älteren Bruders anhören zu müssen. Das einfache Leben würde ihn vor solchen Gedanken bewahren, hatte er sich gesagt. Deshalb hatte er die Bequemlichkeiten der Ortschaft verlassen und hatte das einfache Landleben eines Bauern vorgezogen. Und obwohl er sich manchmal gewünscht hatte, die Arbeit eines Bauern wäre leichter und es würde schon bessere Werkzeuge und Maschinen dafür geben, wie sie den Leuten in den Städten für ihre Aufgaben zur Verfügung standen, hatte er doch ein gewisses Maß an Ruhe und Frieden in seinem abgelegenen Tal gefunden und war nicht so in die Meinungsverschiedenheiten der anderen hineingezogen worden.

Doch nun war der Entführer in seine ruhigen Ländereien eingebrochen und hatte Moricahns Lieblingsnichte verführt. Damit hatte er nicht nur sein Herz sehr verletzt, sondern auch Moricahns Überzeugungen sehr erschüttert. Gewiß, die Überherren hatten das Recht, zu gehen wohin sie wollten. Ein Fürst konnte zu jeder Zeit die Ländereien seiner Untertanen betreten, ohne vorher um Erlaubnis zu fragen. Doch der Überherr hatte ein junges Mädchen entführt, das einem anderen Mann versprochen war und das man Moricahns Obhut anvertraut hatte. Dadurch war auch ihm Unrecht geschehen; und das hatte ihn empört. Er war dadurch ganz persönlich vor die Fragen gestellt worden, vor denen er als junger Mann davongelaufen war. Vor die Fragen um Gut und Böse, und wem man glauben konnte und worauf man vertrauen durfte. Außerdem zwangen ihn diese Ereignisse zurück in die Welt der anderen Menschen, denn vor ihm, nur noch durch eine Biegung der Straße verborgen, lag das Schildkrötental – das letzte Stück unberührte Natur vor Lamechs Ortschaft.

Als Moricahn das Schildkrötental erreichte, wurde er, wie auch früher stets, von einem Gefühl der Ehrfurcht ergriffen. Er kannte keinen anderen Platz auf der Erde, an dem so viele verschiedene Lebewesen beieinander wohnten. Gewiß, der Fürst von Sonnenstadt bemühte sich, in seinen Tiergärten nach Möglichkeit alle Tiere, die es auf Erden gab, zu halten, doch dies war etwas ganz anderes, als wenn die Tiere in Freiheit beieinander lebten, wie hier.

Hier, am Eingang zum Schildkrötental, beschrieb die Straße auch die letzte große Kehre, um einen steilen Hang zu bewältigen. Die steil abfallenden Berge gingen nun in sanftere Hügel und dann in ebenes Land über, so daß auch für die Straße keine so großen Kehren mehr nötig waren. Moricahn setzte sich am Rand der Straße nieder, legte seine Reisetasche neben sich und nahm einen großen Schluck aus der Wasserflasche. Als er von hier in das Schildkrötental hinabblickte, dachte er: „Das Paradies muß ähnlich gewesen sein."

Natürlich gab es auf der Erde noch viele so unberührte Gebiete wie hier, in denen eine solche Vielzahl von Tieren in verhältnismäßiger Harmonie nebeneinander lebten. Und obwohl auch solche Gebiete nicht frei waren von Raubtieren, ernährten sich diese doch in erster Linie von den alten und kranken Tieren der anderen Arten und sorgten so dafür, daß der natürliche Ausgleich erhalten blieb und keine Art zu zahlreich wurde.

Lächelnd beobachtete Moricahn den großen Strauß, der mit seinen Jungen ganz nahe an der Höhle des riesigen Bären vorüberlief, der im Tal unbestritten der Herr war. Er erinnerte sich, das riesige Tier als Junge einmal gesehen zu haben. An einem Frühlingsmorgen, als er mit seinem Bruder in das Tal gekommen war, um an dem kleinen See zu angeln, war der gewaltige Bär am anderen Ufer des Sees erschienen. Er hatte damals selbst gesehen, daß dieses ungeheure Tier mindestens dreimal so groß war wie ein Mensch. Und obwohl sie keinen Grund hatten, einen Angriff von dem Bären zu erwarten, war er doch froh gewesen, daß der kleine See zwischen ihnen lag.

Moricahn hing den freundlichen Erinnerungen seiner Jugendtage nach, die er mit seinem Bruder verbracht hatte. Lamech war der älteste Sohn der Familie, doch er hatte sich immer sehr um seinen jüngeren Bruder gekümmert. Die Tage, die sie oft miteinander verbracht hatten, waren für Moricahn kostbare Erinnerungen.

Aufmerksam betrachtete er die winzige Insel inmitten des kleinen Sees. Selbst von hier aus konnte er die in der Sonne glitzernden Rücken der großen Schildkröten erkennen, deren mächtige Panzer einen Durchmesser bis zu 3,5 Metern haben konnten. Er dachte daran, wie Lamech einmal zwischen ihnen geschwommen war und dann einem dieser geduldigen Tiere auf den gepanzerten Rücken kletterte. Von dort aus hatte er Moricahn stolz zugewinkt. Der mutige Junge war damals selbst erst elf Jahre alt gewesen, doch in den Augen seines jüngeren Bruders war er an jenem Tag zu einem Mann geworden.

„Das ist meine Erde", hatte Lamech gerufen, während er sich bemühte, auf dem Schildkrötenrücken das Gleichgewicht zu halten, „und dies ist mein Meer!" Dabei hatte er stolz über den kleinen See geblickt. Er hatte auch steile Berge bezwungen und hatte sich vor den dunklen und wilden Gebirgswäldern nicht gefürchtet. Die Bewunderung seines jüngeren Bruders war ihm immer geblieben.

„Und nun habe ich ihn so enttäuscht", dachte Moricahn. Adala war Lamechs größte Freude — und nun war sie fort, entführt von einem Überherrn. Es war Moricahns Pflicht gewesen, über Adala zu wachen. Sein Bruder hatte ihm seine Lieblingstochter anvertraut — und er hatte sie verloren. Wie sollte er seinem Bruder jetzt unter die Augen treten?

3. Kapitel

Lamechs Haus lag am entgegengesetzten Ende der Ortschaft, die seinen Namen trug. Ein wenig am Berghang gelegen, hatte man von da aus einen schönen Blick auf die kleine mauerlose Stadt. Das aus gekalkten Steinen erbaute stattliche Anwesen hob sich leuchtend weiß von dem grünen Hintergrund des Hügels ab. Moricahn und sein Bruder waren in einem wesentlich bescheideneren Haus weiter draußen im Lande, in der Nähe des Schildkrötentales aufgewachsen. Doch Lamech hatte schon in seinen jungen Jahren davon geträumt, aus diesem Hügelland ein Vermögen zu machen. Nachdem es ihm nicht gelungen war Erz zu finden, hatte er sich dem Material zugewandt, das in schier unerschöpflicher Fülle hier wuchs. Er verdiente sein Geld mit dem Holz der Bäume.

Lamech hatte auf die Heirat und Familie verzichtet, bis sein Geschäft gut fundiert war. Begonnen hatte er mit einer Säge. Mittlerweile war daraus das größte Holzgeschäft in den küstennahen Hügelländern geworden. Er beschäftigte nunmehr 312 Arbeiter und hatte nicht nur für sich Erfolg gehabt, sondern auch Wohlstand zu der Ortschaft gebracht, die heute seinen Namen trug. Das Zeder- und Eichenholz aus Lamechstadt war weltweit ein gefragter Artikel, und ein ganzer Zweig seiner Firma beschäftigte sich nur mit dem Export.

Aber vor allem ein Produkt hatte ihm einen so guten Ruf eingebracht. Es war ihm gelungen, ein neues besonderes Sägeblatt zu entwickeln und damit große Mengen Bauholz von Goferbäumen herzustellen. Mit den bisher üblichen Sägeblättern hatte man dieses ungewöhnlich zähe und harte Holz nicht erfolgreich bearbeiten können. Obwohl diese Holzart nicht so schwer war und deshalb ausgezeichnete Schwimmfähigkeit hatte, blieb es doch dem Wasser gegenüber, seines hohen natürlichen Harzgehaltes wegen, nahezu undurchdringlich. Dieses Holzes wegen hatte Lamech auch vor allem bei den Schiffbauern einen besonders guten Ruf, der bis in das Land Nod reichte, das auf der anderen Seite des riesigen Kontinents lag.

Als Moricahn nur noch wenige Schritte vom Eingang des Hauses entfernt war, blickte er nochmals auf die kleine Stadt zurück. *„Kein Wunder, daß es Lamech in diesem friedlichen und wohlhabenden Städtchen gefällt"*, überlegte er. Und es war auch nicht verwunderlich, daß die Stadt seinen Namen angenommen hatte; verdankte sie ihren Wohlstand doch hauptsächlich Lamechs Unternehmungsgeist. Hätte sich Moricahn an die Betriebsamkeit und das rege Geschäftsleben gewöhnen können, wäre er vielleicht auch nach hier gekommen. Doch so zog er das bescheidenere Leben in der Ruhe und Beschaulichkeit eines Bauernhofes draußen in der Einsamkeit vor.

Erst als sein Neffe Jaseth ihn ansprach, wurde er aus seinen Gedanken gerissen. „Ich sagte: sei willkommen, Onkel", wiederholte Jaseth.

„Ach, Jaseth, du bist es", lächelte Moricahn. „Vergib mir meine Unaufmerksamkeit. Ich dachte, du seist der Torhüter."

„Und du bist eine unerwartete Überraschung“, lachte der junge Mann. „Vater wird sich sehr freuen, weil du uns besuchen kommst.“

Jaseth war der jüngere von Lamechs beiden Söhnen. Er hatte sich immer besser mit seinem Onkel Moricahn verstanden als sein Bruder, denn er teilte mehr dessen Weltanschauung. Und obwohl sein Vater sich darüber ärgerte, hatte der Junge doch Freude an den kritischen und zweifelnden Fragen seines Onkels.

Moricahn ahnte, daß sich der junge Mann Gedanken über den Zweck seines überraschenden Besuchs machte. Doch er beschloß, die böse Neuigkeit zuerst seinem Bruder mitzuteilen. „Also ist dein Vater daheim?“ fragte er, während er mit Jaseth das Haus betrat.

„Ja“, nickte dieser. „Er ist heute nicht in das Sägewerk gegangen, sondern beschäftigt sich gemeinsam mit meinem Bruder mit den Abrechnungen.“

„Sehr schön“, lächelte der Onkel und versuchte freundlich zu sein, obwohl er innerlich so unter Spannung stand.

„Ich werde ihnen sagen, daß du hier bist“, bot Jaseth an, der sich über Moricahns Steifheit wunderte. „Setz dich einstweilen, Onkel.“

Moricahn, der die prächtigen Möbel betrachtete und dann seine Kleidung, die von der fünftägigen Reise schmutzig und staubig war, schüttelte den Kopf. „Ich werde lieber hier warten, bis ich mich ein wenig säubern konnte“, meinte er.

„Wie du willst“, antwortete Jaseth freundlich und wandte sich zum Gehen.

Moricahn zögerte einen Augenblick und rief dann: „Jaseth!“ Als dieser sich ihm wieder zuwandte, sagte er leise: „Bitte, bring Noah nicht mit. Ich möchte im Augenblick nur meinen Bruder sprechen.“

Lamech stand auf der Terrasse seines Hauses und beobachtete den Verkehr unten in der Ortschaft. Die Fröhlichkeit, mit der er seinen Bruder begrüßt hatte, war verschwunden. Ärger und Verzweiflung hatten ihn gepackt. Nach Moricahns Bericht hatte er ihn im ersten Augenblick vor Zorn über das Geländer der Terrasse werfen wollen. Doch dieser Impuls war aus seiner alten Natur gekommen, und er hatte schon lange gelernt, den Charakterzug des „wilden Mannes" in seinem Wesen, den sein Vater vorausgesehen hatte, als er ihm seinen Namen gab, zu unterdrücken. „Er soll ‚Lamech' heißen", hatte Methusalem bei seiner Geburt erklärt, „denn er wird ein Wesen haben wie das wilde Pferd, das die Ebenen beherrscht, und wie der starrköpfige Bulle, der durch die Täler tobt. Und seine Aufgabe wird es sein, zuerst sich selbst beherrschen zu lernen, ehe er etwas anderes beherrschen kann."

Wie wahr war diese Prophezeiung geworden. Moricahn ahnte nicht, welchen Kampf sein Bruder mit seiner wilden Natur ausgefochten hatte. Und auch heute noch brach sie manchmal durch. Lamech blickte über die Hügel hinweg, in die sein jüngerer Bruder schon vor vielen Jahren aufgebrochen war. Er wußte, daß es seine eigene, alles beherrschende Natur gewesen war, die Moricahn davongetrieben hatte. Der Jüngere hatte dies nie ganz erkannt. Seine Bewunderung für Lamech hatte ihn daran gehindert, den Bruder zu beschuldigen. Doch der Ältere hatte innerlich gewußt, daß er es mit seiner beherrschenden Natur für Moricahn unmöglich machte, daheim zu bleiben. Doch Moricahn war blind gewesen für die Fehler seines Bruders, er hatte immer nur dessen Erfolge gesehen.

Doch die Worte des Vaters hatten sich als wahr erwiesen. Lamech hatte lernen müssen, zuerst seine wilde Natur zu beherrschen, ehe er fähig gewesen war, das Leben zu meistern. Und gerade jetzt, als er im ersten Zorn über seinen Bruder herfallen wollte, wurde er dadurch wieder an die Schwächen seines Charakters erinnert. „Mein Zorn sollte sich vielmehr gegen die Überherren richten", murmelte er nun, als es ihm gelungen war, sich selbst wieder unter Kontrolle zu bringen.

„Wie meinst du das?" fragte Moricahn und trat an seine Seite.

Lamech hatte seine Gedanken gar nicht laut aussprechen wollen. Nun blickte er seinen Bruder bekümmert an. „Die Überherren sind es", stieß er mit geballten Fäusten hervor, „die sich an Adala vergangen haben. Bruder, verzeih mir meine Bitterkeit gegen dich."

Moricahn war sich neben Lamech immer klein vorgekommen, obwohl die beiden als Erwachsene in der Größe fast gleich waren. Bekümmert blickte er seinen Bruder an, den er so sehr bewunderte. „Nein, Lamech, ich habe versagt, und ich werde mir das nie vergeben. Außerdem kannst du nicht hoffen, gegen einen Überherrn etwas zu erreichen." Nach einem Augenblick des Schweigens, währenddem beide nachdenklich auf die Ortschaft hinunterblickten, fuhr er fort: „Als du Adala zu meinem Bauernhof brachtest, hast du mir doch gesagt, Obed, der Sethiter, würde in dieser Woche hier eintreffen?"

„Der Verlobte meiner Tochter . . ."

„Genau er", fiel Moricahn eifrig ein.

„Nach seiner Ankunft sollten die beiden heiraten", flüsterte Lamech traurig.

„Richtig", fuhr Moricahn fort. „Ich denke deshalb, wir sollten auf ihn warten und ihm alle Hilfe gewähren, die uns möglich ist."

„Hilfe?" murmelte Lamech. „Was glaubst du, könnte ich ihm erzählen, wenn ich nicht einmal den geringsten Versuch gemacht hätte, seine Verlobte, meine eigene Tochter, selbst zu finden?"

Die Erwähnung Obeds lenkten die Gedanken des Älteren in eine andere Richtung. „Er ist ein Sethiter, Moricahn. Obed ist einer von uns — aus dem Geschlecht Seths. Kannst du dir denken, wie schwer es war, für Adala einen Sethiter zu finden? Und nicht nur irgendeinen Sethiter, sondern einen, dessen Familie ihre Abstammung und die alten Überlieferungen rein bewahrt hat!"

Moricahn ahnte, jetzt würde eine Predigt kommen. Innerlich seufzend hoffte er, sie würde nur kurz ausfallen.

„Die Söhne Seths wissen, daß die Tage der Überherren gezählt sind und bald zu Ende gehen", begann Lamech, wobei er weniger zu Moricahn, als mehr zum Himmel hinauf zu reden schien. „Unser Vater Adam prophezeite, daß die Welt einmal durch die Macht des Feuers aber ebenso ein anderes Mal durch die Gewalt des Wassers zerstört werden wird", rief er jetzt und hob dabei in heiligem Eifer seine Arme empor.

Moricahn fand, es sei jetzt nicht die Zeit, über diese alten Geschichten zu reden und zupfte ihn freundlich am Ärmel, um ihn zu ihrem vorigen Thema zurückzubringen. „Bruder", sagte er ruhig, „ich weiß das alles, denn ich habe es ja schon oft genug gehört."

"Natürlich", rief Lamech, „doch es kann keinem von uns schaden, es von neuem zu hören!"

„Na ja, vielleicht; aber ..."

„Nicht ‚vielleicht'! Denn sogar Henoch ..."

„... der siebente Patriarch von Adam an ...", unterbrach Moricahn und nahm die Geschichte auf, die er von seinen Eltern so oft gehört hatte.

„Ja!" brach es aus Lamech heraus. Seine Augen brannten im Eifer, und man sah ihm den „wilden Mann" richtig an. „Schon Henoch, der Siebente von Adam, prophezeite davon und sagte: ‚Wehe ihnen! Sie sind den Weg Kains gegangen. Seht, der Herr kommt mit Seinen heiligen Zehntausenden, um über alle Gericht zu halten und alle Gottlosen zu bestrafen wegen all ihrer gottlosen Taten, die sie verübt haben, und wegen all der frechen Reden, die die gottlosen Sünder gegen Ihn geführt haben.‘“

Bei diesen Worten der Überlieferung, die er wiederholte, strahlte Lamechs Gesicht vor Triumph und sein Atem ging schwer. Moricahn, der sich vorgenommen hatte, sich bei diesem Besuch in keine Diskussion einzulassen, beherrschte sich, als er sah, wie seinen Bruder wieder dieser heilige Eifer packte. „Du hast so recht, Bruder“, sagte er so ruhig wie möglich. „Aber was hat das mit unserem augenblicklichen Problem zu tun?“

Lamech antwortete nicht sofort, weil er noch so ergriffen war von dem, wovon sie gerade gesprochen hatten. Er bemühte sich sichtlich, wieder ruhig zu werden. Doch in der eingetretenen Stille meldete sich plötzlich eine andere Stimme: „Adala ist meine Schwester, und Obed mein engster Freund.“ Es war Lamechs älterer Sohn, der diese Worte sagte. Er stand im Schatten des Ganges, der zum Nebenraum führte und hatte die ganze Unterhaltung mit angehört.

„Noah“, rief Lamech, „also weißt du schon alles?“

„Ja, Vater“, antwortete der junge Mann und trat zu den beiden anderen auf die Terrasse.

Seine Erscheinung war beeindruckend. Mehr als 1,90 Meter groß, war er mit seiner olivfarbenen Haut, dem dunklen Haar und kräftigen Bart in vielem das Ebenbild seines Vaters, als dieser noch jünger gewesen war, während die hellere Haut und auch das hellere Haar von Jaseth eher an Lamechs Frau erinnerten.

Moricahn trat zu ihm und umarmte ihn warm. „Neffe, ich wollte nicht, daß du es jetzt schon erfährst.“

„Das hat mir Jaseth schon gesagt“, antwortete Noah ein wenig verärgert. „Wann hätte ich es denn erfahren sollen?“ Er beruhigte sich ein wenig, während er seinerseits Moricahn fest in die Arme schloß, und fuhr fort: „Guter Onkel, es tut mir leid, daß diese böse Sache ausgerechnet bei dir geschah."

Aufmerksam blickte er Moricahn an und wunderte sich über dessen gesunden Gesichtsausdruck. Er wußte, daß sein Onkel schon 670 Jahre alt war, doch es gab erst sehr wenige Falten in seinem Antlitz. Nur die feinen Silberfäden in Haar und Bart wiesen auf sein respektables Alter hin. Er entließ Moricahn aus seiner Umarmung und wandte sich seinem Vater zu:

„Ich bin es, der sich darum kümmern wird, was getan werden kann", erklärte er. „Da Obed sich sicherlich schon auf dem Weg nach hier befindet, werde ich ihm zwischen hier und der Küste begegnen, wenn ich mich schnellstens auf den Weg mache. Gemeinsam werden wir dann Adala suchen und sicherlich auch finden."

„Aber du kannst doch nicht allein gehen", wandte Lamech ein.

Noah überlegte die nächsten Worte sorgfältig, da er seinen Vater nicht mit dem Hinweis auf dessen Alter und auf seine eigene Jugend und Kraft im Blick auf die bevorstehende anstrengende Reise verärgern wollte. „Aber es ist besser so", sagte er in überredendem Ton. „Erstens wirst du hier im Sägewerk gebraucht, denn ohne dich läuft es nicht richtig, und zweitens werde ich, wenn ich Obed unterwegs treffe, ja nicht allein sein. Ich werde so schnell wie möglich zurückkehren", versprach er, „und bitte euch, für mich zu beten."

4. Kapitel

Das Gelände von der kleinen Bergstadt an bis hinunter zum Meer wurde nach und nach immer ebener. Nachdem Noah etwa einen Tag unterwegs war, stieß er auf eine kurvenreiche, manchmal sogar etwas gefährliche Straße. Es war nicht dieselbe, auf der Moricahn nach Lamechstadt gekommen war, denn diese lief quer durch das westliche Bergland und kam erst beim Schildkrötental ein Stück in ebeneres Gebiet.

Da der Weg von Moricahns Hof oft über Steilhänge und Pässe führte, war er gezwungen gewesen, die Reise zu Fuß zu machen. Noah hatte es da besser. Er konnte ein Pferd nehmen und reiten, da der größte Teil seines Weges auf einer von den Überherren gebauten glatten Straße verlief. Deshalb konnte er in zwei Tagen auch eine größere Strecke zurücklegen als sein Onkel in fünf.

Bis jetzt war er noch nicht vielen Reisenden begegnet. Die Bewohner der Berge kamen selten in die Küstenstädte, und dem Stadtvolk waren Reisen in das rauhe und meist unerschlossene Hinterland gewöhnlich zu beschwerlich. Um so mehr überraschte es, daß einer der Überherren sich die Mühe gemacht hatte, so weit in das Hinterland zu gehen, um sich eine Frau zu beschaffen. „Eine Frau", dachte Noah und lächelte verächtlich. „Es ist wahrhaftig etwas sehr Falsches, wenn ein Sohn der Götter eine Menschenfrau heiratet; noch dazu eine, die bereits verlobt ist."

Seine dunklen Augen blitzten ärgerlich, als er darüber nachdachte und sich seine schöne Schwester in den Armen eines ... eines gefallenen Monsters vorstellte. Unbewußt preßte er in seiner Erregung die Absätze seiner Stiefel in die Flanken des Pferdes, so daß dieses wie von der Sehne geschossen losgaloppierte. „Mein Freund", rief er in den vorüberstreichenden Wind, „Obed, wo bist du?"

Aufmerksam beobachtete er die Straße vor sich und suchte an jedem möglichen Rastplatz, der unterwegs auftauchte. Sein Herz war voller Zorn, wenn er daran dachte, was sein Freund empfinden mußte, wenn er die traurige Geschichte hörte und daran dachte, daß Adala, seine Verlobte, berührt worden war, ja gelegen hatte ... bei einem solchen Wesen. Denn dies würde in der Zwischenzeit sicher geschehen sein. Selbst wenn sie gegen ihren Willen entführt worden war, wäre sie mittlerweile gewiß entehrt und geschändet.

Noah knirschte mit den Zähnen, als er sich das vorstellte. „Ist es gegen deinen Willen geschehen, Adala", schrie er, „oder hast du dich von diesem Monster leichtfertig betrügen und verführen lassen?" Wild schlug er mit der Peitsche gegen die Flanken des Pferdes und kämpfte mit den Bildern seiner Phantasie. Tränen traten in seine Augen. Er biß sich auf die Zunge und rief: „Nein, meine Schwester nicht ... ganz gewiß nicht!" Doch der Zweifel blieb — nicht, weil er seine Schwester für so schwach hielt, sondern weil er wußte, wie mächtig die Überherren waren.

In seinem Zorn hatte er alles andere um sich herum vergessen und sein Pferd bis zur Erschöpfung angetrieben. Erst als das Tier unter ihm jetzt strauchelte und ihn fast abgeworfen hätte, wurde ihm das bewußt. „Langsam!" rief er und klopfte leicht die Mähne des Pferdes, bis es in Trab und endlich in Schritt fiel. „Ich bin es, der von bösen Gedanken getrieben wird", sagte er atemlos, „doch ich habe meinen Zorn unbewußt an dir ausgelassen."

Noah lenkte die Stute an den Straßenrand und stieg ab. Der Gurt des Sattels hatte sich bei dem wilden Ritt gelockert, so daß der Sattel auf dem Rücken des Tieres scheuerte. Das Fell des Pferdes war schweißnaß. Noah nahm eine Decke und rieb das Tier ab. „Ich bin nicht besser als jene Verrückten, die mit deinen Artgenossen Experimente anstellen", sagte er entschuldigend. „Vergib mir, mein Freund."

Er kniete nieder und untersuchte Knie und Hufe des Pferdes. „Na, es scheint alles noch in Ordnung zu sein", meinte er, während er die Fesseln der Stute massierte. „Du hast wenigstens schöne lange Beine und stehst auf Hufen statt auf Zehen."

Das Tier stieß ihn mit seiner weichen Nase an, dann warf es den Kopf zurück und wieherte laut. Noah war, als würde es lachen.

Ehe Noah Obed begegnete, hatte sich die Vegetation schon stark verändert. Aus den großen dunklen Bergwäldern mit den riesigen Bäumen war lichteres Wachstum geworden. Hier, in den niedrigen Hügeln vor dem direkten Küstenland, gab es schon viele vereinzelt oder auch als Gruppen stehende Büsche, und dazwischen kleine Wäldchen von Bäumen.

Der Bräutigam hatte seine Reise einen Tag vor Lamechs Sohn begonnen, war aber auch erst hier, da er in dem belebten Küstenland nicht so schnell reiten konnte. Auch Noah hatte im Laufe dieses Tages schon bemerkt, daß der Verkehr hier stark zugenommen hatte. Deshalb ging es auch bei ihm nicht mehr so schnell, weil er nun die vielen Reisenden, die ihm einzeln oder in Gruppen entgegenkamen, viel sorgfältiger betrachten mußte, um Obed nicht zu verpassen.

Die leise summenden Fahrzeuge, die ihm jetzt ab und zu entgegenkamen oder ihn überholten, beachtete er einfach nicht. Es gab davon nur wenige hier draußen, da die Stadtbewohner diese Art Transportmittel gewöhnlich nur in den Städten verwendeten und für weitere Reisen die Himmelswagen bevorzugten. Obed, das wußte Noah von seinem Freund, bediente sich, wie er selbst, lieber des Pferdes.

Als die beiden Männer sich begegneten, hätte ein zufälliger Beobachter an ihnen kaum etwas Gemeinsames wahrnehmen können. Noah trug die einfache und strapazierfähige Kleidung der Bergbewohner, während Obed klar als Stadtbewohner zu erkennen war. Er trug reich bestickte Festkleidung, wie sie zu dem Ereignis seiner bevorstehenden Hochzeit sicherlich paßte. Während Noah von dem wilden Ritt sehr staubig war und sein starkes dunkles Haar ihm wirr ums Gesicht hing, auch sein Bart war zerzaust, hatte Obed darauf geachtet, seine Kleidung und sich selbst so sehr wie möglich zu schonen. Der blonde, saubere und sorgfältig gekleidete Obed und der verschmutzte und wild aussehende Noah schienen wirklich nicht zueinander zu passen. Doch in Obeds Äußerem konnte man sich täuschen, denn beide Freunde waren harte, die freie Natur liebende Männer. Obwohl der eine ein Großstadtbewohner war und der andere sein Zuhause in eher ländlicher Umgebung hatte, waren sie sich in vielem ähnlich.

„Hallo, Obed!" rief Noah, als er seinen Freund erblickte, „du hast dich ja großartig herausgeputzt." Dabei schlug er ihm freundschaftlich auf die Schulter.

„Noah?" erwiderte Obed erstaunt. „Du hier? Aber warum . . .?" Er war sichtlich überrascht.

„Ich werde es dir erklären", fiel Noah ein. „Wo ist der nächstgelegene Rastplatz?"

Obed fragte nicht weiter. Mit einer Handbewegung forderte er seine Begleiter auf, umzukehren und ihm wieder in Richtung Stadt zu folgen. Die Begleiter des Sethiters bewachten mehrere Wagenladungen mit Geschenken, die er im Austausch für seine Braut zu Lamech bringen wollte. Als sie nach kurzer Wegstrecke in einen von Bäumen umgebenen Rastplatz einmündeten, stiegen alle dankbar von den Wagen oder aus den Sätteln ihrer Reittiere.

Die beiden Freunde waren schweigend nebeneinander geritten. Noah mußte an die Zeit denken, als er Obed zum ersten Mal begegnet war. Sein Vater hatte ihn mit in die Stadt genommen, um dort einen Mann für Adala zu finden. Seine Schwester war noch ein Mädchen gewesen und auch er noch kaum erwachsen. Doch er hatte verstanden, wie wichtig diese Reise war. Er erinnerte sich daran, wie sein Vater überall auf Märkten und in Gasthäusern Erkundigungen nach Familien und Verwandtschaftsverhältnissen eingezogen hatte und wie sie endlich den jungen Sethiter fanden.

Noah und Obed waren im gleichen Alter. Obwohl der eine in Cronos aufgewachsen war und der andere auf dem Lande, waren sie sofort Freunde geworden. Obed hatte Noah die Wunder der Küste und die mächtigen Seeschiffe gezeigt. Das war für Obed nicht schwer gewesen, denn sein Vater war selbt ein reicher Handelsmann und besaß mehrere Schiffe, so daß der junge Bursche sich dort leicht Zutritt verschaffen konnte. Sie waren in die Werft gegangen und hatten zugeschaut, wie Schiffe gebaut oder repariert wurden. Staunend hatte der junge Binnenländer alles betrachtet und war seit jener Zeit tief ergriffen von den Wundern und Geheimnissen der Seefahrt.

Seither war die Verbindung zwischen ihren Familien zum beiderseitigen Vorteil immer enger geworden. Obeds Vater wurde einer der ersten, die das neue Holz für den Schiffbau von Lamech bezogen, und auch Noahs Welt hatte sich dadurch wesentlich erweitert.

Während der Jahre, in denen zuerst die Verlobung zwischen Obed und Adala stattfand und dann gewartet wurde auf den rechten Zeitpunkt für die Hochzeit, hatten Noah und Obed sich oft besucht. Obed fand Gefallen an dem Frieden und der gleichzeitigen Rauheit und Wildheit der Berge, und Noah wurde immer neu fasziniert von der Weite der See. Doch der Obed, der jetzt neben ihm ritt, schien ein ganz anderer zu sein als jener junge Bursche, der ihn zuerst mit Sand in den Sandalen und dem Salzwasser vertraut gemacht hatte.

Obed bemerkte, wie Noah ihn verstohlen von der Seite betrachtete. Augenzwinkernd rief er fröhlich: „Es sind eben Hochzeitskleider. Diesmal haben die Frauen bei uns im Hause bestimmt, was ich anzuziehen hätte. Du siehst ja, was dabei herausgekommen ist — lauter komisches Zeug."

Beide mußten lachen, und Noah verstand seinen Freund recht gut.

„Doch sag, welchem Ereignis verdanke ich diese Überraschung?" fragte Obed. Mit humorvollem Ton fuhr er fort: „Hat dich Lamech etwa gesandt, um mir zu sagen, meine Braut sei mit einem anderen davongelaufen?"

Gewiß, der Sethiter hatte die Worte nicht ernst gemeint und nur einen Scherz machen wollen, doch Noah fühlte einen Stich im Herzen. Ihm stockte fast der Atem. In diesem Augenblick wünschte er, sich nie freiwillig für diesen Auftrag angeboten zu haben.

5. Kapitel

Die Brandung des Meeres hatte Noah stets neu fasziniert. Ihr Rauschen, ihre Gewalt, mit der sie alles überrollte, ihre sich stets verändernde und doch immer gleichbleibende Form. Er staunte darüber, daß die Wellen niemals die gleiche Form hatten, jede war anders, und doch bildeten alle zusammen ein großes Ganzes, das immer gleich war.

Seine Erziehung hatte es mit sich gebracht, daß er alle Dinge in Beziehung zu Gott, dem Schöpfer stellte. Und so sah er auch das Meer. Für ihn war es Gottes größtes Werk. „Du bist das eine, das sie nie verändern können", flüsterte er, als er die Wellen betrachtete, während er neben Obed auf der Küstenstraße dahinritt.

„Was ist?" fragte der Sethiter.

„Ach, ich habe nur mit mir selbst gesprochen", wehrte Noah ab. „Ich sagte gerade zum Meer, es sei die einzige Sache, die kein Mensch und auch kein Überherr verändern könne."

Nachdenklich blickte Obed ihn an. „Solange ich dich kenne, hast du schon die Angewohnheit, deine Gedanken laut auszusprechen, als unterhieltest du dich mit einem anderen", meinte er.

„Und du meinst, dies sei ein Anzeichen für einen etwas dürftigen Verstand?" lächelte Noah.

„Nicht ein schwacher Verstand, mein Freund, sondern eher das Gegenteil. Dein Verstand gräbt so tief, daß ich manchmal kaum folgen kann. Doch ich wünschte, du könntest deine Gedanken oft ein wenig mehr für dich behalten."

Noah lachte. „Ich bin da nach meinem Vater geraten Der hat dieselbe Eigenart."

„Ja", nickte Obed, „und ich bewundere euch beide Aber du weißt ja, was man über Leute sagt, die Selbstgespräche führen?"

„Ja — sie seien verrückt."

„Das vielleicht auch. Aber man sagt ebenso, diese Leute sprächen mit den Göttern. Ich weiß, daß dies für dich kein Kompliment wäre."

Noah runzelte die Stirn und schüttelte den Kopf. „Das stimmt", bestätigte er und fuhr geringschätzig fort: „Aber mit diesen *Göttern* meine ich die Überherren dieser Welt. Sieh doch, wie sie die Natur mißbrauchen und die Schöpfung Gottes immer mehr verändern."

Obed hörte aufmerksam zu. Er wußte, daß sein Freund viel über diese Dinge nachgedacht hatte und hielt sehr viel von Noahs Überzeugungen.

„Sieh dir doch die anrollenden Wellen an, wie sie an das Ufer schlagen, es aber nie zerstören", fuhr Noah fort. „Ich glaube, so sind auch die Wege des Allmächtigen. Wenn Er etwas vergehen und zerfallen läßt, dann nur, damit daraus neues Leben entsteht."

„Deine Gedanken fliegen sehr hoch."

„Vielleicht — doch da gibt es auch andere Arten von Zerstörungen. Sieh dir doch an, was die Überherren tun. Sie manipulieren die Natur so, daß sie dabei die göttliche Schöpfungsordnung durcheinander bringen."

„Meinst du ihre großen Erfindungen?" forschte Obed.

„Ja, aber durchaus nicht alle. Viele davon sind keinesfalls schlecht", erklärte Noah. „Gott hat uns unseren Verstand und auch die materiellen Dinge dieser Welt gegeben, um sie zu unserem Vorteil zu gebrauchen. Doch wenn die Überherren oder auch die Menschen beginnen, die Grundlagen der von Gott gesetzten Ordnungen, die Fundamente unseres Lebens sozusagen, zu verändern, dann muß daraus Chaos entstehen."

Obed überlegte. Endlich sagte er: „Ich glaube, ich habe in der Stadt solche Dinge gesehen, die du meinst." Unangenehm berührt dachte er daran, welche Vergnügungen sich die Stadtbewohner mit halbmenschlichen und anderen Arten von Kreaturen machten, die aus genetischen Experimenten entstanden waren. Die möglichen Verschiedenartigkeiten dieser armen Wesen schienen unendlich groß zu sein, und man machte sich einen Spaß daraus, immer neue Variationen, die von der vorhergehenden nur geringfügig abwichen, zu erzeugen.

Begonnen hatte es mit dem Wunsch nach Unsterblichkeit. *Sein wie die Götter*, war das Verlangen der Menschen gewesen. Und diese „Götter" hatten ihre Hilfe zu diesen Experimenten bereitwillig gewährt, denn sie kamen ja ihren eigenen Wünschen, die Kontrolle über Gottes Schöpfung endgültig an sich zu reißen, nur entgegen. So hatten sie die Menschen noch ermutigt und ihnen mit ihren viel größeren Möglichkeiten geholfen.

Mittlerweile war man von den primitivsten Anfängen operativer Organverpflanzungen zu den feineren Möglichkeiten der Genmanipulation übergegangen. Zunächst hatte man Teile der Körper verschiedener Wesen, wie Glieder, das Gehirn oder auch ganze Köpfe, operativ verpflanzt. Doch durch die immer mehr fortschreitende Genmanipulation baute man nun aus dem Urstoff des Lebens die erschreckendsten Kreaturen. Natürlich hatte man Jahrhunderte daran geforscht und experimentiert, und dabei war es immer wieder zu unvorstellbaren Tragödien gekommen.

So waren Minotaurusse entstanden, die man in die Zirkusarenen sandte, damit sie dort mit riesigen Menschen kämpften. Zentauren und Satyre wurden in Gärten zur Schau gestellt, mußten bei den Festen der Überherren zur Belustigung dienen oder wurden einfach im unwegsamen und wilden Hinterland ausgesetzt, in dem sie sich ruhelos und sinnlos herumtrieben und ihre angebliche Freiheit genossen, die ihnen so gewährt worden war. Zahllos waren die verschiedenen Arten dieser Kreaturen, die durch die seltsamsten Experimente entstanden. Durch die Schlauheit der Götter wurden die Menschen dazu gebracht, in diesen seltsamen Lebensformen Wundertiere sowie legendäre und mystische Wesen zu sehen, die den Göttern ähnlich oder gleich waren.

„Es sind die Betrügereien Luzifers", sagte Noah zürnend, der an die gleichen schrecklichen Dinge dachte wie Obed.

„Ja", nickte der Sethiter, dem bewußt wurde, daß sie beide, ohne ein Wort gesagt zu haben, den gleichen Gedanken nachgehangen hatten. „Dabei bist du noch gut daran, Noah", setzte er hinzu, „denn du lebst in den Bergen, wo das Leben doch noch mehr dem gleicht, wie es Gott gewollt hat."

Noah blickte in die Richtung seiner entfernt liegenden Heimat. „So ruhig und bewahrt sind wir auch nicht mehr, Obed. Adala wurde in der hintersten Ecke unseres Berglandes von einem dieser Dämonen, die sich Überherren nennen lassen, geraubt und verschleppt."

Der junge Sethiter wurde durch Noahs Worte wieder an die schreckliche Nachricht erinnert, die sein Freund ihm gebracht hatte. Für eine kurze Zeit war es ihm gelungen, seine Gedanken auf andere Dinge zu richten, doch nun verfinsterte sich sein Gesicht wieder durch den neu aufflammenden Ärger und die Rachegedanken, die sein Herz erfüllten. Er gab seinem Pferd so heftig die Sporen, daß es mit lautem Schnauben losgaloppierte auf die Stadt zu, deren höchste Häuser sich in der Ferne abzeichneten. Obed blickte nach vorn auf die Türme von Sonnenstadt. Ihm war, als schlüge sein Herz im Takt mit den dröhnenden Pferdehufen.

Wie eine gewaltige Anzahl riesiger schimmernder Blöcke stand Sonnenstadt am Ufer des weißlich-blau leuchtenden Meeres. Die Stadt hatte sich im Laufe der Zeit auch in das Hinterland hineingefressen, doch war die Ausdehnung entlang der Küste besonders groß. Die Stadtmauern waren über Generationen hinweg immer wieder erweitert worden. Mittlerweile dienten sie aber keinem Zweck mehr, da die Art der Kriegführung keine Türme, Mauern und Tore mehr nötig machte. Städte wurden nun nicht mehr durch Mauern, sondern durch andere Abwehrwaffen beschützt.

Mit den Häusern der Bewohner der Stadt war dies allerdings eine andere Sache. Statt auf schwere Tore, Mauern und Riegel zu verzichten, waren die Bürger in letzter Zeit immer mehr gezwungen, ihre Häuser zu schützen. Wo früher ein Schloß reichte, wurden jetzt noch zwei oder drei Riegel oder Sperrketten angebracht und hinter die Tore zur Straße hin noch dicke Balken gelegt. Auch die Fenster wurden mit Gittern gesichert. An all dem war leicht zu erkennen, daß Gewalttätigkeit in dieser Stadt immer mehr zunahm.

Auch Noah und Obed wunderten sich darüber, als sie jetzt durch die Straßen ritten. Allerdings hätte der Mann aus den Bergen die Suche nach seiner Schwester nie ausgerechnet in dieser Stadt begonnen. Es war vielmehr Obed, der Noah auf die Gerüchte aufmerksam machte, die im Blick auf den Überherrn dieses Landes im Umlauf waren. Sonnenstadt war die Hauptstadt des

Fürsten Poseidon, von dem man sagte, er habe in letzter Zeit seine Regierungsgeschäfte sträflich vernachlässigt, weil er sich zu sehr von seiner Lust nach Menschenfrauen davon abhalten ließ.

Das Verlangen nach erotischen Abenteuern war unter allen Überherren auf Erden üblich. Schon die Berichte und Überlieferungen der Alten waren voll von solchen Dingen. Doch Poseidon war dieser Verlockung ganz besonders verfallen und hatte in seiner Suche nach der perfekten Menschenfrau sogar in die entferntesten Gegenden Suchtrupps seiner Untergebenen ausgesandt.

Es bestand also die Möglichkeit, daß es Poseidon selbst gewesen war, den Moricahns Töchter an jenem entlegenen kleinen See gesehen hatten und der, so versicherten sie fest, Adalas Seele gefangengenommen hatte. Vielleicht hatten seine Kundschafter ihm von den Mädchen berichtet, die von Zeit zu Zeit in jenem See badeten, oder er hatte sich in seiner Ungeduld einfach aufs Geratewohl auf den Weg gemacht. Es war doch nur vernünftig, dies anzunehmen. Deshalb hatte Obed vorgeschlagen, mit der Suche in Sonnenstadt zu beginnen.

Sie machten schon einen recht seltsamen Eindruck, als sie jetzt durch die Straßen der Stadt ritten. Obed in seiner Hochzeitskleidung, die mittlerweile verstaubt und durchschwitzt war; und Noah in der rauhen Reisekleidung der Bergbewohner, mit zerzaustem Haar und Bart. Doch die Stadtbewohner waren den Anblick aller möglichen Menschen, die aus verschiedenen Gegenden kamen, in ihrer Stadt gewohnt und beachteten die beiden kaum. Deshalb hielt sie auch niemand auf, als sie zum riesigen Tempelbezirk ritten, in dem auch die Regierungsgeschäfte stattfanden und in dem der geheime Rat der Überherren zusammentrat. Denn Sonnenstadt war gleichzeitig die Hauptstadt der Erde. Hier befanden sich auch die Hallen und damit das Zentrum der Nephilim, der Riesen, welche die gewaltigsten und stärksten Männer der Erde waren.

Noah hatte in seinem Leben erst einmal einen solchen Giganten gesehen. Damals war er noch ein Junge gewesen und hatte mit seinem Vater einen Jagdausflug in die Berge weit hinter ihrer kleinen Stadt unternommen. Den Riesen hatten sie dabei nur aus größerer Entfernung gesehen, und er schien nach Noahs Erinnerung klein gewesen zu sein den gigantischen Nephilim gegenüber, die hier in der Stadt wohnten. Bis heute waren sein Vater und er auch nicht ganz sicher, ob jenes behaarte Monster damals wirklich ein Riese gewesen war oder eines jener unseligen Wesen, die aus den Experimenten der Überherren entstanden.

Auch die Nephilim waren ja sozusagen nur Halbmenschen, weil sie aus den unnatürlichen Vereinigungen der Überherren mit den Menschenfrauen entsprangen. Die Menschen, welche die Überherren als Götter anbeteten, nannten ihre unnatürlichen Nachkommen Halbgötter. Noah nannte sie verächtlich *Bastarde*, denn sie waren zur Hälfte Menschen und zur anderen Hälfte ... „Monster", sagte er laut.

Obed folgte mit den Augen dem Blick seines Freundes, der zu einem Eckturm des riesigen Tempelbezirks hinaufschaute. Dort stand an der höchsten Stelle eines dieser mächtigen Wesen und beobachtete sie. Den beiden Neuankömmlingen stand es, wie allen anderen Bürgern, frei, die äußeren Bezirke des Tempelgebiets zu betreten. Doch jener Gigant da oben erinnerte sie daran, daß sie dabei unter laufender Überwachung standen und daß sie ohne einen Passierschein keinesfalls in das Innere des Tempelbezirks vordringen konnten.

„Die Leute in unserer Gegend nennen diese Wesen ‚Meteore'", sagte Obed, als sie unter den aufmerksamen Augen des Wächters das äußere Tempelgebiet betraten.

„Sehr passend", erwiderte Noah grimmig. „Es sind also ‚Herabgefallene'."

„Aber sie sind sehr mächtig", meinte Obed. „Sie sind das Thema vieler Erzählungen und Legenden. Was meinst du, ob auch sie erlöst werden können?" fügte er nachdenklich hinzu.

Noah betrachtete die riesigen Mauern des äußeren Tempelgebiets und bestaunte die kühne Architektur der mächtigen Hallen. „Ich weiß es nicht, Obed", antwortete er endlich. „Ich weiß nicht, wie viele der Lebewesen auf Erden erlösbar sind und für wie viele nur noch das Zorngericht Gottes bleibt."

6. Kapitel

Noah hatte immer eine Art Ehrfurcht vor all dem gehabt, was die Überherren taten, obwohl bei ihm diese Ehrfurcht nie in Anbetung ausartete. Und der Sonnentempel, vor dem sie nun standen, war eine der großartigsten und staunenswertesten Leistungen der Überherren. Als gigantische Pyramide aus Felsen erhob er sich von dem riesigen Hof und schien mit der Spitze bis in den Himmel zu wachsen. Man sagte, das Bauwerk selbst besitze ungeheure Kräfte oder es habe die Fähigkeit, die Energie der Sonne zu sammeln und in seinem Inneren zu speichern. Gerüchte wollten wissen, die Überherren bezögen aus diesem ungeheuren Sonnenkraftsammler den Strom für alles, was sie auf der Erde elektrisch betrieben und hätten die Möglichkeit, zu jeder Zeit und von jedem Ort aus diesen gewaltigen Energiespeicher anzuzapfen.

Noah glaubte diese Berichte. Als er jetzt staunend diese riesige Pyramide betrachtete, war ihm, als spüre er das Pulsieren dieser ungeheuren Energien, die in ihr gesammelt waren. Doch es kam ihm nicht in den Sinn, wie das so viele andere taten, diese durchaus bewundernswerten Gebäude zu vergöttlichen oder etwas Heiliges in ihnen zu sehen. Auch Obed tat dies nicht, denn beide hielten an einem Glauben fest, der älter war als diese Legenden. Ihre Vorväter hatten ihnen von Generation zu Generation erzählt, daß die Religion der Überherren eine Lüge sei und die Anbetung dieser sogenannten Götter eine Beleidigung für den wahren Gott Jahwe.

Die Götter hatten sich immer bemüht, ihre Religion, die in der Anbetung der Sonne gipfelte, sehr attraktiv zu machen. „Sie haben die Anbetung des wahren Schöpfers ausgetauscht für die Anbetung geschaffener Dinge“, hatte Lamech stets gesagt. Auch sein Vater hatte es immer so gesehen, und dessen Vater vor ihm und so fort, bis zurück zu Seth, dem Sohn Adams, der wiederum der Vater aller Menschen war. So war die Wahrheit in den Überlieferungen der wahrhaft Gläubigen stets erhalten geblieben, obwohl viele Menschen und vor allem die Überherren, mit ihrem obersten Betrüger Luzifer an der Spitze, sich sehr bemüht hatten, diese Wahrheit zu verfälschen.

Doch die Lüge war verführerisch und köstlich. Während die beiden Sethiter durch die riesigen Höfe des äußeren Tempelbezirks gingen, erkannten sie, wie ansprechend sie sein konnte. Die Götter hatten viel von ihrem Wissen mit den Menschen geteilt, und vor allem hier im Tempelbezirk sah man die Ergebnisse davon. Viele der technischen und wissenschaftlichen Errungenschaften, die es hier zu bestaunen gab, hätten die Menschen in der Zeit, die ihnen bisher zur Verfügung stand, nie von sich aus erforschen und erreichen können. Von sich aus wären die Menschen wohl noch kaum aus einem primitiven Anfang herausgekommen. Doch eine solche primitive Zeit hatte es für diese Zivilisation gar nicht gegeben. Alles war durch die scheinbare Gnade des großen Morgensterns vergoldet. Den Menschen wurde erzählt, daß sie dies alles Luzifer, dem Fürsten der Lufthimmel, dem großen Engel des

Lichts verdankten, denn er und die Sonne seien eines.

Wie hätte sich ein Mensch, der die mächtigen Werke der Überherren und ihre Macht sah, einer solchen Lehre verschließen können, wenn er nicht von seinem Vater in einer besseren Weise unterwiesen wurde? Und wer unter allen Wesen auf Erden besaß denn größere Macht und größeres Wissen als die Nephilim, die von den Göttern abstammten?

Der Wachtposten, der am Eingang zum inneren Tempelbezirk stand, war mit seinen fast 2,80 Metern wirklich riesig und machte in seiner glänzenden Uniform auf die beiden Sethiter einen mächtigen Eindruck. Er mochte zwischen 900 und 1000 Jahre alt sein, was für einen Nephilim noch jung, ja beinahe jugendlich war. Weder Obed noch Noah waren je einem Sohn eines Überherrn und einer Menschenfrau, einem Nephilim, so nahe gewesen. Keiner der beiden konnte ein gewisses Gefühl der Ehrfurcht unterdrücken, als sie den Giganten anblickten, der sie wortlos und mit grimmigen Blicken musterte.

Jeder der beiden Sethiter hatte seine eigenen Gedanken, als sie vor dem Koloß standen. Für Obed war er eine traurige Erinnerung an den Entführer Adalas. War dieses Wesen hier schon so groß, wie mußte erst der Gott sein, der sie verführt hatte? Der junge Bittsteller erschrak innerlich, und Zweifel schlichen in sein Herz. Was wollte er eigentlich hier erreichen? Wenn er seine ehemalige Braut hier wirklich fand, wie konnte er hoffen, sie je von hier befreien zu können?

Noahs Gedanken beim Anblick des Riesen waren tiefere. Er spürte sofort den geistlichen Gegensatz zwischen diesem „Meteor“, einem „Gefallenen“, und den Söhnen Seths. Noah und Obed stammten in direkter, nie unterbrochener Linie von Seth, dem Sohn Adams ab. Sie waren diesem Monster hier so fremd wie er ihnen.

Die so sehr lange Zeit, in der die Überherren schon die Erde beherrschten, hatte ihnen genügend Zeit gegeben, mit ihrer sexuellen Lust die meisten Sippen der Menschen zu korrumpieren. Es gab nur noch wenige menschliche Familien, bei denen nicht wenigstens ein gewisser Anteil des Blutes der Überherren zu finden war. Vor allem die von Kain abstammenden Familien waren davon völlig durchdrungen. Hier hatte sich der gewalttätige Charakter Kains mit dem betrügerischen Wesen der „Götter" zu einem erschreckenden Ergebnis vereinigt. Doch auch die meisten sethitischen Familien waren nicht verschont geblieben, da die Überherren in ihrem sexuellen Verlangen keinen Unterschied zwischen Töchtern aus sethitischen und kainitischen Familien machten. Deshalb war es nicht mehr leicht, wenigstens unter den Sethitern noch Familien zu finden, deren Abstammung rein erhalten war.

All dies ging Noah durch den Kopf. Er spürte vor allem, daß hier nicht nur der Unterschied des Blutes, sondern eine geistliche Barriere zwischen ihnen stand, aus der immer wieder ein Konflikt erwachsen mußte.

„Was wollt ihr?" fragte der Gigant in grollendem Ton.

Noah sprach sich selbst Mut zu und antwortete: „Wir suchen die Menschenfrau Adala, die Tochter Lamechs. Wir sind ihre Brüder, Obed und Noah, und bringen ihre Hochzeitsgeschenke."

Der Titan blickte auf sie hinunter. „Hochzeit? Eure Hochzeiten, Sohn von Lamech, sind eine recht komische Tradition, die Götter kennen keine Hochzeiten. Wenn ein Gott eine Frau will, dann nimmt er sie einfach. Wenn eure Schwester nach hier gebracht wurde, dann völlig ohne Hochzeit."

Noah antwortete bescheiden und eingeschüchtert: „Eure Sitten sind uns nicht bekannt. Wir wollten unserer Schwester nur die guten Wünsche unserer Familie überbringen."

„Das habt ihr nun getan. Ich werde die Botschaft weitergeben. Ihr könnt also wieder gehen."

Eifrig fiel Obed ein: „Aber die Geschenke . . ."

„Ich sehe keine Geschenke", erwiderte der Gigant.

„Wir haben sie am äußeren Tor zurückgelassen", stammelte Obed.

„Dann gebt sie dort ab und verschwindet. Ist eure Schwester hier, wird sie die Geschenke auch erhalten."

Doch Obed wollte noch nicht aufgeben. „Du hast doch eine Menschenmutter?" fragte er.

Der Nephilim musterte ihn mißtrauisch. „Du weißt genau, daß ich eine habe", antwortete er, „oder besser: hatte."

„Natürlich, sie muß ja längst gestorben sein", bestätigte Obed.

Der Gigant blickte nachdenklich über sie hinweg. Dann fragte er: „Warum erwähnst du meine Mutter?"

„Solltest du dich noch an sie erinnern, dann wirst du sicherlich auch unsere Gefühle verstehen, denn unsere Mutter wird sehr traurig sein, wenn wir ihr keine gute Nachricht von ihrer Tochter bringen. Wir haben aus diesem Grund eine weite Reise gemacht", sagte Obed bittend.

Noah staunte über die schauspielerischen Fähigkeiten seines Freundes und gab sich Mühe, ein leichtes Lächeln zu unterdrücken. Obed, der spürte, daß der Gigant sich etwas besänftigte, griff schnell in einen kleinen Beutel, den er an seinem Gürtel trug und holte ein kleines Gefäß heraus. „Hier", sagte er und reichte es dem Nephilim. „Meine Mutter hat es mir mitgegeben. Wenn du dafür sorgen kannst, daß meine Schwester es erhält, sind wir zufrieden und dankbar."

„Was ist das?“ wollte der Wächter wissen und betrachtete das Gefäß aufmerksam.

„Ein Gefäß mit dem Lieblingsparfüm meiner Mutter. Es wird Adala und ihren Herrn erfreuen — und auch ihr Bett frischer machen.“

Der Titan schien sich von Obeds Überredungskunst überzeugen zu lassen. „Na ja, schaden wird es jedenfalls nicht“, meinte er und streckte seine riesige Hand aus, um das kleine Gefäß in Empfang zu nehmen.

„Dein Herr wird dich für deine Freundlichkeit sicher loben“, lächelte Obed. Als er das kleine Gefäß in die Hand des Nephilim legte, stieß er damit plötzlich heftig zu und stieß somit die kleine Hohlnadel, die sich am unteren Rand des Gefäßes befand, tief in den Handballen des Riesen. Sofort begann dieser zu schwanken und sank einen Augenblick später in die Knie. Seine Augen blickten zornig, aber gleichzeitig verschleierten sie sich schon.

Obed, der Noahs erstaunten Blick bemerkte, sagte erklärend: „Ich habe auf Reisen immer eine kleine, aber gefährliche Waffe bei mir.“ Damit zog er die Nadel wieder aus der Hand des Riesen. „Ich denke, was ausreicht, einen Straßenräuber zu töten, wird auch einen Nephilim mindestens für längere Zeit bewußtlos machen.“

Als die beiden den Eingang passierten und die riesige Halle betraten, warf Noah nochmals einen verwunderten Blick zurück. Der Titan lag regungslos und mit verkrampften Gliedern auf dem Pflaster des Hofes. Seine Augen waren nun glasig und leer.

7. Kapitel

Es war unmöglich, die riesige Halle der Nephilim unbemerkt zu durchqueren. Jeder Schritt der beiden Sethiter auf dem marmornen Fußboden hallte mit vielfachem Echo von den Wänden zurück, die ebenfalls aus Marmor bestanden. Es gab keinerlei Teppiche oder Wandbehänge, um die Geräusche ein wenig zu dämpfen. Die ganze Halle war ein großes Militärmuseum, in dem Rüstungen und Waffen der Nephilim aus all den vergangenen Jahrhunderten ausgestellt waren. Berühmte Männer, Krieger und Helden, deren Taten in die Geschichte eingegangen waren, wurden hier verherrlicht. Um die Taten vieler dieser Giganten rankten sich mittlerweile schon Legenden. Sie alle waren Nachkommen aus der Vereinigung gefallener Engel und menschlicher Frauen gewesen.

„Gefallene Engel", hatte Lamech von diesen sogenannten „Göttern" gesagt, als er begonnen hatte, seinen Sohn Noah noch im Jugendalter über all diese Dinge zu unterweisen. „Und die Nephilim sind gefallene Wesen von Geburt an, da sie Nachkommen dieser widernatürlichen und antigöttlichen sexuellen Vereinigung der gefallenen Engel mit den Menschenfrauen sind."

Noah erinnerte sich noch gut an das erste Gespräch

über dieses Thema mit seinem Vater Lamech und seinem Großvater Ischna. Es hatte an dem Tage stattgefunden, an dem er durch die Beschneidung vom Kind zum Erwachsenen geworden war. Gleich im Anschluß daran, als er selbst noch unter den Schmerzen der Beschneidung litt, hatten Vater und Großvater ihn über vieles unterwiesen. Noah mußte lächeln, als er daran dachte, wieviel Geduld die beiden Männer seinen neugierigen und manchmal auch ein wenig törichten Fragen gegenüber aufgebracht hatten, als er von ihnen den Bericht über die Entstehung der Erde und die Geschichte der Menschheit hörte.

„Aber Vater", hatte er gefragt, „die Menschheit ist doch auch gefallen. Seit der Vertreibung aus dem Paradies sind doch auch alle Menschen in einem gefallenen Zustand geboren worden. Wenn wir erlösungsfähig sind, warum nicht auch die gefallenen Engel — und die Nephilim?"

„Die Engel wurden nicht betrogen wie wir", hatte Großvater Ischna die Antwort übernommen. In seinen Augen hatte Noah dabei die tiefe Weisheit eines achthundertjährigen Lebens erblickt. Er hatte immer große Ehrfurcht vor diesem alten Patriarchen gehabt, der trotz seines Alters noch so in Eifer geraten war, wenn er über diese Dinge sprach.

„Schau, diese Engel sind Luzifer, der jetzt der Fürst dieser Welt ist, gefolgt, obwohl sie die volle Wahrheit kannten", erklärte Ischna. „Als Luzifer gegen Gott, den Schöpfer, rebellierte und sagte: ‚Ich will meinen Thron über den Sternen Gottes aufrichten und mich dem Allerhöchsten gleich machen', da haben seine Anhänger gejubelt. In ihrem törichten Stolz haben sie geglaubt, sie könnten den Schöpfergott Jahwe vom Thron stoßen."

„Jetzt verstehe ich, Großvater", hatte Noah eifrig genickt. „Diese jetzt gefallenen Engel wurden nicht betrogen, sondern haben die volle Wahrheit gekannt und sich trotzdem mit Luzifer gegen den Schöpfergott erhoben. Aber Adam wurde betrogen, und deshalb gibt Jahwe uns Menschen noch eine zweite Chance."

„So ist es, mein Sohn", hatte Lamech bestätigt.

„Aber was ist mit den Nephilim?" wiederholte Noah eine Frage, die schon in der Vergangenheit unter den Menschen oft gestellt und besprochen worden war.

Die beiden Männer hatten sich angeblickt, als ob sie sich fragen wollten, wer nun zu antworten hatte. Dann ergriff Ischna wieder das Wort: „Wir haben keine Schriftrollen, die uns über diese Frage etwas sagen", begann er. „Alles, was wir darüber wissen, ist durch mündliche Überlieferung jeweils vom Vater zum Sohn weitergegeben worden." Er mußte ein wenig lächeln, als er jetzt sagte: „Ich kann mich erinnern, daß ich dieselbe Frage stellte, als mein Vater und mein Großvater mir bei dem gleichen Ereignis wie jetzt von der vergangenen Geschichte der Menschheit erzählten."

Ischna schwieg einige Augenblicke. Es schien, als gingen seine Gedanken weit zurück in die Vergangenheit. Dann fuhr er fort: „Ich habe seither oft über diese Frage nachgedacht und auch mit anderen darüber gesprochen, habe aber noch keine bessere Erklärung gefunden als jene, die ich damals von meinem Vater erhielt. Deshalb will ich es dir so erklären, wie ich es damals erklärt bekam: Es ist meine Meinung, daß die Nephilim erlösbar sind, denn ich denke, jeder Sohn einer menschlichen Mutter ist ein Mensch. Doch solche Wesen wie die Nephilim haben es besonders schwer, die Erlösung anzunehmen, da es dazu Demut braucht und die Bereitschaft einzusehen, daß man gefallen ist. Aber in ihnen ist von ihren Vätern her, den gefallenen Engeln, der Geist der Rebellion gegen Gott und des Selbstbetrugs besonders mächtig. Außerdem sind sie sehr stolz auf ihre Größe, ihre Kraft und ihre Fähigkeiten.

Dies alles macht es für diese Wesen besonders schwer, einzusehen, daß sie gefallen sind und ihre Knie vor Gott beugen müßten."

Lamech hatte bestätigend genickt und hinzugefügt: „In dieser Frage liegen tatsächlich einige Rätsel verborgen, Sohn, da hier Probleme physischer und geistlicher Art miteinander verwoben sind. Ich glaube, nur Jahwe selbst weiß hier die volle Antwort. Doch da jeder Mensch eine erlösbare Seele hat und auch die Nephilim von Menschenfrauen geboren wurden, sollten sie wohl auch eine solche haben. Dies ist auch meine Meinung."

An dieses weit zurückliegende Gespräch wurde Noah jetzt unwillkürlich erinnert, als er mit Obed die riesige Halle der Nephilim durchschritt und die vielen Dinge sah, die zum Andenken an die großen Taten dieser Giganten hier aufbewahrt wurden. Wie können solche Monster menschlich sein, fragte er sich? Gewiß, sie waren von ihren Müttern her Nachkommen Adams. Aber erlösbar? Zweifelnd schüttelte er den Kopf, während er neben Obed ging, um tiefer in den inneren Tempelbezirk einzudringen.

Obed schienen ganz andere Dinge beschäftigt zu haben, denn er fragte jetzt: „Ob es uns gelingt, da drin Adala zu finden?"

Das brachte Noahs Gedanken zurück zur Gegenwart. Er stellte sich seine Schwester in den Armen des Gottes Poseidon vor und mußte daran denken, daß dadurch auch in ihre Familie das Blut und der Geist der gefallenen Engel eindringen würde. Diese Vorstellung machte ihn zornig und beschleunigte seine Schritte, so daß er jetzt fast schon rannte.

Als die beiden Männer die Halle der Nephilim durchquert hatten, tat sich vor ihnen ein langer Gang auf, an dessen Ende ein prächtiges Tor zu sehen war. Irgendwie spürte Noah, daß es durch dieses Tor zu Poseidons Gemächern ging.

Sonnenstadt war eine Hafenmetropole, deshalb wurde man auch überall an die Anwesenheit des Meeres erinnert. Poseidon, der Fürst dieser Stadt und des dazugehörigen Landes, war auch als „Gott des Meeres“ bekannt. Seine Vorliebe für alles, was mit der Seefahrt und dem Meer zu tun hatte, war auch beim Bau dieser riesigen Tempelanlage nicht zu kurz gekommen. Als Noah und Obed sich jetzt dem prächtigen Tor näherten, hörten sie ein immer lauter werdendes Rauschen und Plätschern, als seien sie dem Meer ganz nahe. Daran war zu erkennen, daß sie sich immer mehr den privaten Räumen des Seegottes näherten.

Als sie das Ende des Ganges erreichten und das Tor öffneten, sahen sie auch, woher die Wassergeräusche kamen. Poseidon hatte den sehr großen Raum hinter diesem Tor als ein riesiges Aquarium ausbauen lassen, das fast den ganzen ausgedehnten Saal, denn ein Raum war es schon nicht mehr, ausfüllte. Das Aquarium war nicht mit langen glatten oder runden Scheiben gebaut, sondern mit vielen Vorsprüngen und Ecken, so daß man viele kleine Flächen hatte, durch die man hineinschauen konnte und so immer ein neues Bild dessen vor sich sah, was sich in der großen Unterwasserlandschaft tat.

An den Wänden des Saales zog sich rund um das Aquarium herum ein Gang, der wiederum mit vielen kleinen höhlenartigen Nischen ausgebaut war, so daß von hier aus die Beobachter in das Aquarium hineinblicken konnten, ohne von den Bewohnern desselben bemerkt zu werden. Der Sinn dieser Höhlen wurde den beiden Eindringlingen klar, als sie in das Aquarium blickten. Sie sahen dort nämlich neben Fischen und anderen bekannten Wasserbewohnern auch einige Wesen, die einen seltsamen aber durchaus intelligenten Eindruck machten. Die beiden begriffen schnell, daß es sich hier wieder um solche bedauernswerte Kreaturen handelte, die durch schreckliche Experimente der Überherren entstanden waren und nun hier gefangen gehalten wurden.

Den beiden Sethitern war durchaus klar, daß mittlerweile sicherlich der bewußtlose Wachposten entdeckt worden war und die Tempelwachen sie schon suchten. Es war schon erstaunlich, daß am Eingang zu den Privaträumen Poseidons nicht noch eine Wache stand. Doch daran ersah man, wie sicher sich der Meergott hier fühlte und wie überzeugt er war, daß an dem riesigen Wächter am Eingang zum inneren Tempelbezirk niemand vorbeikommen würde. Noah und Obed suchten sich aus diesem Grund eine besonders tief ausgebaute Grotte aus. In der Hoffnung, darin nicht von den suchenden Nephilim entdeckt zu werden, zogen sie sich in die im Dunklen liegende hintere Ecke zurück und lauschten auf die Schritte der sie Suchenden, die immer näher kamen.

Plötzlich wurden sie von grellen Lichtstrahlen geblendet, und schon wurden sie von riesigen Händen an den Schultern gepackt und roh aus der dunklen Ecke herausgezerrt. Sie befanden sich als Gefangene in den Händen der Nephilim. Was würde mit ihnen geschehen?

Es war fast wie eine Ironie, daß gerade der Gott, den sie um ihrer Braut und Schwester willen hatten herausfordern wollen, nun ihr Leben rettete. Als er von ihrem kühnen Eindringen in seine Räume hörte, hatte er den Wunsch, diese Menschen unbedingt selbst kennenzulernen und gab Befehl, sie sofort zu ihm zu bringen. Er wollte diese beiden Narren, die sich einbildeten, etwas gegen ihn erreichen zu können, selbst verhören. Man sollte sie so behandeln, daß ihnen vorläufig nichts geschah, hatte er angeordnet.

Also standen Obed und Noah schon eine knappe Stunde nach ihrer Gefangennahme in einem kleinen

Saal, in dem Poseidon gewöhnlich Besucher zu empfangen pflegte. Im Saal stand ein prächtiger Thron, vor dem sie sich aufstellen mußten. Poseidon, so wurde ihnen gesagt, würde in Kürze selbst erscheinen.

8. Kapitel

Lamech hatte nie ganz erkannt, wie eifrig sein ältester Sohn alles aufschrieb, was er erlebte oder erfuhr. Gewiß, Noah war in dem Familienbetrieb die Aufgabe zugefallen, die Buchhaltung zu machen, weil er sich schon von Kindheit an durch seine große Genauigkeit ausgezeichnet hatte. Und Noah hatte diese Aufgabe immer zur vollsten Zufriedenheit erledigt.

Doch Lamech wußte nicht, daß sein Sohn von der Zeit an, da er selbst schreiben konnte, umfangreiche Tagebücher geführt hatte. Noah hatte gleich verschiedene davon angelegt, in die er alles schrieb, was ihn beeindruckte, was ihm wichtig, erstaunlich oder bemerkenswert erschien. Er hatte einige Truhen voll solcher Bücher daheim in seinem Zimmer stehen.

Noahs Mutter hatte von seinem Schreibeifer gewußt, denn sie hatte beim Aufräumen und Säubern seines Zimmers oft Bücher und Rollen gefunden, die er beschrieb. Einige Male hatte sie mit ihm auch darüber gesprochen und ihn ermutigt, damit fortzufahren. Doch sie hatte Lamech nie etwas davon erzählt, denn sie wußte, ihr Mann, der völlig in seinen Geschäften aufging, hätte darin nur unnütze Zeitvergeudung erblickt.

Doch nicht einmal seine Mutter wußte, daß Noah

auch alle mündlichen Traditionen, die ihm sein Vater und sein Großvater weitergaben, aufgeschrieben hatte. Es war das geheime Wissen, das nur die Männer sethitischer Abstammung erfahren durften und das über die Jahrhunderte bis in alle Einzelheiten genau überliefert worden war. Die Worte Adams und Seths, Methusalems und Henochs hatten ihn immer tief bewegt; und er hatte sie, entgegen der bisherigen Gewohnheiten seiner Vorfahren, niedergeschrieben.

„Wenn ich je Kinder habe“, sagte er zu sich selbst, *„sollen sie die geschriebenen Überlieferungen erhalten.“* Gewiß, er verstand auch die Argumente für die bisherige mündliche Überlieferung. Doch andererseits sagte er sich, daß mittlerweile die Kraft Luzifers und seiner Anhänger, zu verführen, zu betrügen und zu verfälschen so groß geworden war, daß es ihm besser erschien, alles aufzuschreiben und so nicht mehr nur auf die mündliche Überlieferung angewiesen zu sein. *„Wenn es niedergeschrieben ist“*, überlegte er, *„kann es nicht mehr so leicht verändert werden.“*

Seine Mutter war schon gestorben, als Noah noch jung war. Sie hatte die Geburt eines Zwillingspärchens — ein Junge und ein Mädchen — nicht überlebt. Die Zwillinge waren wenige Tage später auch gestorben. Sonst wußte niemand von seinen Büchern, die er sorgfältig versteckt hatte. Nicht einmal sein Bruder Jaseth.

Als er nun mit Obed wenige Schritte vor Poseidons Thron stand und auf dessen Erscheinen wartete, mußte er daran denken, daß er die jetzigen Erlebnisse unbedingt niederschreiben mußte, falls sie diese Stätte jemals unbeschadet verlassen durften. Bei Gelegenheit würde er Obed dann auch seine Tagebücher zeigen.

Noahs Gedanken beschäftigten sich nun mit Poseidon und dessen Taten. Er wußte, daß die Seegottheit unter den Überherren auf der Erde einer der berühmtesten und mächtigsten war. Er wußte, daß Poseidon in der Rangordnung der gefallenen Engel eine Spitzenstellung einnahm, gar nicht weit unter ihrem obersten Herrn Luzifer. Poseidon war vor allem deshalb bekannt, weil er großartige Gesetze entworfen hatte und auch auf dem Gebiet der Seefahrt Überragendes leistete.

Als Poseidon dann endlich erschien, war Noah deshalb nicht überrascht, in ihm ein erstaunlich beeindruckendes Wesen zu erkennen. Er konnte nun verstehen, warum Moricahns Töchter und auch seine Schwester Adala sich von der Majestät dieser Persönlichkeit hatten hinreißen lassen. Der Gott war nicht ganz so groß wie der riesige Wachposten, den Obed überlistet hatte, doch war er sicherlich genauso stark. Sein ausdrucksfähiges Gesicht, die Würde, die ihn umgab, und seine strahlenden Augen konnten sicherlich jede noch so gefestigte Frau überwinden. Noah spürte, daß auch Obed neben ihm sehr beeindruckt war. Als er aus den Augenwinkeln verstohlen zu ihm blickte, konnte er in seinen Zügen nur hilflose Verachtung registrieren.

Als der Gott nun die beiden Sethiter ansprach, mußten sie sich innerlich eingestehen, daß auch seine Stimme Ehrfurcht erwecken konnte. „Sieh da, zwei Fremde“, begann Poseidon. „Einer ist aus Cronos, schätze ich. Und du . . ., aus welchem Dorf kommst du?“

„Aus Lamechstadt, Herr“, antwortete Noah.

„Ah ja, von dem Sägewerk.“

Noah schluckte eine Antwort hinunter und starrte verbissen vor sich hin.

„Sprich, Mann“, forderte Poseidon, „du wolltest etwas sagen.“

„Herr“, begann Noah, „unsere kleine Stadt ist mehr als ein Sägewerk. Wir Menschen nennen es unsere ‚Heimat‘. Wir wohnen dort mit unseren Familien, essen und arbeiten dort, und dort heiraten wir auch.“

Poseidon lächelte. „Genau das habe ich gemeint“, erwiderte er und wandte sich dann Obed zu. „Doch jetzt zur Sache. Du hast meinem Wächter erklärt, was du hier willst. Doch dann hast du ihn sehr gemein überlistet. Wer bist du?“

„Obed ... Sohn ... von Lamech“, stotterte der Sethiter. Ihm war nicht wohl bei seiner Lüge. Doch da er schon bei der Wache damit angefangen hatte, wollte er versuchen, es jetzt auch durchzustehen.

„Und ich bin Noah, Lamechs Sohn“, antwortete dieser, als der Gott ihn auffordernd anblickte.

„Ihr seht aber nicht wie Brüder aus“, stellte der Überherr fest. „Warum seid ihr in unseren Tempel eingedrungen?“

Mit einem Mut, über den sich selbst Noah wunderte, antwortete Obed ohne Zögern: „Die junge Menschenfrau, die du hier festhältst, gehört zu unserer Familie. Wir fühlen uns dadurch, daß du sie geraubt hast, schlecht und ungerecht behandelt. Und obwohl wir erkennen, daß sie nun deine... deine Frau ist“, das Wort schien nur schwer über Obeds Lippen zu wollen, „glauben wir, als ihre Brüder das Recht zu haben, ihr die guten Wünsche der Familie zu bringen.“

Der Gott, der mittlerweile auf seinem prächtigen Thron Platz genommen hatte, studierte den Sethiter von oben bis unten. „Und allein aus diesem Grund riskiert ihr euer Leben, indem ihr hier eindringt, wo ihr nichts zu suchen habt. Du, Obed, hast dich ziemlich seltsam herausgeputzt, wenn es dir nur darum geht. Ich ahne hinter deiner impulsiven Tat mehr als nur Bruderliebe.“ Stirnrunzelnd musterte er nunmehr Noah. „Was dich angeht, Mann aus den Bergen, du siehst kaum aus wie der Bruder dieses eleganten Burschen hier. Ich nehme eher an, wir haben es hier mit dem Zorn eines verlassenen Liebhabers zu tun und mit seinem empörten Freund. Vielleicht ist deine Geschichte sogar wahr, und du bist der Bruder meiner schönen

Gefährtin. Doch in den Augen und den geballten Fäusten Obeds erkenne ich die Eifersucht eines Verliebten."

Obed schwieg eingeschüchtert, als er sich durchschaut sah. Doch nun ergriff Noah das Wort: „Also hast du die Wahrheit erraten, Überherr. Wir hätten uns eigentlich denken können, daß man dich nicht so leicht betrügen kann wie deine Wächter." Er hielt einen Augenblick inne, als müsse er sich selbst Mut machen, und fuhr dann fort: „Poseidon, du hast viele großartige und weise Dinge für uns Menschen getan. Doch wenn du und die anderen Überherren unsere Frauen rauben und wenn ihr euer Blut mit dem von uns Menschen mischt, so ist das abscheulich und ein Greuel."

Was geringere Wesen sicherlich zornig gemacht hätte, rührte Poseidon überhaupt nicht. Er schwieg einen Augenblick und lächelte überlegen. Endlich sprach er in einem Ton, als müßte er einem Kind zureden: „Mein Lieber, habe ich dich richtig verstanden? Willst du ernsthaft behaupten, daß die Vermischung von göttlichem und menschlichem Blut für die menschliche Rasse etwa nicht gut sein könnte? Hast du nicht die Nephilim draußen in der Halle gesehen? Wir Überherren erzeugen doch mit euren Menschenfrauen Supermänner!"

Noah stand ganz ruhig vor diesem Überwesen, das ganz gewiß der Vater unzähliger Nephilim war. „Ich wiederhole nochmals", sagte er fest, „was ihr tut ist ein Greuel. Ihr habt die Grenzen überschritten, die euch gesteckt sind und habt die gesetzten Ordnungen mißachtet."

„Die gesetzten Ordnungen?" staunte der gefallene Engel. „Alle irdischen Ordnungen sind durch den Willen unseres Herrn Luzifer gemacht worden. Und er hat ein weites Herz und macht nicht so engstirnige Gesetze. Wir haben nichts getan, was gegen seine Ordnungen verstoßen würde."

Noah antwortete ärgerlich: „Wenn du von dem System Luzifers sprichst, hast du recht. Aber dies ist das System der Schlange. Doch für sie ist die Welt nicht geschaffen worden."

Poseidon lehnte sich vor. Erste Anzeichen von Ärger huschten über sein Gesicht. „Was für Lästerungen sind das?" empörte er sich. „Nennt man Luzifer nicht zu Recht den ‚Fürsten dieser Welt'? Und die Schlange ist sein Symbol. Und außerdem ist er der ‚Fürst der Gewalten des Lufthimmels', von dem herab die Sonne ewig scheint."

„Ein Fürst ist er", stimmte Noah zu. „Aber ein Fürst von Betrügern, der unserem Vater Adam und auch unserer Mutter Eva durch Hinterlist die Herrschaft über diese Erde entriß und ihnen durch seine Lügen ihre Würde raubte. Fürst — ja, aber nicht König. Der wahre König existiert schon immer und wird erst noch auf diese Erde kommen."

Poseidon lehnte sich nun zurück. Dann brach er plötzlich in schallendes Gelächter aus. „Noah, du phantasierst!" rief er belustigt. „Wie kannst du leugnen, daß alle geschaffenen Dinge von der Sonne, von ihren Bewegungen und ihrer großen Kraft abhängen? Für alles, was Menschen und Tiere tun, beziehen sie direkt oder indirekt Energie von ihr, durch die Früchte, die auf den Feldern wachsen und durch die Nahrung, die sie zu sich nehmen. Und diese Energie wiederum wird der Sonne direkt von unserem Herrn Luzifer, dem Bringer des Lichts, dem großen, strahlenden Morgenstern gegeben, der alle Dinge hier auf Erden regiert."

Poseidon hatte sich bei dieser Erklärung zu Ehren seines Herrn in Eifer geredet. Voller Enthusiasmus fuhr er fort: „Luzifer, so ist der Name unseres Herrn, heißt ‚Lichtträger'. Er ist die Quelle aller Energie auf Erden, und Adalandia, das riesige Festland dieses Planeten, ist sein Reich. Aber er ist auch der Beherrscher der Lufthimmel. Die Atmosphäre, das Land, das Meer, die Tiere — ja selbst die Menschen sind von ihm abhängig. Alles Leben wird von ihm, vom Licht und der Energie der Sonne, erhalten. Und er ist der Herr über das alles!"

Der Dämon war bei seiner Rede vor Begeisterung aufgesprungen. Jetzt schwieg er und blickte andächtig zum Himmel hinauf. Schweigen herrschte in dem großen Raum. Doch Noah konnte seinen Mund nicht lange halten. „Er ist wirklich ein Engel des Lichts", murmelte er und blickte dabei vorsichtig zu Obed.

„Ja", stimmte Poseidon zu. „Luzifer, der Engel des Lichts!"

„Aber wie ein Blitz wurde er aus dem Himmel herabgestürzt", wagte Noah zu antworten. „Und er benutzt seine Herrlichkeit immer noch, um zu betrügen und die Söhne Adams in die Finsternis zu führen. Er ist zwar jetzt für eine Zeit der Herr des Lufthimmels und der Fürst dieser Welt — aber er ist nicht ihr Schöpfer. Auch ist er nicht die Sonne, von der die Erde Licht und Wärme erhält. Die Sonne ist vielmehr das Werk der Schöpferkräfte Jahwes. Sie ist nicht göttlich, sondern selbst nur erschaffen. Wirklich göttlich ist nur der ewige Schöpfer und Herr Jahwe selbst. Doch es ist Luzifers List, alles in das Gegenteil zu verdrehen und den Thron des Lichts für sich zu beanspruchen, um damit seine Göttlichkeit zu beweisen. Doch er hat nichts anderes als ein großes Durcheinander zustande gebracht. Er hat die Menschen verwirrt und versucht Jahwes Schöpfung zu zerstören."

Obed, der wußte, daß Noahs logische Erklärungen ihnen Verderben bringen konnten, hätte trotzdem am liebsten laut Applaus gespendet. Doch er bemerkte, daß Poseidon nun zornig wurde und schwieg deshalb.

Der Seegott grollte: „Es war mutig von euch, hier einzudringen. Doch jetzt hast du dich zum Narren gemacht, Noah, indem du solche Lästerungen in meiner

Gegenwart ausgesprochen hast. Weißt du nicht, daß euer Leben in meiner Hand ist?"

Noah blickte den gefallenen Engel mutig an: „Es ist der Herr, unser Gott, der Schöpfer der Himmel und der Erde, der unser Leben — und auch das deine, Poseidon — in Seiner Hand hält. Nur weil Er es zuläßt, könnt ihr — du und die anderen Überherren — hier auf Erden regieren. Doch der Augenblick wird kommen, da geht eure Zeit zu Ende. Denn der große Tag Jahwes ist schon nahe."

Hinter Noahs Worten stand mehr als nur sein Eifer. Er war selbst überrascht von dem, was er sagte. Und doch wußte er irgendwie, daß es Zeit war, diese Warnungen auszusprechen. Er spürte, daß diese Dinge, die er bisher nur geahnt hatte, in seinem Geist eine Bestätigung fanden.

„Der große Tag Jahwes, wie? Jahwe ist doch nur ein Gott unter vielen anderen. Ist Er etwa der Gott eurer kleinen Ortschaft?" spottete Poseidon.

„Jahwe ist der König aller Könige und der Herr aller Herren!" erwiderte Noah. „Er ist dein Schöpfer, Poseidon, und Er wird auch einmal dein Richter sein!"

9. Kapitel

Die Konsequenz der mutigen Worte Noahs war, daß die beiden Sethiter die Nacht im Tempelgefängnis zubringen mußten, während Poseidon noch überlegte, was er mit ihnen tun sollte.

Die beiden Gefangenen wechselten nur wenige Worte, während sie auf dem kalten Steinfußboden saßen. Wenigstens hatte man sie nicht in Ketten gelegt, dafür konnten sie noch dankbar sein. Doch Noah fühlte sich als Versager. Da sie auch außer dem restlichen Schein einer Fackel, die weiter vorn im Gang brannte, kein Licht hatten, verrann die Zeit nur quälend langsam. Zunächst war der Sohn Lamechs noch ziemlich zuversichtlich, da er noch vom Enthusiasmus seiner eigenen Predigt getragen wurde. Doch als die Nacht voranschritt und die absolute Stille sich immer schwerer auf sie legte, begann er sich selbst in Frage zu stellen. „Freund", durchbrach er die Stille, „wäre ich vorsichtiger gewesen, hätte Poseidon uns vielleicht laufen lassen."

Es dauerte lange, ehe er eine Antwort bekam, und er fürchtete schon, Obed stimme seinen Worten zu. Endlich antwortete der Sethiter: „Nein, du hast nur gesagt, was zu sagen war, Noah. Weniger wäre gegen das gewesen, was Jahwe dir ins Herz gab."

Noah staunte. „Dann hast du es also auch gespürt, daß es unser Gott war, der mich dazu drängte? Oh, Freund, bisher hatte ich nur gehofft, es sei nicht nur meine Einbildung, doch du machst mich zuversichtlicher."

Obed rückte näher zu ihm und deutete zu dem schwachen Lichtschein. „Siehst du den Schein? Er ist kaum noch wahrzunehmen, doch er weist darauf hin, daß weiter entfernt eine mächtige Flamme brennen muß. So ähnlich bist du, Noah. In dieser dunklen Welt ist deine Botschaft noch wie ein schwacher Schimmer, der kaum wahrzunehmen ist. Doch der Tag wird kommen, da wird das Tor aufgerissen und alle Menschen werden das strahlende Licht deiner Worte erkennen müssen."

Noah staunte über diese Bestätigung. Doch Obed war noch nicht zu Ende. „Diese Götter mögen Supermänner hervorbringen, doch die Menschheit bringt ab und zu einen Propheten hervor. Seit der Erschaffung der Welt hat es nur wenige gegeben — und sie wurden wie Diamanten nahezu immer wieder unter dem tauben Gestein der Menschen verschüttet. Doch ich habe schon lange geahnt, daß in dir eine besondere Berufung liegt, Freund", unterstrich Obed seine Worte noch. „Doch nun glaube ich, daß Jahwe noch größere Pläne mit dir hat, als ich bisher ahnte."

„Du meinst . . .?"

„Ja, ich meine — ich fühle, daß du ein Prophet bist. Der Prophet Jahwes für unsere Zeit."

Noah schwieg und überlegte. Seit seiner Kindheit hatte er sich gewünscht, Jahwe möge ihn irgendwie gebrauchen können. Doch er hatte angenommen, daß alle aufrichtigen Menschen sich dies wünschten. Daß er ausersehen sein könnte zu einem besonderen Dienst — dieser Gedanke war ihm nie gekommen. „Ich meine, du hast zu große Gedanken über mich", meinte er endlich. „Der Eindruck meiner Worte, die ich zu Poseidon sagte, läßt dich vielleicht über das Ziel hinausschießen. Außerdem wünsche ich mir eine solche Aufgabe nicht gerade. Es wäre kein Vergnügen, der Träger einer schlechten Botschaft für die Menschheit und die Welt zu sein, die ich liebe. Nein, Freund, diese Last laß besser einen anderen tragen."

Obed nickte. „Ich verstehe dich, doch das wird nichts an Jahwes Berufung ändern. Ich werde für dich beten, Noah. Denn die Last deiner Aufgabe wird wirklich sehr groß sein. Und bete auch du selbst noch mehr als bisher, denn die Verantwortung ist viel größer, als irgendein Mensch sich vorstellen kann."

Noah gab keine Antwort, dachte aber noch lange über die Worte seines Freundes nach. Doch endlich spürte er die Anstrengung des langen Reisetages, die in seinen Gliedern steckte. Er fiel in einen tiefen Schlaf.

Obed hingegen konnte nicht einschlafen. Es gelang ihm, sich ruhig zu verhalten, bis Noah den dringend benötigten Schlaf gefunden hatte. Jetzt gab er sich seinem Schmerz über den Verlust Adalas hin und weinte. Seit er am Morgen dieses Tages durch Noah davon gehört hatte, daß Adala geraubt worden war, hatte er noch kaum Zeit gefunden, richtig über dieses furchtbare Ereignis nachzudenken.

Seit dem Alter, da die Gefühle eines Mannes begonnen hatten sich in ihm zu regen, hatte er Adala geliebt. Obwohl die Kultur der Sethiten es nicht zuließ, daß Verlobte vor der Eheschließung allein zusammen waren, hatten die beiden Familien doch genug Zeit miteinander verbracht. Bei diesen Gelegenheiten hatte Adala ihm deutlich genug zu verstehen gegeben, daß auch sie ihn liebte. Er konnte auch jetzt noch nicht glauben, daß diese Liebe in ihr gestorben sein sollte und sie für ihn verloren war.

Doch dann erinnerte er sich an die großartige Erscheinung des Überherrn, der Adala geraubt und verführt hatte. „Narr, der du bist“, dachte er. „Wie kannst du dir einbilden, gegen Poseidon bestehen zu können. Mit dem überwältigenden Eindruck, den er auf Menschen ausübt, kann er sicherlich jede Frau verführen, wenn er das will.“ Und trotzdem wollte er nichts unversucht lassen, um Adala wiederzusehen. Er mußte Gewißheit haben, ob sie ihren jetzigen „Mann“ nicht verlassen würde, sondern freiwillig bei ihm bleiben wollte.

Plötzlich vernahm er leise Schritte. Da er glaubte, es sei eine Wache, zog er sich in den dunkelsten Winkel der Zelle zurück und stellte sich schlafend. Vor dem Eisengitter, das ihre Zelle abschloß, hielten die Schritte an. Er hörte, wie die Person heftig atmete. Als er vorsichtig zwischen den Fingern hindurchblickte, erkannte er in dem schwachen Lichtschein, wer da gekommen war. „Adala!“ rief er.

„Obed!“

„Ja, Adala, ich bin es. Daß du gekommen bist!“

Das schöne Mädchen blickte angstvoll den Gang zurück. Packte dann mit den Händen die Gitterstäbe und preßte ihr Gesicht dagegen.

Der Sethiter war aufgesprungen und eilte zu ihr. Er legte seine Hände auf die ihren. Sie ließ ihn gewähren. „Obed“, fragte sie, „was haben sie mit dir gemacht?“

„Nicht sie“, erwiderte er, „sondern er. Es war Poseidon, der uns hier einsperren ließ.“

Adala blickte ihn kurz an und senkte dann beschämt ihre Augen. „Nicht doch, Adala“, beeilte sich Obed zu sagen und streichelte ihre Wange, „wir wollen nicht davon reden. Erzähle mir lieber wie es dir geht. Wirst du gut behandelt?“

Verlegen antwortete sie: „Ja, der Herr ist gut zu mir.“

„So — er ist also dein Herr, nicht dein Ehemann“, bohrte Obed weiter. „Adala, es hat also keine richtige Heirat gegeben, das verraten deine eigenen Worte.“

Adala trat einen Schritt zurück. „Ich weiß wirklich nicht . . ."

„Natürlich weißt du nicht, meine Liebste. Du bist von Poseidon total verwirrt worden. Doch höre auf mich, denn ich liebe dich wirklich. Merkst du nicht, daß du irgendwie verzaubert worden bist? Hier ist alles in Wirklichkeit nicht so wie es scheint."

Adala sah jetzt bekümmert aus. Aus ihrem Augenwinkel stahl sich eine Träne. Obed, der durch die Gitterstäbe den Arm ausstreckte, um sie abzuwischen, sagte: „Es ist eine Träne der Reinigung. Ich werde sie alle abwischen, so viele du auch noch weinst. Sage mir nur, daß du mich immer noch liebst."

Die Verführte und Gedemütigte lächelte jetzt zum ersten Mal ein klein wenig. „Obed", sagte sie, „ja, ich liebe dich immer noch." Jetzt konnte sie sogar ein wenig lachen.

Obwohl der Mann vor Freude hätte springen mögen, sagte er: „Psst — sei leise." Damit deutete er auf den Schlafenden im Hintergrund der Zelle.

Adala blickte aufmerksam hin. „Noah", fragte sie, „geht es ihm gut?"

„Soweit es uns hier gutgehen kann, ja", versicherte Obed. „Doch laß ihn schlafen, er hat heute viel mehr getan als seine Pflicht gewesen wäre."

„Ich hörte von seiner Rede vor Poseidon", nickte sie. „Ich habe auch erfahren, daß der Gott euch morgen zum öffentlichen Verhör bringen will. Tut er das, werde ich ihn bitten, euch freizulassen."

Obed betrachtete sie liebevoll. „Ich glaube, kein Mann könnte dir eine Bitte abschlagen", meinte er. „Vielleicht müssen sogar die Götter dir gehorchen. Aber ich werde hier nicht fortgehen ohne dich, meine Liebste."

10. Kapitel

Die beiden Gefangenen merkten erst durch das Rasseln der Schlüssel, daß der Morgen angebrochen war. Man erlaubte ihnen nicht, sich noch ein wenig zu erfrischen, sondern sie wurden sofort in den gleichen kleinen Saal gebracht, in dem sie schon am Vortage vor Poseidon gestanden hatten. Sie hatten noch nicht recht ihre Gedanken geordnet, als der mächtige Dämon schon den Raum betrat.

„Du bist sehr beredsam", wandte sich Poseidon an Noah. „Ich möchte gern noch mehr über eure Lehren hören."

Noah blickte zu Obed, der ihm ermutigend zunickte. Er richtete sich noch ein wenig höher auf und begann: „Es ist mir eine Ehre, dir in allen Dingen Auskunft zu geben, Hoheit. Womit soll ich beginnen?"

„Erzähle mir von eurem Vater Adam", forderte der Fürst und lehnte sich erwartungsvoll in seinem Thron zurück.

„Adam ist der Stammvater der gesamten Menschheit. Nach ihm wird die Erde Adamalanda, Adalandis oder Adalandia genannt."

Poseidon machte eine geringschätzige Handbewegung. „Das weiß jedes Kind, Noah. Sprich von euren Überlieferungen und Lehren."

"Gut", nickte Noah. „Adam wurde von Gott ein wenig niedriger geschaffen als die Engel — ein wenig niedriger also als die Söhne Gottes, ob sie nun gut oder böse sind."

„Auf welchen Gebieten wurde er niedriger geschaffen?" fragte Poseidon.

Noah wurde es bei dieser Frage etwas ungemütlich, denn ihm war klar, daß als einer der Söhne Gottes, wenn auch ein gefallener, Poseidon diese Dinge sicherlich wußte. „Ich nehme an", begann er vorsichtig, „du suchst mit dieser Frage kein Wissen, sondern willst mich nur prüfen. Obwohl du deine Knie vor Luzifer gebeugt hast, kennst du die fundamentalen Wahrheiten doch selbst gut genug."

„Auf welchen Gebieten wurde Adam niedriger geschaffen?" fragte der Seegott wieder, als habe er Noahs Antwort gar nicht gehört.

Noah überlegte einen Augenblick und antwortete dann: „Physisch und auch intellektuell sind wir euch nicht gleich, Hoheit, das weißt du auch. Wir haben weder die Möglichkeit, unter gewissen Umständen die Gedanken anderer zu lesen, wie ihr es könnt, noch können wir uns selbst oder andere Dinge durch geistige Kräfte an einen anderen Ort versetzen oder in telepathischer Form miteinander reden, wie die Überherren das tun. Manche sagen, diese Fähigkeiten lägen auch in den Menschen verborgen und müßten nur wieder erweckt werden; die Menschheit habe sie nur durch den Fall verloren. Das sind aber nur Annahmen, über die wir nichts Gewisses sagen können. Dafür nehmen wir aber einen besonderen Platz im Herzen Jahwes ein, denn die Erschaffung der Menschheit lag schon in Seinem Plan vor Grundlegung der Welt."

Poseidon fingerte an seinen Haarlocken herum, und Noah fragte sich, ob er immer noch von Dingen sprach, die dem Gott zu allgemein waren. Doch dieser fragte jetzt: „Du erwähntest den ‚Fall', Noah. Was ist das?"

Noahs Überzeugung stieg, daß Poseidon ihn nur prüfen wollte. Aus irgendwelchen Gründen wollte der gefallene Engel erfahren, wieviel der Mensch vor ihm wirklich wußte. Noah holte tief Atem und begann: „Als Jahwe die Menschen schuf, legte Er ihnen noch auf einem anderen Gebiet Beschränkungen auf. Während die Engel mit dem Wissen um Gut und Böse geschaffen waren, schuf Er die Menschen unschuldig. Die Engel wußten also bei ihren Entscheidungen, die sie trafen, immer, welche Konsequenzen aus ihrem Tun erwachsen würden. Doch die Menschen wollte Gott durch innere Überzeugung, sozusagen durch ihr Gewissen regieren. Sie sollten Ihm vertrauen und so im Glauben auf Seinen Willen eingehen. Wenn dieses Vertrauen zu ihrem Schöpfer fehlen sollte, so würden daraus Zweifel erwachsen. Und obwohl Gott auch alle Engel liebte, nahmen die Menschen doch in Seiner Schöpfung einen besonderen Platz ein, weil sie ihre Entscheidungen Ihm gegenüber nicht durch den Intellekt, sondern vom Herzen her trafen. Dieses auf Glauben aufgebaute besondere Verhältnis zu Gott ist es, das die Engel nie recht begreifen konnten und was sie immer zu verstehen wünschten, weil ihnen darin die Erfahrung fehlt. Auch ihr Überherren könnt mit eurem Verstand das nicht begreifen, was die Menschen mit ihrer Seele erfassen. Das ist der Grund, weshalb Gott Seinen Engeln befohlen hat, besonders über uns Menschen zu wachen. Und aus dem gleichen Grund sind wir auch die Objekte des besonderen Neides und der größten Versuchungen durch die Herrscher der Finsternis."

Poseidon hatte seinen Blick abgewandt und starrte nachdenklich in eine Ecke des Saales. Ihm schien die Wendung des Themas in diese Richtung irgendwie unangenehm zu sein. Noah blickte kurz zu seinem Freund, der bis jetzt schweigend neben ihm gestanden hatte. Obed machte eine leichte Kopfbewegung zur Seite. Als Noah nach dort schaute, sah er, daß sich in der Zwischenzeit eine Gruppe von Menschen da versammelt hatte. Einige waren ganz weiß, andere wieder völlig schwarz gekleidet. Die Dienerschaft des Hauses konnte es nicht sein. Da aber die meisten von ihnen auch noch seltsame Zeichen auf ihren Kleidern trugen und merkwürdige Kopfbedeckungen hatten, schloß Noah daraus, daß es sich bei den Männern und Frauen um Zauberer und Hexen handelte, sowie um Priester und Priesterinnen Luzifers. Einen Schritt vor dieser Gruppe stand offensichtlich ihr Oberpriester und größter Zauberer. Es war ein sehr alter grauhaariger Mann mit mächtigem Bart. Auch er war ganz in Schwarz gekleidet und hielt einen langen Stock in seiner Hand, auf dessen Spitze ein großer schwarzer Rabe saß.

Noah war, als habe er, ein wenig hinter dieser Gruppe versteckt, für einen kurzen Augenblick auch seine Schwester gesehen. „Ach Adala", dachte er, „mag Jahwe dich bewahren."

Nun ergriff Poseidon wieder das Wort: „Du hast immer noch nicht erklärt, Noah, was der ‚Fall' eigentlich ist und weshalb Adam seine ursprüngliche Stellung verlor."

„Ich komme jetzt darauf", versicherte Lamechs Sohn, „aber die bisherigen Ausführungen waren dazu nötig. Weil Gott die Menschen, wie ich schon sagte, so geschaffen hatte, daß sie im Glauben Ihm gehorchen sollten, waren sie aber auch anfällig für Zweifel. Adam war zwar vollkommen gut geschaffen, aber gerade das Gute in ihm machte auch die Anwesenheit des Bösen nötig, sonst hätte ja Adam gar nicht beweisen können, daß er im Glauben an Gottes Willen und damit am Guten festhielt. Er wurde also der Versuchung durch das Böse ausgesetzt, obwohl er gar nicht wußte, was gut und böse war."

Jetzt mußte Poseidon lachen. „Du sagst, Adam war

unverständig? Welche Freude hätte Jahwe denn an einem dummen Menschen haben können?"

„Ich sagte nicht ‚unverständig', Überherr, sondern unwissend und unschuldig. Es fehlte dem Menschen keinesfalls an Weisheit und Intelligenz, sondern nur am Wissen. Aber nicht sehr lange. Viel Wissen eignete er sich durch Erfahrungen an, aber ein Teil des Wissens kam auch durch eine Stimme zu ihm, die von außen an sein Ohr und Herz drang und ihn dazu zwang, zwischen seinem Vertrauen zu Gott und dem Zweifel zu wählen."

„Und woher kam diese Stimme?" wollte Poseidon wissen.

„Es war die Stimme der Schlange, die Luzifer benutzte, um durch sie zu Adam und Eva zu reden. Als unsere Stammeltern auf diese Stimme hörten, wurden sie Narren ihres neuen Wissens und verloren dabei die Weisheit ihrer Unschuld."

Der Dämon schüttelte den Kopf. „Ich kann nicht verstehen, wie durch Wissen Torheit hervorgebracht werden soll, Noah. Kannst du das erklären?"

„Du hast mich falsch verstanden, Hoheit", wandte Noah ein. „Es fehlte den Menschen nicht an Wissen über die Notwendigkeiten des täglichen Lebens. Darüber wußten sie wohl Bescheid. Aber davon haben wir ja auch nicht gesprochen. Wenn ich meinte, daß es ihnen an Wissen fehlte, wollte ich damit sagen, sie wußten nichts von Fehlern und Versagen, von Ungehorsam und von Zweifeln Gott gegenüber. Das alles war ihnen fremd. Doch dann überredete die Schlange unsere Mutter Eva und durch sie auch unseren Vater Adam dazu, durch Ungehorsam gegenüber Gott die Erfahrung einer ganz neuen Freiheit zu machen, die sie bisher eben nicht kannten. So ließen sie sich also wegen dieser angeblichen Freiheit zum Ungehorsam gegenüber Gott überreden, und das wurde der Anlaß zu ihrem Fall. Es stellte sich nun heraus, daß die Schlange, euer großer Luzifer und Lichtträger, uns nichts anderes gebracht hatte als Tod und Finsternis. Der fundamentale Unterschied zwischen uns Menschen und den Engeln Luzifers ist also der: Die Engel fielen, obwohl sie genau um ihren Ungehorsam und alle Konsequenzen daraus wußten; der Mensch fiel, weil er betrogen wurde."

„Da scheint kaum ein großer Unterschied zu sein", bemerkte Poseidon.

„Der Unterschied ist sehr groß und ganz grundsätzlicher Natur, Hoheit", erwiderte Noah. „Zwar scheint in dem, was sie taten bei beiden — den gefallenen Engeln und den Menschen — kein großer Unterschied zu bestehen. Beide wurden Gott ungehorsam und lehnten sich damit gegen Ihn auf. Doch die Engel kannten den Unterschied zwischen Gut und Böse und wußten somit um die Folgen ihrer Rebellion, während die Menschen dies nicht wußten, sondern sogar noch von Luzifer eingeredet bekamen, sie würden selbst wie Gott sein, wenn sie gegen Gottes Gebot handelten. Sünde war es bei beiden. Aber die einen sündigten, weil sie es wollten, die anderen sündigten und wußten dabei nicht, was sie taten. Die einen waren Betrüger, die anderen Betrogene. Deshalb hat Gott auch für uns Menschen die Möglichkeit der Erlösung geplant, wenn die Menschen ihre Schuld einsehen und umkehren. Aber die Welt, wie sie jetzt ist, mit euch als Herrschern, wird ausgelöscht werden."

„Ausgelöscht?" Der Stimme des gefallenen Engels war der Hohn anzuhören.

„So ist es, Poseidon. Unser Vater Adam, für den du dich so interessierst, hat die Zerstörung aller Dinge der Gottlosigkeit wegen vorausgesagt. Diese schrecklichen Geschehnisse werden einmal durch die Gewalt des Wassers und zum anderen Mal auch durch die Macht des Feuers stattfinden."

Die Gruppe der Zauberer und Hexen belustigte diese Erklärung Noahs so, daß sie anfingen laut zu lachen. Auch der Überherr schien nun genug zu haben von Noahs Ansichten. Er rief: „Lamechs Sohn, du bist verrückt! Du mußt sofort den Tempelbezirk verlassen. Ich gebe dir noch einen Rat: Es wird für dich selbst gut sein, wenn du in Zukunft deine Torheiten für dich behältst."

Adala, die aufmerksam zugehört hatte, war stolz auf ihres Bruders Mut und Beredsamkeit. Jetzt atmete sie erleichtert auf. Sie würde ihren Herrn also nicht um die Freiheit der beiden Sethiter bitten müssen.

Doch auch Poseidon hatte ihre Erleichterung bemerkt, und auch die verliebten Blicke gesehen, die Obed und sie sich zugeworfen hatten. Deshalb fügte er hinzu: „Dein Freund jedoch wird hier festgehalten, denn in ihm erkenne ich den Geist der Auflehnung."

Adala blieb die Luft weg. Tränen stiegen ihr in die Augen, und bittend streckte sie ihre Hände nach Poseidon aus. Dieser jedoch ließ sich nicht bewegen, sondern machte eine befehlende Handbewegung für die Wachen.

Die beiden Sethiter wurden in verschiedene Richtungen geführt. Obed zurück ins Gefängnis, während man Noah wieder an das äußere Tor brachte, wo man ihm noch den dringenden Rat gab, nie mehr nach hier zurückzukehren. Als er sich beim Verlassen des Saales an der Tür nochmals umdrehte, bemerkte er noch, wie Poseidon dem alten Oberzauberer einen auffordernden Blick zuwarf und dabei mit einem Kopfnicken auf Noah wies. Das letzte, was er hörte, als sich die Tür hinter ihm schloß, war das Krächzen des Raben des Zauberers.

11. Kapitel

Noahs Atem ging schwer, und er hatte mit den Tränen zu kämpfen, während er die Uferstraße in entgegengesetzter Richtung als am gestrigen Tage entlangritt und sich immer weiter von Sonnenstadt entfernte. Er fragte sich, welches Schicksal der Dämon seinem Freund zugedacht hatte. Auch Adalas Stellung war wohl nach ihrem impulsiven Unternehmen nicht leichter geworden. „Jahwe", rief er, „ich dachte, Du seist mit mir!" Als er eine Stelle erreichte, wo sich vom Gebirge her ein schmales Felsenband bis zur Küste hinzog, hielt er bei einer grottenartigen Vertiefung im Fels an, band sein Pferd fest und setzte sich in die Felsnische, die einige Meter über dem Wasser lag.

Während er saß und sich von dem wilden Ritt erholte, beruhigte sich beim Anblick des still daliegenden Meeres auch der Aufruhr in seinem Inneren ein wenig. „Warum müssen die gefallenen Engel die Menschen so verführen, daß diese in den wunderbaren Werken der Schöpfung nicht mehr die Spuren des ewigen großen Schöpfergottes sehen, sondern diese Werke selbst als Götter anbeten, und damit Gott die Ihm zukommende Ehre rauben?" überlegte er. „Alles haben die Herrscher der Finsternis in das Gegenteil verkehrt und die Menschen damit verblendet. Und leider lassen sich die meisten Menschen auch gern verführen, statt nach Gott und Seinen großen Wahrheiten zu fragen."

Er schüttelte betrübt den Kopf, wenn er daran dachte, wie selbst unter den Sethitern viele sich eher von dem sichtbaren Glanz der Überherren betören ließen, als den Willen des großen Gottes zu tun. Er mußte dabei an seinen Onkel Moricahn denken und dessen Zweifeln an der Wahrheit der göttlichen Überlieferungen. Wie sollte das einmal enden, wenn Gottes Geduld zu Ende ging und Er dann in Seinem Zorn nicht mehr bereit war, diese gottlose Welt weiter zu tragen und zu erhalten? Noahs Herz wurde schwer, als er daran dachte, welches Ende diese Welt einmal nehmen würde.

Plötzlich wurde er aus seinem Nachsinnen aufgeschreckt. Er hatte irgendeine Bewegung auf der Wasserfläche vor sich wahrgenommen, wußte aber nicht, was es gewesen war. Auf einmal sprang ziemlich genau unter ihm ein Delphin aus dem Wasser und beschrieb einen weiten Bogen, ehe er wieder in die Wellen eintauchte. Dabei schrie er: „Sohn des Menschen!"

Noah schüttelte verwundert den Kopf. Er fragte sich, ob er diese Worte wirklich oder nur in seiner Phantasie gehört hatte. Wohl war ihm von anderen erzählt worden, daß bei bestimmten Meereslebewesen die Fähigkeit zum Sprechen in größerem Maße vorhanden sei als bei Landtieren, doch er selbst hatte noch nie so etwas erlebt. Gerade als er die ganze Angelegenheit ins Reich der Träume verweisen wollte, sprang unter ihm der Delphin wieder aus dem Wasser und rief: „Sohn des Menschen, sei nicht bekümmert!"

Jetzt war Noah klar, daß er sich nicht verhört haben konnte. Da sprang der Delphin ein drittes Mal aus den Fluten und rief: „Sohn des Menschen, freue dich!" Dann tauchte er wieder unter. Noah wartete noch eine geraume Zeit, doch das Tier schien endgültig fortgeschwommen zu sein. Er überlegte, was dieses Erlebnis bedeuten mochte. *„Ob Jahwe den Meeresbewohner gesandt hat, um mich zu ermutigen?“* fragte er sich. Er fand keine Antwort, aber er spürte, wie trotz der schlimmen Erlebnisse, die hinter ihm lagen, neue Zuversicht in sein Herz einzog. Endlich erhob er sich und ging zu seinem geduldig wartenden Pferd. Er lenkte das Tier auf die Uferstraße zurück, von der er aber bald abbog, um wieder in die Berge seiner Heimatstadt zu gelangen.

Noah war so mit seinen Gedanken beschäftigt, daß er sich nicht ein einziges Mal umdrehte. Würde er es getan haben, hätte er bemerkt, daß der Rabe des alten Zauberers ihm beständig folgte.

Die Berge der Erde hatten Noah ebenfalls stets interessiert. Die Landmasse des Planeten bestand aus einem riesigen Kontinent, der beinahe die Hälfte der Erdoberfläche bedeckte. Unterbrochen wurde er von mächtigen Strömen, die manchmal schon seeartigen Charakter annahmen und von riesigen Binnenseen, von denen einige so groß waren wie heutige kleine Meere. Doch wenn man wollte, konnte man die gesamten Landmassen der Erde erreichen, ohne ein Schiff besteigen zu müssen, weil sie alle zusammenhingen, rund umgeben von Wasser.

Es gab allerdings im Inneren des großen Kontinents hohe Gebirge, die sehr unzugänglich waren und deren Höhen wohl noch keines Menschen Fuß betreten hatte. Ihre Gipfel verschwanden in dem milchig-blauen Dunstschleier, der die Erde beständig umgab. Diese Gebirgsgegenden wurden von den meisten Menschen als heilig angesehen. Sogar die Sethiten, die nur Jahwe als Gott anerkannten und nur zu Ihm beteten, fragten sich, wer in jenen unzugänglichen Gebirgsregionen wohl wohnen mochte und welche Kräfte solche Wesen, die dort lebten, wohl hatten.

Legenden besagten, daß von der frühesten Geschichte der Erde an, als die „Götter“ über die verschiedenen Gebiete unseres Planeten als Überherren eingesetzt wurden und die Menschen sich auf der Erde auszubreiten begannen, die noch größeren Götter ihren Wohnsitz in jenen Gebirgen genommen hätten und von dort aus mit den geringeren Göttern — solchen Wesen wie Poseidon — auf der einen Seite und mit dem allerhöchsten Herrn Luzifer auf der anderen Verbindung hielten. Von daher kam es auch, daß alle Himmelskörper — die Sonne, der Mond, die Sterne — als göttliche Wesen angesehen und angebetet wurden. Denn der Mensch erhob seine Augen nach und nach von den Ebenen zu den Bergen und von da zum Himmelsgewölbe hinauf. So wurden alle gewaltigen Werke der Schöpfung vergöttlicht und angebetet, und darüber vergaß man die Verehrung und Anbetung des einen wahren Schöpfergottes Jahwe.

Doch all diese Entwicklungen gehörten zu dem großen Plan der gefallenen Engel, die zunächst durch primitive Naturgeister und später durch höhere Götter und Religionen die Herzen der Menschen von dem einen wahren Gott ablenkten.

Es gab für die meisten Menschen ja auch keinen Grund, den Betrügereien der falschen Götter nicht zu glauben. Da durch den Fall ihre direkte Verbindung zu dem einzig wahren Gott unterbrochen war, sahen sie in erster Linie das, was die Überherren ihnen vormachten; und deren Möglichkeiten und Kräfte waren ja beeindruckend. Fast alle Menschen hatten die fliegenden Himmelswagen der Überherren schon gesehen und hatten die riesigen Bauwerke, die gewaltigen Ziggurate und Pyramiden sowie die gigantischen Götterbilder von Zeus und Baal und anderen Göttern schon bestaunt. Da war es nicht zu verwunderlich, daß es den Überherren mit ihren Werken und Betrügereien gelang, den Menschen einzureden, es gebe noch höhere Götter.

Während seines Heimwegs dachte Noah über diese Dinge nach. Er dachte an all die Völker und Stämme der Menschen, die groß geworden und wieder untergegangen waren, an alle Kriege und Gewalttaten, die immer weiter um sich griffen, und wie dabei der Wille Jahwes immer mehr mißachtet wurde. Doch Gott hatte trotzdem in Seiner großen Barmherzigkeit bisher dafür gesorgt, daß die Menschheit weiter existieren und sogar Erfindungen und Fortschritte machen konnte, obwohl sich die Herzen der Menschen immer mehr Ihm gegenüber verhärteten und sie alle immer egoistischer wurden. Da fielen ihm Obeds Worte ein, er sei von Jahwe als Prophet für diese Menschheit seiner Zeit ausersehen. Erschrocken flüsterte er: „Herr, ich bin ein Mann mit unreinen Lippen und wohne unter einem Volk von unreinen Lippen. Ich tauge sicher nicht als Prophet."

War es nicht vermessen von ihm, nur der Worte Obeds wegen an so etwas überhaupt zu denken, überlegte er weiter? Denn von Jahwe selbst hatte er bisher dazu noch nichts gehört. Er lachte: „Tatsächlich habe ich bis jetzt in meinem Leben überhaupt noch nie direkt von Jahwe selbst etwas gehört. Alles, was ich von Ihm weiß, habe ich von meinem Vater und Großvater erfahren." Doch im stillen mußte er sich zugeben, daß er von Kindheit an durch seinen Glauben eng mit Gott in Verbindung gestanden hatte.

Noah hatte die Küstenebene durchquert und ritt schon seit einiger Zeit wieder durch das Hügelland. Er würde noch einmal in einer Herberge übernachten müssen, ehe er wieder in die Berge kam, in denen Lamechstadt lag. Bei diesen Gedanken wurde er daran erinnert, wie er zu seinem eigenen Namen Noah (Ruhe) gekommen war.

Als er geboren wurde, war sein Vater, wie es unter

den Sethiten Sitte war, drei Tage in die Einsamkeit gegangen, um den Willen Jahwes für seinen Sohn zu erforschen und gleichzeitig einen Namen für ihn zu finden. Die Namensgebung selbst wurde dann mit einem Fest verbunden, zu dem Verwandte und Freunde eingeladen waren. So hatten sich zu diesem vorgesehenen Tag auch die Gäste schon versammelt und warteten gespannt auf die Rückkehr des Vaters und die Bekanntgabe des Namens für den erstgeborenen Sohn.

Lamechstadt war schon damals ein betriebsamer und aufstrebender Ort gewesen, in dem man in erster Linie an Geschäfte und Arbeit und den Erwerb von Reichtum dachte. Deshalb glaubten die Gäste auch, Lamech würde seinem ersten Sohn einen Namen geben, der etwas von der erfolgreichen Unternehmertätigkeit ausdrückte, die man von ihm für später wohl erwartete. Denn bei den Sethiten bedeutete ein Name im allgemeinen mehr als nur eine bloße Unterscheidungsmöglichkeit von anderen Personen. Man wollte in der Regel mit der Namensgebung auch künftige Hoffnungen und Aussichten für das Leben des betreffenden Menschen kundtun.

Lamech selbst hatte sich zunächst auch gewundert über den Namen, der ihm für seinen Sohn ins Herz gekommen war. Doch als er während der Feier nun an dem dafür bestimmten Zeitpunkt sich erhob, um den Namen bekanntzugeben, war er sicher, Jahwe richtig verstanden zu haben, als er erklärte: „Er soll Noah heißen, denn er wird uns aufatmen (ausruhen) lassen von unserer Arbeit und von der Mühe unserer Hände um den Ackerboden, den der Herr verflucht hat."

Viel verstecktes Lächeln und staunendes Kopfschütteln war bei diesen Worten unter den Gästen zu sehen gewesen. Doch Lamech hatte seine Erklärung so energisch und fest abgegeben, daß niemand gewagt hatte zu fragen, wie er denn ausgerechnet zu diesem Namen gekommen war.

Als Noahs Mutter ihm später, als er alt genug war, diese Geschichte einmal erzählte, hatte sie ihren Arm um Noahs Schulter gelegt und gesagt: „Ich bin sicher, vor dir liegt einmal eine große Aufgabe. Wir Menschen können nicht in die Zukunft sehen und verstehen deshalb manche Absichten und Zusammenhänge nicht, und außerdem sind Gottes Pläne oft unerforschlich. Doch eines Tages werden wir Jahwes Absichten erkennen, und auch du selbst wirst dann überrascht sein."

Am nächsten Morgen machte Noah sich nach einer für Roß und Reiter erholsamen Nacht wieder auf den Weg, um nun das letzte, beschwerlichste Stück der Heimreise in Angriff zu nehmen. Denn es würde jetzt wieder durch die Berge gehen.

Noah war mit seinen Gedanken bald von neuem bei den hinter ihm liegenden Ereignissen und begann aufs neue über vieles nachzusinnen. Deshalb überließ er es auch weitgehend seinem Pferd, den Weg selbst zu finden, der ihm von vielen früheren Ritten wohlbekannt war. Um so unsanfter wurde Noah jetzt aus seinen Überlegungen gerissen, als das Pferd den Halt verlor. Es war wohl zu nahe an den steilen Abhang gekommen, der unmittelbar neben der Straße begann, strauchelte und rutschte ein Stück den Hang hinunter, bis es sich in einer kleinen mit Kies gefüllten Mulde wieder fangen konnte. Noah mußte alle Reitkünste anwenden, um bei der Rutschpartie nicht aus dem Sattel geworfen zu werden. Besänftigend klopfte er dem Pferd nun den Hals und sagte: „Nur ruhig, mein Junge, es ist ja alles gutgegangen." Dabei blickte er nach oben und überlegte, wie sie am besten zur Straße zurückkommen würden.

Doch plötzlich hörte er ein dumpfes Grollen. Das Pferd bäumte sich erschrocken auf. Noah sprang aus dem Sattel, um es festzuhalten und zu beruhigen. Als er auf den Füßen stand, spürte er, wie unter ihm die Erde bebte. Als er wieder nach dort schaute, von wo das Dröhnen kam, sah er, daß sich weiter vorn oberhalb der Straße eine große Steinlawine vom Hang gelöst hatte und jetzt über die Straße hinweg in die Tiefe donnerte; und zwar gerade an der Stelle, wo er jetzt hätte sein müssen, wäre sein Pferd nicht gestrauchelt und mit ihm in diese Mulde gerutscht.

Er brauchte einige Zeit, bis er sein Pferd beruhigt hatte. Als er sich aufs neue umschaute, um die beste Möglichkeit zu finden, sich wieder auf den Heimweg zu machen, sah er auf einem Baum in der Nähe einen großen schwarzen Vogel sitzen. Bei näherem Hinsehen erkannte Noah, daß es sich um den Raben des alten Zauberers aus Poseidons Thronsaal handelte, der ihn aufmerksam beobachtete. Als er sich nach einem Stein bückte, flog der Rabe mit einem Krächzen davon, das Noah wie höhnisches Gelächter in den Ohren klang.

12. Kapitel

Ein leichter Windhauch, der in Poseidons offenes Schlafzimmerfenster hereinwehte, spielte mit Adalas Haar. Sie saß am Fenster, blickte hinaus auf das Meer und beobachtete die Seevögel, die sich in den Lüften tummelten und von Zeit zu Zeit auf das Wasser herabstießen, um sich einen Fisch zu fangen.

Adala war in trübseliger Stimmung. Ab und zu stahl sich eine Träne aus ihren Augenwinkeln und lief ihr über die Wangen. Sie hatte die ganze Zeit nur an Obed und an das denken können, was sie am Morgen in Poseidons Thronsaal miterlebt hatte. Sie war schon eine Stunde im Keller im Dampfbad gewesen und hatte anschließend noch eine Zeit im sprudelnden Mineralbad verbracht. Doch besser fühlte sie sich trotzdem nicht, obwohl man ihr gesagt hatte, es würde ihr helfen.

Aber man hatte ihr ja schon viele Dinge erzählt während der wenigen Tage, die sie nun hier in Poseidons Palast war. Poseidon liebe sie wirklich von ganzem Herzen, hatte man ihr gesagt, und er wolle nichts anderes als das Beste für sie und ihr alle Wünsche erfüllen. Sie würde so glücklich werden, daß nach und nach die Erinnerungen an ihre Familie und ihren ehemaligen Verlobten gänzlich verschwinden würden.

Adala schaute einer Möwe zu, die sich mit kühnem Sturzflug einen Fisch aus den Wellen geangelt hatte und damit jetzt am Strand saß. Sie ließ den zappelnden Fisch auf den Sand fallen, und dieser versuchte mit seltsamen Sprüngen wieder in das nasse Element zurückzukommen, das seine eigentliche Heimat war. Doch jedesmal, wenn er kurz vor dem Wasser war, packte die Möwe ihn wieder mit ihrem scharfen Schnabel und schleppte ihn zurück. Das ging so lange, bis der Fisch sich vor Erschöpfung kaum noch rühren konnte; dann begann sie ihn mit Genuß zu verzehren. Adala überlegte, daß dies auch ihr Schicksal sein würde. Sie war wie der Fisch, und Poseidon wie die Möwe. Er würde so lange mit ihr spielen, bis er sie zerstört hatte.

Sie ging vom Fenster weg und warf sich auf das breite Bett, in dem Poseidon sie zu seiner Gespielin gemacht hatte; hier begann sie leise zu schluchzen. Adalas Kummer wurde immer stärker, als sie jetzt wieder an Obed dachte. Und endlich konnte sie sich nicht mehr beherrschen und begann laut zu weinen. Da sie nicht gehört werden wollte, um nicht Poseidon herbeizurufen, vergrub sie ihr Gesicht schnell in ein großes Kissen. Doch es war schon zu spät. Sie hörte, wie sich die Schlafzimmertür öffnete und wußte, daß er kam. Er sagte zu jemand, der draußen auf dem Gang stand: „Ich werde mich um sie kümmern. Es wird ihr bald wieder gut gehen."

Sie spürte, daß er jetzt neben ihr stand, hatte aber nicht den Mut, ihn anzublicken. Nach einiger Zeit legte er ihr sanft die Hand auf die Schulter. Doch mit einem Schluchzer wälzte sie sich von ihm weg auf die andere Seite des Bettes. „Meine Liebe", flüsterte das Überwesen schmeichlerisch, „du trauerst um deine Brüder, ich sehe es. Das ist ganz normal, und ich verstehe deinen Kummer. Doch im Laufe der Zeit wirst du erkennen, daß ich richtig und klug gehandelt habe."

Adala hatte ihn noch immer nicht angeschaut. Doch der Überherr setzte sich jetzt neben sie und zog ihren Kopf zu sich herum. Sie erinnerte sich daran, wie sein Blick sie damals an dem kleinen Gebirgssee völlig verzaubert hatte. Deshalb nahm sie jetzt alle Kraft zusammen, um seinen bittenden Augen zu widerstehen. „Du weißt doch ganz genau, mein Herr, daß nur Noah mein Bruder ist. Du hast es von Anfang an gewußt", schluchzte sie.

Der Seegott strich ihr leicht über das Haar. „Natürlich habe ich es gewußt, Adala", nickte er. „Ich weiß alles über dich. Doch du wirst erleben, daß nach und nach die Erinnerungen an deine Vergangenheit verschwinden werden. Meine Liebe zu dir wird alles sein, was du noch brauchst."

Doch die Erinnerungen an ihre Familie und ihren Verlobten waren in der Tochter Lamechs seit dem Morgen wieder stärker geworden. Außerdem hatte sie in den wenigen Tagen, die sie hier lebte, schon bemerkt, daß der Palast Poseidons ein Ort der Lüge und des Betrugs war. Sie sprang vom Bett auf und blickte Poseidon mutig in die Augen. „Du und deine Mitregenten, ihr seid alle Betrüger", warf sie ihm vor. „Ich glaube, daß die Worte meines Bruders, die er in deinem Thronsaal sprach, die Wahrheit sind. Eure Herrschaft wird bald zu Ende gehen."

Das gefallene Wesen spürte die Stärke ihres Willens und ahnte instinktiv, daß er ihn diesmal nicht wieder würde brechen können. Aufmerksam studierte er sie von Kopf bis Fuß. „Ich sehe", sagte er endlich bedächtig, „daß du dich von den Worten dieses Verrückten aus den Bergen hast verzaubern lassen."

„Nicht verzaubern", fuhr Adala ärgerlich auf, „sondern ich habe durch diese Worte zu mir selbst zurückgefunden, zu meinem wahren Wesen, das du verführt hast, wie die Schlange unsere Mutter Eva verführte.

Denn ich bin Obeds rechtmäßige Verlobte und sollte seine Frau werden, nicht die deine."

Den Dämonenfürst schienen diese Worte nicht zu erschüttern. Doch plötzlich saß er gerade aufgerichtet und völlig steif da, hatte den Kopf in den Nacken zurückgelegt und die Augen geschlossen. Eine ganze Weile verharrte er so. Adala zitterte, denn sie wußte, daß er sich jetzt „mit jemand besprach", wie er das nannte. Sie wandte sich von ihm ab und blickte wieder zum Fenster hinaus.

Es dauerte nicht sehr lange, da öffnete sich die Tür. Ein Nephilim trat ein, ergriff sie am Arm und führte sie aus Poseidons Schlafzimmer. Niemand sagte ihr, wohin sie gebracht wurde. Doch viel Zeit sollte nicht mehr vergehen, bis sie ihren geliebten sethitischen Bräutigam wiedersehen und mit ihm gemeinsam in den Frieden der Ewigkeit eingehen würde.

13. Kapitel

Noah war noch nie an dem hohen Tafelberg westlich des Schildkrötentals gewesen. Doch jetzt kam er ihm durch seine Suche nach einem Heimweg nach Lamechstadt immer näher. Er hatte schon oft seltsame Geschichten von diesem hohen und oben ganz flachen Berg gehört. Gerüchte besagten, es handele sich um ein großes Landefeld für die fliegenden Himmelswagen der Überherren. Andere wollten gar wissen, der Berg, der Baalbeck-Terrassen genannt wurde, sei der Wohnort eines der allerhöchsten Götter.

Als Noah nach dem Erdbeben, das ihn mit seinem Pferd in die Kiesmulde rutschen ließ, von dort wieder herausgeklettert war und seinen Heimweg fortsetzen wollte, mußte er feststellen, daß sich durch das Beben ein etliche Meter breiter und sehr tiefer Riß aufgetan hatte, der mehrere Kilometer lang zu sein schien. Jedenfalls konnte er von seinem Standort aus nicht übersehen, wie lang er wirklich war. Der Spalt war auch zu breit, um zu versuchen, mit dem Pferd hinüberzuspringen. Er war außerdem viel zu tief, und von unten stieg große Hitze auf. Es blieb Noah also nichts anderes übrig, als an dem Erdriß entlangzureiten oder zu gehen, je nachdem das Gelände beschaffen war, und das

Ende zu finden oder wenigstens eine Stelle, wo er schmal genug wurde, um ihn zu überqueren.

Bei der Suche nach dem Ende der breiten Spalte war er nun also in die Nähe des geheimnisvollen Tafelberges geraten. Noah hatte sich schon oft Gedanken gemacht, ob sich dort oben wirklich ein Geheimnis verbergen könnte, deshalb wurde auch jetzt sein Blick immer wieder dahin gezogen. Ihm war, als habe es in der letzten halben Stunde dort oben mehrere Male hell aufgeblitzt. Deshalb überlegte er, ob er dem Berg, nachdem er nun doch schon so nahe war, einen Besuch abstatten sollte. Hatten die Götter mit dem, was dort oben auf Baalbeck geschah, etwas zu tun, war es vielleicht der Mühe wert, einmal hinaufzusteigen.

Er betrachtete aufmerksam die steilen Hänge. Als er glaubte, einen Weg gefunden zu haben, um hinaufzukommen, lenkte er sein Pferd nach dort und suchte zunächst einen Platz, wo er das Tier anbinden und für längere Zeit allein lassen konnte. Es stellte sich heraus, daß hier, in der Nähe des Berges, auch der Erdriß endete, so daß er anschließend ungehindert in jede Richtung weiterreiten konnte.

Nachdem er sich noch ein kurze Ruhepause gegönnt hatte, machte er sich an den beschwerlichen Aufstieg, der all seine Geschicklichkeit erforderte. Er hatte schon etwa ein Drittel des Weges zurückgelegt, da spürte er, wie der Berg unter ihm zu beben begann. Steine lösten sich hier und da von den Hängen und rollten ins Tal hinunter. Noah fand eine Felsnische, in die er sich hineinlegte und abwartete. Doch es war kein so schlimmes Beben wie das vorherige, und bald beschloß er, seinen Weg fortzusetzen. Plötzlich hörte er über sich ein mächtiges Donnern und Dröhnen, als stünde er an einem gewaltigen Wasserfall. Als er vorsichtig aus der Nische hinausspähte, sah er etwa ein Dutzend Himmelswagen der Überherren, die über dem Berg kreisten, sich immer wieder senkten und neu emporstiegen und auch an den Seiten des Berges entlangflogen. Sie untersuchten wohl, ob das Erdbeben irgendwelchen Schaden angerichtet hatte. Da sie nichts fanden, kehrten sie bald zu dem Flughafen zurück, der sich wohl oben auf der glatten Fläche des Berges befand.

Das reizte natürlich Noahs Neugier noch mehr. Mit doppeltem Eifer machte er sich erneut an den Aufstieg und hatte nach etwa weiteren zwei Stunden den oberen Rand des Tafelberges erreicht. Jetzt wurde er noch vorsichtiger als bisher schon, um nicht von vielleicht vorhandenen Wachen entdeckt zu werden. Doch die schien es nicht zu geben. Die Überherren, denn sie mußten es sein, das hatten die Himmelswagen bewiesen, fühlten sich hier wohl sehr sicher. In Noah stieg der Verdacht auf, die Götter könnten die über den Berg bestehenden Gerüchte selbst ausgestreut haben, um die Menschen zu hindern, hierher zu kommen.

Auf der wie mit einer riesigen Maschine glattgewalzten weiten Fläche des Berges wuchsen viele Büsche und Bäume, teils einzeln, teils in Gruppen. Es würde also nicht zu schwer sein, möglichst ungesehen weiterzukommen. Noah lief geduckt zu einer Buschgruppe. Hinter ihr verborgen schaute er sich aufmerksam um. Da begann plötzlich wieder ein dumpfes Dröhnen. Noah fuhr zusammen und dachte zunächst an ein weiteres Erdbeben. Doch als er einige Augenblicke lauschte, erkannte er, daß es sich um große Trommeln handeln mußte, die in nicht allzu weiter Entfernung geschlagen wurden. Vorsichtig machte er sich in die Richtung auf den Weg, aus der die Trommeln erklangen. Dabei bemühte er sich, immer im Sichtschutz der Bäume und Büsche zu bleiben.

Was er vor sich sah, als er durch eine besonders dichte Buschgruppe gekrochen war und an deren Rand vorsichtig die Zweige ein wenig auseinanderbog, ließ ihm kalte Schauer den Rücken hinablaufen. Er blickte auf einen großen freien Platz, auf dem sich viele Menschen, Nephilim und auch einige Überherren eingefunden hatten. Er erkannte einige wieder, weil er sie schon in Poseidons Palast unter der Gruppe der Zauberer und Hexen gesehen hatte. Es schienen mehrere tausend verschiedene Wesen zu sein, die hier zusammengekommen waren. Unter ihnen Vertreter aller adalandischen Staaten.

Sie alle, Menschen, Nephilim und Überherren, wiegten sich zum Klang der Trommeln in einem seltsamen Takt und sangen dabei gemeinsam ein Wort, das aus mehreren Silben bestand. Ihre Stimmen hoben und senkten sich, sie wurden einmal lauter, dann wieder leiser, aber sie sangen beständig nur dieses eine Wort.

Noah war klar, was hier vor sich ging. Was er sah, waren die Riten der großen Opferzeremonie, die, als Höhepunkt, mit der Opferung und dem Tod eines Menschen endete. Das Wort, das sie dabei wie eine endlose Litanei immer wieder sangen, sollte dazu dienen, den großen Übergeist, den Fürsten dieser Welt, ihren Herrn, herbeizurufen. Es war unter den Menschen allgemein bekannt, daß man glaubte, auf diese Art den großen Geist des Universums beschwören zu können. Nur die Sethiten lehnten diesen Ritus ab, da sie überzeugt waren, daß es sich bei diesem Geist des Universums um niemand anders als den betrügerischen Luzifer, den gefallenen Lichtengel, handelte.

Von dem Wort, das sie immerfort sangen, glaubten sie, wenn sie es nur oft genug wiederholten, würden ihre Seelen dadurch in Harmonie mit dem großen Weltgeist und dem Universum gebracht, so daß sie die Vibrationen der Sonne und der Sterne und der universellen Energie verspüren könnten.

Gerade als die Versammelten wieder einmal besonders laut und in den höchsten Tönen sangen, begann der Berg zu zittern und zu beben. Die Reaktion der Singenden auf dieses Geschehen kam für Noah völlig unerwartet. Noah hätte geglaubt, das Beben sei die Antwort auf ihre Gebete. Doch es schien nicht so zu sein, denn die Beter wurden klar erkennbar von Schrecken gepackt, fielen auf ihre Knie und sangen noch lauter. Einige warfen Staub auf ihre Köpfe und Kleider, als wollten sie irgendwie Buße tun. Und dann gingen die unverständlichen Laute in ein zu verstehendes Wort über: „Luzifer! Luzifer! Luzifer!" schrien sie flehend, als wollten sie ihn bitten, dem angsterregenden Geschehen ein Ende zu machen.

Als das Dröhnen und Beben noch zunahm, sprang plötzlich ein riesiges Wesen auf die bis dahin leere Plattform des Versammlungsplatzes. Noah erkannte in dem riesigen Nephilim den Wächter vom inneren Tor des Sonnentempels wieder - einen von Poseidons Söhnen. „Bringt das Opfer!" schrie der Gigant mit gewaltiger Stimme. „Die Erde wird sich nicht beruhigen ohne das Opfer!"

Noah zitterte vor Aufregung, als jetzt in der Mitte der Versammelten Bewegung entstand. Scheinbar waren es zwei Opfer, die da von mächtigen Händen gepackt nach vorn gezerrt wurden. Für einen Augenblick wurde es still in der Menge. Nur aus ihrer Mitte stieg jetzt der Angstschrei eines der Opfer auf. Doch dieser Schrei machte sie alle wie rasend. Sie rissen ihre Fäuste empor, wedelten wie wild damit in der Luft herum und schrien, was ihre Lungen hergaben.

Erst als das erste menschliche Opfer von rohen Händen auf die Plattform gestoßen wurde, konnte Noah einen Blick darauf werfen. Ihm war, als wolle sein Herz stille stehen. „Adala!" entfuhr es ihm unwillkürlich. Erschreckt blickte er sich um. Doch es war niemand in seiner Nähe. Außerdem machten die Rasenden vor ihm einen solchen Lärm, daß sein Ausruf unmöglich gehört werden konnte.

Nun zerrte man auch das zweite Opfer auf die Plattform. Noah erkannte seinen Freund Obed. Zorn und Eifersucht hatten Poseidon also so weit getrieben, die beiden Verlobten diesem schrecklichen Tod preiszugeben.

Noah wollte den Tod der beiden ihm so lieben Menschen nicht mit ansehen und schloß die Augen. Es würde genug sein, ihren Todesschrei hören zu müssen, dachte er. Doch in diesem Augenblick traf ein neuer, noch schwererer Stoß den Berg, und zwar von der Seite her, an der Noah stand, so daß Noah es einige Augenblicke früher bemerkte als der versammelte Haufen. Er wurde zur Seite geworfen und sah mit weit aufgerissenen Augen, wie sich neben ihm plötzlich die Erde spaltete und der Riß, der sich auftat, gerade auf die Versammelten zulief.

In diesem Augenblick sauste drüben das riesige Opferschwert des Nephilim herunter, der mit einem gewaltigen Schlag die beiden Menschen tötete. Doch die rasende Meute sollte keine Zeit mehr haben, den Tod der beiden Opfer zu feiern. Nur zwei, drei Sekunden später erreichte sie der sich immer mehr verbreiternde Erdspalt und riß Hunderte von ihnen in den Tod. Es waren schreckliche Szenen, die sich da vor Noahs Augen abspielten.

Der Sohn Lamechs rannte voller Schrecken davon. Er blutete selbst aus mehreren Schürfwunden und von Kratzern, die ihm die stachligen Zweige der Büsche beigebracht hatten. Auch schmerzten mehrere Prellungen, die er sich zugezogen hatte, als die bebende Erde ihn unsanft beiseite warf. So schnell er konnte, stieg er vom Berg hinunter, während sich der Boden unter ihm langsam wieder beruhigte.

Es begann zu dunkeln, als er sein unruhig zitterndes Pferd erreichte. Als er es bestieg und sich auf den Heimweg machte, hörte er hinter sich das Krächzen des Raben. Noah drehte sich um, schüttelte die Faust nach ihm und rief: „Ja, Teufelsvogel, du hast gedacht, dein Herr Luzifer würde die Erde regieren und alles bestimmen, was auf ihr geschieht. Aber das Erdbeben auf diesem Berg ist heute von Jahwe geschickt worden und hat viele eurer gottlosen Anhänger umgebracht. Das ist eine Warnung von Jahwe, Er will euch damit sagen, daß Er diesen Planeten in Seiner Hand hält."

2

Das Böse wächst

„Der Herr sah, daß auf der Erde die Schlechtigkeit des Menschen zunahm und daß alles Sinnen und Trachten seines Herzens immer nur böse war.“

„Die Erde war in Gottes Augen verdorben, sie war voller Gewalttaten.“

„Da reute es den Herrn, auf der Erde den Menschen gemacht zu haben, und tat Seinem Herzen weh.“

1. Mose 6,5.11.6

1. Kapitel

Die Schiffe von Adalandia besaßen keine Segel, da es unter den damaligen klimatischen Bedingungen auf der Erde so gut wie keinen Wind gab. Die einfacheren Schiffe wurden durch Ruder vorwärtsbewegt oder benutzten sinnreiche Erfindungen, durch die man die Strömungen ausnutzte. Doch die Überherren hatten den Menschen gezeigt, wie sie Energie in Form von Dampf und auch Elektrizität verwenden konnten, so daß die meisten Schiffe schon durch irgendeine Energieart über Motoren angetrieben wurden. Deshalb war es in den meisten Häfen, die voller Aktivität waren, auch recht laut.

Noah liebte die Aktivität solcher Häfen und sah gern den Schiffen zu, wenn sie ein- und wieder ausliefen oder be- und entladen wurden. Obwohl er auch die Stille der Berge sehr gern hatte, die seine Heimatstadt umgaben, und lieber auf einem Pferd ritt, als in die Himmelsmaschinen der Überherren zu steigen, wurde er doch vom Meer und auch von allen technischen Unternehmungen und Fortschritten der Menschen immer wieder gefesselt.

Noah war ein Mensch mit vielen Interessen, obwohl dies seinem Vater durchaus nicht sehr gefiel. Doch der

Schreibtisch mit all den Buchhaltungsunterlagen des väterlichen Betriebs war für seinen regen Geist längst nicht genug. Er nahm an viel mehr Dingen anteil. Das leise Plätschern eines Baches konnte ihn dabei genauso erfreuen wie die Betriebsamkeit eines großen Seehafens.

Sein Vater Lamech selbst war es gewesen, der in Noah das Interesse an den vielen verschiedenen Dingen der Welt geweckt hatte. Schon als er noch Kind war, hatte Lamech ihm erzählt, daß die ganze Erde und alles, was darauf war, von Gott geschaffen wurde und nur bestehen konnte, weil Er sie durch Seine gewaltigen Schöpferkräfte täglich erhielt. Da Noah sich schon in seinen Kinderjahren für alles interessierte, was mit Jahwe zusammenhing, wurde dadurch auch sein Interesse für die weite Welt geweckt, die ja Jahwes Schöpferwerk war.

Auch vor neuen Dingen und Veränderungen, die in sein Leben kamen, war Noah nie geflohen, sondern hatte sie stets als Herausforderung angesehen, damit fertigzuwerden. Gerade in der letzten Zeit hatte es eine Reihe von Veränderungen in seinem Leben gegeben, da er schon eine Weile in Cronos lebte, im Haus von Obeds Vater. Heute war er wieder einmal zum Hafen gegangen, um dem Betrieb dort zuzuschauen. Als er jetzt ein Schiff den Hafen verlassen sah, das von Ruderkraft angetrieben wurde und aus solchem Holz hergestellt war, wie es in seines Vaters Sägewerk gewonnen und auch für den Schiffbau zugeschnitten wurde, mußte er wieder an seine Heimatstadt denken.

Er dachte über das ruhige, gleichförmige Leben nach, das er an der Seite seines Vaters haben könnte. Die Jahre mit seinem Bruder Jaseth fielen ihm ein. Doch gerade die letzte Zeit, das mußte er sich eingestehen, war das Verständnis zwischen ihm und dem Bruder nicht mehr so gut gewesen wie früher. Seit dem

Tod Adalas und Obeds war nichts mehr ganz so gewesen wie vorher. Obwohl mittlerweile fünf Jahre seit dem furchtbaren Geschehen in Baalbeck vergangen waren, war Noah bis heute nicht damit fertiggeworden. Er lebte seit jener Zeit in einer inneren Spannung, die ihn immer wieder von Lamechstadt forttrieb in die großen Städte, in denen er den immer mehr zunehmenden moralischen Verfall der Menschen beobachtete und niederschrieb, was ihm dabei besonders auffiel.

Er hatte sich bis heute davor gefürchtet, einmal ernstlich darüber nachzudenken, woher dieser innere Antrieb zu seinem Handeln kam. Seit Obeds Voraussage damals in Poseidons Palast hatte Noah aber immer so etwas wie einen inneren Ruf verspürt, dem er bisher widerstanden hatte. Doch mehr und mehr fühlte er, wie es ihn zu einem Punkt der völligen Übergabe seines eigenen Lebens an diesen Ruf zog.

Deshalb hatte er nun vor einigen Monaten seine Heimatstadt verlassen und war zu Obeds Vater Schubag in die große Küstenstadt Cronos gezogen. Seinen Lebensunterhalt verdiente er sich, indem er bei Schubag in der Buchhaltung arbeitete. Doch seine freie Zeit widmete er ausschließlich dem Drang, die immer schlimmer, sündhafter und gewalttätiger werdenden Zustände unter den Menschen zu erforschen und über die Ursachen dieser ständigen rapiden Zunahme nachzudenken. Fast jeden Tag durchstreifte er die Straßen der Stadt bis zum Einbruch der Dunkelheit. Dann saß er noch lange beim Lampenschein in seinem Zimmerchen und schrieb seine neu gewonnenen Eindrücke in seinen Tagebüchern nieder. Obwohl er bisher nie hörbar die Stimme Gottes vernommen hatte schien es, als würde Jahwe im Herzen zu ihm sagen: *„Beobachte alles, Noah. Sieh, in welches Unheil die Menschen, Meine Geschöpfe, hineingeraten sind, wie die Sünde sich in allen Dingen breitmacht. Lerne zu verstehen, warum Mein*

Herz unter diesen Zuständen der Menschheit blutet und Mein Zorn immer größer wird.“

Was er sah, stieß ihn immer mehr ab. Gewiß, es war gewöhnlich nicht so offenkundig und grauenhaft wie sein Erlebnis in Baalbeck, doch auf gewisse Weise war es noch unheilvoller. Die gewalttätige Unmoral versteckte sich nämlich mittlerweile nicht mehr vor der Öffentlichkeit oder gab vor, es handele sich um religiöse Zeremonien, sondern wagte sich offen unter die Augen der Menschen. Es schien, als würden die letzten Schranken der Moral und des Gewissens in der Gesellschaft zusammenbrechen. Hatten zum Beispiel vor einigen Jahren viele junge Frauen als Entschuldigung noch gebraucht, daß sie aus gesundheitlichen oder ähnlichen gewichtigen Gründen nicht in der Lage seien ein Kind auszutragen und hatten es mit diesem Argument vor der Geburt töten lassen, so wagte man es mittlerweile, sich offen zu seinen egoistischen Motiven zu bekennen und erklärte, es passe im Augenblick eben nicht in die Pläne, würde die Karriere zerstören oder vielen lustvollen oder vergnüglichen Wünschen hinderlich sein, wenn man Kinder bekäme, und aus diesem Grunde sei es besser, es töten zu lassen, ehe es auf die Welt käme. So oder ähnlich wagte man mittlerweile, sich zu seinen sündigen und egoistischen Motiven offen zu bekennen; und dies auf allen Gebieten. Aus formaler religiöser Gleichgültigkeit war offene Gottlosigkeit geworden. Vor fünf Jahren war die Lage schon schlimm genug gewesen, aber sie hatte sich in der Zwischenzeit noch so rapide verschlechtert, daß Noah sich manchmal fragte, ob es sich noch um dieselbe Gesellschaft handelte wie damals, als er vor Poseidons Thron von seinen Überzeugungen und seinem Glauben gesprochen hatte.

An diesem Tage war Noah nach Beendigung seiner Arbeit wieder einmal bis zum Hafen hinuntergegangen und hatte dem regen Betrieb zugeschaut, der dort noch herrschte, obwohl es schon auf den Abend zuging. Die Beladung eines Schiffes erregte sein besonderes Interesse, da es sich bei der Fracht um Holz aus seines Vaters Sägewerk zu handeln schien. Dadurch wurde er lebhaft an zu Hause erinnert und vergaß darüber die Zeit. Er schreckte aus seinen Gedanken auf, als es schon fast völlig dunkel war.

Die Wetterverhältnisse der Erde brachten es mit sich, daß jeden Abend dicke Nebelschwaden aufzogen, durch die der Erdboden im Laufe der Nacht jeweils die benötigte Feuchtigkeit erhielt. Ganz besonders schlimm war es mit diesem Nebel in der Nähe großer Gewässer, und am schlimmsten hier an der Küste des Ozeans. Noah wußte das. Schubag hatte ihn schon einige Male gewarnt, bei seinen abendlichen Exkursionen nicht die Zeit zu versäumen und vor allem bei Einbruch der Dunkelheit nicht mehr in Stadtteilen zu sein, die er nicht ganz genau kannte, weil der Nebel hier an der Küste ganz schnell so dick wurde, daß man nicht mehr einen halben Meter weit sehen konnte.

Nun war Noah doch von Nacht und Nebel, der bereits in dicken Schwaden um ihn zog, überrascht worden. Er sprang auf und machte sich eilig auf den Heimweg. Die ersten beiden Querstraßen hatte er schon passiert mit noch einigermaßen erträglichen Sichtverhältnissen. Gerade sagte er zu sich: *„Schubag hat mit seinen Warnungen vor dem Nebel wohl doch etwas übertrieben, ich spüre zwar die Feuchtigkeit schon sehr stark, kann aber gerade meinen Weg noch erkennen"*, da war es ihm, als würde er plötzlich in weiße Watte eingehüllt. Ganz gedämpft hörte er die Stimmen anderer Menschen, die sich auch in diesem undurchsichtigen weißen Meer bewegten, und konnte die Häuserfront rechts von sich gerade noch dadurch wahrnehmen, daß aus den dicht verschlossenen Fenstern Lichtschein drang. Da er sich noch in der Nähe des Hafens befand, kam er an besonders vielen verrufenen Kneipen und Spelunken vorbei, aus denen rauhes Gelächter und Gefluche und trunkenes Gegröle zu hören war.

Nach und nach wurde Noah bewußt, in welch schlimmer Lage er sich jetzt befand. Die Feuchtigkeit drang immer mehr in seine Kleidung ein. Aber noch schlimmer war, daß ihm schien, als habe er die Orientierung verloren. *„Wenn ich nur noch zu der breiten Straße finde, die direkt zum Marktplatz führt"*, dachte er, *„dann habe ich es geschafft."* Schubags Haus lag als zweites in einer Straße, die unmittelbar in den Marktplatz mündete. Doch Noah fand diese Hauptstraße nicht mehr, sondern verirrte sich und geriet in eine Nebenstraße, in der es noch dunkler zu sein schien, weil hier nur wenige Häuser standen, aus denen Licht auf die Straße fiel.

Nach mehreren vergeblichen Versuchen, sich wieder zurechtzufinden, gab Noah es auf. Er wagte aber auch nicht, in dieser besonders verrufenen Gegend einfach an eine Haustür zu klopfen und um Unterkunft für die Nacht zu bitten, weil er nicht wußte, wem er in die Hände fallen würde. Also wandte er sich an Gott und betete: *„Jahwe, ich gehöre Dir und bitte Dich nun um Bewahrung für diese Nacht. Laß mich einen Ort finden, an dem ich die Stunden bis Tagesanbruch unbeschadet überstehen kann."*

Rechts von ihm war es wieder einmal ganz dunkel, obwohl aus der Dunkelheit Stimmen zu vernehmen waren. Er tastete mit den Händen und fühlte neben sich eine niedrige Mauer. *„Dahinter muß sich wohl ein Hof befinden, weil sich den Stimmen nach dort mehrere Männer aufhalten"*, überlegte er. *„Vielleicht finde ich dort auch ein Eckchen, wo ich für die Nacht unterkrieche."*

Gerade schickte er sich an, vorsichtig über die niedrige Mauer zu klettern, als er aus der dahinterliegenden Dunkelheit einen hellen Schrei hörte. Noah fuhr zurück. Wurde dort etwa jemand ausgeraubt? Dann hörte er jemand sagen: „Halt ihn doch fest. Wenn er sich losreißt und nur zwei Schritte machen kann, finden wir ihn nicht mehr."

Wieder ein Schrei, der aber sofort in ersticktes Gurgeln überging. „Wenn du nicht still bist, lebst du nicht mehr lange", sagte eine andere rauhe Männerstimme.

Gleich darauf forderte eine dritte Stimme: „Aber er gehört mir zuerst, denn ich habe ihn hergebracht." Aus den anschließenden Geräuschen und dem unterdrückten Stöhnen wurde Noah klar, daß dort ein Knabe einer Horde von Männern in die Hände gefallen war, die ihre Lust an ihm ausließen. Er überlegte, ob er dem Opfer zu Hilfe eilen sollte. Da er aber an den verschiedenen Stimmen erkannt hatte, daß sich dort mindestens fünf bis sechs Männer aufhalten mußten, sagte er sich, daß jeder Versuch zu helfen zwecklos sein würde und nur ihn selbst auch noch in Gefahr brachte.

Innerlich tief erschüttert, tastete er sich weiter durch Nebel und Dunkelheit, bis er endlich irgendwo eine leere Nische in einer Mauer fand, in die er sich verkroch, um darin die Nacht zu überstehen. *„Ach, Jahwe"*, seufzte er leise, *„wie schlimm sollen Sünde und Gottlosigkeit noch werden? Beherrschen wirklich nur noch die Söhne Kains diese Welt? Wo sind dann die Kinder Seths geblieben? Kannst Du nichts unternehmen, um diese Zustände zu verändern oder zu beenden?"*

Schlaf fand Noah keinen in der harten und feuchten Mauernische. Doch als die Nacht langsam vorüberging, hatte er sich total an Gott ausgeliefert und völlig „ja" gesagt zu dem Ruf, den er schon längere Zeit in seinem Leben spürte und gegen den er sich bisher immer noch gewehrt hatte.

2. Kapitel

Schubag überlegte, ob er Diener ausschicken sollte, den Sohn Lamechs zu suchen, doch irgend etwas hielt ihn zurück. Er hatte sich Sorgen gemacht um Noahs Sicherheit und sich gefragt, warum er nicht zurückkehrte. Doch trotz seiner wachsenden Unruhe hatte er gespürt, daß Gott damit eine Absicht haben könnte und daß alles zum Guten hinauslaufen würde.

Der alte Sethiter fand keinen Schlaf. Mehrere Male erhob er sich und ging unruhig im Raum hin und her. „*Er ist berufen, Dein Prophet zu sein, Herr*", murmelte er. „*Zwar hat er sich bisher geweigert, wird aber doch irgendwann ‚ja' sagen.*" Er dachte daran, wie er sich manchmal mit seinem Sohn Obed darüber unterhalten hatte. Beide waren schon lange der Meinung gewesen, daß Jahwe mit Noah besondere Pläne hatte. Was Obed damals in Poseidons Gefängnis gesagt hatte, stammte nicht direkt von ihm, sondern war vorher schon seines Vaters Überzeugung gewesen, ehe es auch die seine geworden war.

Schubag war klar, daß auch Noah noch nicht verstanden hatte, welcher Art die Pläne Gottes mit ihm waren, doch er war immer davon überzeugt gewesen, daß Gott ihn diese zur rechten Zeit erkennen lassen würde. Und in seinem Herzen ahnte er, daß diese Nacht vielleicht der Zeitpunkt dafür sein könnte. Deshalb war er auch nicht zu sehr überrascht, als er am nächsten Morgen die erste Nachricht über Noahs Verbleib erhielt. Eine ältere Dienerin kam aufgeregt zu ihm gerannt und rief: „Der junge Herr Noah steht auf dem Marktplatz. Und obwohl es noch frühmorgens ist, verursacht er dort schon einen Aufruhr!"

Schubag nickte beruhigend und meinte: „Na, da haben wir ihn ja endlich wiedergefunden."

„Gefunden? Den kann man gar nicht überhören. Er weckt ja die ganze Stadt auf. Ach Herr, ich habe dich immer gewarnt, daß er uns noch Schwierigkeiten machen wird. Er gehört nun einmal nicht hierher in die Stadt, sondern in seine Berge."

„Na, na, Matrina", erwiderte Schubag beruhigend, „du bist zwar schon viele Jahre in unserem Haus, und ich habe dir viele Aufgaben übertragen. Aber um meine Gäste brauchst du dir keine Gedanken zu machen."

Empört antwortete die alte Dienerin: „Aber du solltest ihn hören."

„Was sagt er denn?" forschte Schubag.

„Er...er...predigt!"

Der alte Sethiter blickte sie forschend an. „Bist du sicher?"

„Hör doch selbst, Herr", drängte sie. „Geh auf den Balkon und lausche."

Schubag folgte ihrem Vorschlag. Er konnte zwar von hier aus nicht den Marktplatz übersehen, sondern nur das Stück an der Einmündung der Straße, aber er hörte jemand laut rufen; und obwohl er die Worte nicht verstand, erkannte er die Stimme Noahs. Als er ins Zimmer zurücktrat, lag ein seltsamer, fast wie entrückt wirkender Ausdruck auf seinem Gesicht.

„Na, was habe ich gesagt?" nörgelte die Haushälterin. „Zuerst treibt er sich laufend in den Straßen herum und zieht sich nachher jedesmal in die Einsamkeit zurück — und nun auch noch das. Ich sage dir, Herr, bei dem Sohn Lamechs stimmts irgendwie nicht." Dabei machte sie eine vielsagende Bewegung mit dem Finger an ihre Stirn.

Schubag kicherte leise, als er sie jetzt zur Tür hinausschob. „Ach Matrina, der junge Mann ist ganz normal und vernünftig — und trotzdem doch anders als die anderen alle", fügte er nachdenklich hinzu.

Der Mann aus den Bergen hatte seiner rauhen Heimat lange Zeit nicht mehr so ähnlich gesehen wie heute. Die Nacht in den Straßen und sein Seelenkampf hatten sein Gesicht gezeichnet und tiefe Linien darin geprägt. Das wild zerzauste Haar und seine blitzenden Augen vertieften noch den Eindruck eines wilden Mannes aus dem Gebirge.

Noah hatte sich auf eine noch vom vorhergehenden Tag herumstehende Kiste gestellt und von da aus mit lauter Stimme zu reden begonnen. Dies war hier auf dem Marktplatz an sich nicht ungewöhnlich. Hier wandten sich ab und zu einmal Redner mit seltsamen Ideen, Philosophien, politischen oder religiösen Ansichten an die Menschen. Deshalb wunderten sich die trotz der frühen Stunde schon auf dem Platz anzutreffenden Leute auch gar nicht darüber, daß wieder einmal ein selbsternannter Redner ihnen seine Meinung kundtun wollte. Was Aufsehen erregte, war das, was Noah sagte.

Doch diesen selbst kümmerte überhaupt nicht, was die Menschen von ihm oder seiner Rede hielten. Die Ereignisse der letzten Nacht hatten die Erlebnisse in Baalbeck und im Palast Poseidons wieder so in ihm lebendig werden lassen und ihn so tief erschüttert, daß er nur noch gebetet hatte: *„Ja, Jahwe, ich bin bereit, Deinem Ruf zu folgen und zu predigen, was immer Du mir* *auf das Herz legen wirst.*“ Und wie er predigen wollte!

„Die Sünde Kains hat uns alle gepackt!“ begann er mit lauter Stimme und weit ausgebreiteten Armen. Seine Worte füllten den Marktplatz wie der Schall einer Posaune. Und er wiederholte sie immer wieder, bis eine ganze Anzahl Menschen sich versammelt hatten. „Die Sünde Kains hat uns gepackt! Die Sünde Kains! Die Sünde Kains!“

Zuerst hörten die Umstehenden mit Erstaunen zu, wunderten sich über die seltsamen Worte und fragten sich gegenseitig, wer der so wild aussehende Mann wohl sein mochte. Doch als Noah fortfuhr, schlug das Erstaunen bald in Gelächter um.

„Die ganze Erde ist verderbt in den Augen Gottes und erfüllt mit Gewalttaten“, schrie er. „Alle Wesen aus Fleisch auf dieser Erde leben in Sünde und Verdorbenheit. Und im Sinnen und Trachten des menschlichen Herzens nimmt das Böse immer mehr zu.“

Der Verwalter des Marktes wurde bei diesen Worten nervös, da am Ende des Marktplatzes gewöhnlich auch einige Zelte mit Prostituierten standen, die hier ihren Geschäften nachgingen und an denen die Marktverwaltung recht gut verdiente. Der Verwalter sagte sich, daß sich die Prostituierten über solche Worte wohl ärgern würden. Außerdem bestand die Gefahr, daß sie dadurch einen Teil ihrer Kundschaft verloren.

„Unsere Erde war einst ein großartiger Planet“, fuhr Noah fort, „geschaffen für unseren Vater Adam und alle seine Nachkommen. Doch unsere Verbindung mit Luzifer hat ihn verdorben. Und die Kinder Kains, der unseren Bruder Abel erschlug, haben die Nachkommen aus der gerechten Linie Seths zum großen Teil verdrängt und überwältigt.“

Was redet dieser Mensch nur für dummes Zeug, fragten sich die Leute? Gut, von Kain hatten sie gehört, er war einer der bekanntesten Vorfahren ihrer Rasse.

Ganz gewiß wußten sie auch von Adam. Doch welchen Gott meinte der Redner wohl, der mit ihnen und ihrer Welt nicht zufrieden war? Und wer konnte sich wohl ein Urteil darüber erlauben, ob die Gedanken und Herzen der Menschen böse waren? Ist nicht unser gesamtes irdisches System danach ausgerichtet, daß die Sonne unser großer Lebensspender und Gott ist? Na ja, vielleicht hatte er damit recht, daß die Gewalttätigkeiten in der letzten Zeit zu sehr zugenommen hatten. Auch die Vergnügungen des Fleisches brachten nicht immer die erhoffte Befriedigung, das mußte man schon zugeben. Doch machte die menschliche Rasse nicht fortwährend Fortschritte und besserte sich laufend? Würde ihre Anhänglichkeit an die Götter sie nicht nach und nach zur Vollkommenheit führen?

„Du lästerst die Sonne, unsere große Lebensbringerin!“ rief jemand, als Noah einen Augenblick Atem holte. „Was für ein Gott ist es eigentlich, von dem du redest? Wenn unser Vater Kain gesündigt haben sollte, so ist er sicherlich trotzdem erlöst worden, denn seine großen Werke sind ja heute noch in uns, seinen Kindern, sichtbar.“

„Von großen Werken kann man tatsächlich reden“, antwortete Noah. „Die Fortschritte, die wir Menschen machen, sind erstaunlich. Die Fähigkeiten, die uns der Schöpfer gegeben hat, sind tatsächlich wunderbar. Und wir bringen damit großartige Dinge zustande. Doch der Geist Gottes wird sich nicht immer um die Menschen bemühen. Es wird ein Tag kommen, da wird der ewige und alleinige Gott des Himmels es bereuen, daß Er uns geschaffen hat, und wird sich von uns abwenden.“

Einige Verkäufer bedrängten jetzt den Marktverwalter, dem Redner zu verbieten weiterzumachen, da es sonst an diesem Tage schwerlich ein einigermaßen gutes Geschäft geben würde. Er trat also näher zu Noah heran und rief: „Guter Mann, deine Fähigkeit zum Predigen und die erstaunlichen Dinge, von denen du redest, haben uns sehr interessiert, doch du mußt ein wenig Geduld mit Leuten wie mir haben. Während die meisten anderen Zuhörer hier sehr gebildet sind, verstehe ich wenig von dem, was du uns sagst. Kannst du mir deshalb eine Frage beantworten? Aus deinen Worten entnehme ich, daß du ein Sethiter bist. Stimmt das?"

„Ja, ich bin einer", nickte Noah.

„Wenn also die Sethiter, wie du sagst, dem Gott, von dem du redest, besonders wohlgefallen, wie kommt es dann, daß sie eine abnehmende Rasse sind und immer mehr verschwinden? Ich war immer der Meinung, wenn die Götter und die Sonne segnen, dann schenken sie damit lebenspendende Kraft und Wachstum. Deine Rasse wächst nicht, sondern nimmt immer mehr ab. Aber die Rasse Kains wird immer größer und ist die mächtigere."

Den Zuhörern schien die Argumentation des Verwalters zu gefallen, denn sie spendeten ihm lebhaft Beifall. Doch Noah blickte ihm gerade in die Augen und erwiderte: „Ich spreche nicht von der Sonne, sondern von dem einzig wahren Gott, der alle Dinge gemacht hat und in Seiner Hand hält, auch die Sonne. Auch wenn ich von Segen und Fluch rede, verstehe ich darunter etwas viel Umfassenderes als ihr. Die Gedanken Jahwes gehen in ganz anderen Bahnen als unsere menschlichen; und ehe Er segnet, sorgt Er oft dafür, daß wir erst in unserer eigenen Kraft zerbrechen, damit wir Ihm nicht die Ehre stehlen, die Ihm allein zukommt. Ehe Gott den Zeitpunkt gekommen sehen wird, diese Erde zu erlösen, wird Er vorher alle Rassen in einem größeren Maße mindern, als wir es uns vorstellen können."

Als der Prediger diese Feststellung machte, erhob

sich rundum lautes Gemurmel. Doch Noah fuhr unerschüttert fort: „Außerdem hat mein Volk, die Söhne Seths, deshalb so abgenommen, weil auch sie sich mit dem Übel, das in der Welt ist, eingelassen haben. Sie unterscheiden sich leider nicht mehr klar und eindeutig von den Scharen der Kainiter, sondern gehen immer mehr auf deren Art zu leben und den falschen Göttern zu dienen ein. Es gibt nur noch wenige Sethiter, die an den alten Überlieferungen, an den Geboten und dem Willen Gottes festhalten. Und für diese wenigen wird Jahwe eine Errettung schaffen, wenn das große Unheil über die Erde hereinbricht."

Bei seinen letzten Worten hatte Noah völlig unbewußt zum Himmel hinaufgeblickt. Er hatte keine klare Vorstellung von dem „großen Unheil", das er erwähnte. Doch sein unbewußter Blick nach oben hatte seine Zuhörer veranlaßt, es ihm nachzutun. Sie fragten sich, was diese Warnung zu bedeuten hatte. Als Noah jetzt von der Kiste herabstieg und davonging, sah man noch längere Zeit kleine Gruppen zusammenstehen, die über die Worte des Predigers diskutierten.

3. Kapitel

Schubag war die ganze Zeit in seinem Büro geblieben, weil er auf den Bericht über Noahs Predigt wartete. Er hatte gleich nach der Unterhaltung mit seiner alten Haushälterin Diener zum Marktplatz geschickt, die zuhören sollten. Diese kehrten nun zurück und erzählten voller Eifer, welch seltsame Dinge sie von Noah gehört hatten. Nun saß Schubag wieder allein in seinem bequemen Sessel und dachte mit geschlossenen Augen über das soeben Gehörte nach.

In diese ruhige Szene trat Noah, als er jetzt vom Marktplatz zurückkehrte, um seinen alten Freund und Ratgeber aufzusuchen. Ein wenig verlegen stand er einige Augenblicke auf der Schwelle des Büros. Weil er annahm, Schubag sei eingeschlafen, wollte er die Tür leise wieder von außen schließen. Doch der alte Mann hatte seine Gegenwart gespürt und rief: „Geh nicht fort, sondern tritt ein."

Überrascht wandte sich der Sohn Lamechs wieder um. Schubag, der wegen seines Alters schon etwas schwer hörte, konnte nicht vernommen haben, wie er leise die Tür öffnete. Doch sein alter Freund machte, ohne die Augen zu öffnen, eine einladende Handbewegung und deutete auf einen Stuhl.

Als Noah nun den Raum betrat und die Tür hinter sich schloß, verspürte er wieder den Frieden, der von diesem alten Mann ausging und der ihn in der Gegenwart Schubags immer mit einer Art Ehrfurcht erfüllte. Er hatte nur einen Mann gekannt, bei dem es ihm stets ähnlich gegangen war: seinen Großvater Ischna. Deshalb hatte er ihn immer als einen heiligen Mann geachtet. Bei Schubag ging es ihm ebenso, obwohl dieser viel jünger war; gehörte er doch zur Generation seines Vaters, nicht zu der seines Großvaters. Doch man spürte bei dem alten Sethiter, daß er ein Leben lang Umgang mit Gott gehabt hatte.

„Was du heute gesagt hast, war sehr gut", begann der Ältere.

„Du warst dort?" fragte Noah überrascht.

„Nein — deine Predigt kam zu mir."

Noah blickte den alten Mann erstaunt an. Seine Augen wurden immer größer. Wollte Schubag etwa sagen, daß seine Worte irgendwie auf geistiger Ebene zu ihm übertragen worden waren? Bei diesem Mann schien ihm das durchaus nicht unmöglich zu sein.

Schubag, der jetzt die Augen geöffnet und das Gesicht seines jungen Freundes beobachtet hatte, mußte lächeln. „Nein, nein, nicht was du denkst, mein Junge. Ich habe Diener zum Marktplatz gesandt."

Noah entspannte sich. Schubag kicherte. „Ich bin kein Zauberer, mein Sohn, das hast du ja nie von mir gedacht, und brauchst es auch in Zukunft nicht. Doch . . .", hier machte er eine kleine Pause, ehe er fortfuhr, „ich habe dir etwas zu sagen, wovon ich glaube, daß es von Jahwe kommt."

„Bitte, Herr, sage es mir", nickte Noah eifrig. „Die Rolle eines Predigers ist noch so neu für mich, daß ich alles tun möchte, um mich darin zu verbessern."

„Ach, Junge", lächelte der Alte, „ich rede nicht von deinen rednerischen Begabungen. Meine Diener waren ganz begeistert davon. Es ist ein kleines Wunder für mich, wie du zu diesem Talent gekommen bist, denn du hast ja bisher kaum Erfahrungen im öffentlichen Sprechen."

„Du spendest mir zuviel Lob", antwortete Noah bescheiden. „Solltest du aber recht haben, so ist es sicherlich Jahwes Geschenk, und nicht meine eigene Fähigkeit."

„So wird es sein", nickte Schubag. „Und auch deine Botschaft kam zum größten Teil aus Jahwes Herzen."

Noah spürte die Einschränkung in Schubags Worten und fragte: „Zum größten Teil?"

„Du sprachst von dem großen Unheil, das unser Vater Adam und die Propheten Henoch und Methusalem voraussagten. Ist es so?"

„Ja, Herr . . ."

„Und du hast auch von der Korruption und Bosheit unserer Zeit gesprochen?"

„Ja — du hast einen recht genauen Bericht erhalten."

„Und wird dieses große Unheil sich nicht gegen alle Ungerechtigkeit richten?"

„Gewiß . . ."

„Und die Errettung ist für alle mit einem aufrichtigen Herzen?"

„Ja, Herr, sicher . . ." Noah wurde dieser Fragen wegen ein wenig unsicher. Schubag wußte offensichtlich recht gut, was er gesagt hatte.

„Dies ist soweit recht gut. Wenn ich meine Diener richtig verstanden habe, sehe ich nur einen schwachen Punkt in deinen Ausführungen", kam Schubag nun zu der Sache, die ihm offensichtlich auf dem Herzen lag.

Noah war ganz gespannte Aufmerksamkeit. Man konnte ihm ansehen, daß er begierig war, von der Weisheit des alten Mannes zu schöpfen.

„Als unserem Vater Adam seine ersten beiden Söhne geboren waren", begann Schubag, „war damit gleichzeitig auch der Konflikt schon programmiert. Bis dahin hatte die Sünde nur die Beziehung des Menschen zu Gott zerstört und die Beziehung Adams zu Eva beschädigt. Darüber hinaus gab es noch keine anderen gesellschaftlichen Konsequenzen, denn es gab noch keine Gesellschaft. Bis dahin waren Stolz und Egoismus die Verderber gewesen. Doch als die beiden Söhne geboren waren, kamen noch Neid und Eifersucht hinzu."

„Ja, das ist mir klar", bestätigte Noah.

„Obwohl Kain und Abel von gefallenen Eltern geboren wurden, gibt es doch keinen Hinweis auf gröbere Sünden oder Gottlosigkeit in ihrem Leben, bis zu dem Streit, der um die Art der Opfer zwischen ihnen entstand. Es ist sogar wahrscheinlich, daß sie in einem sehr gerechten und gottesfürchtigen Haus heranwuchsen, denn trotz ihrer Austreibung aus dem Paradies lebten Adam und Eva auch weiterhin noch recht nahe in Gemeinschaft mit Jahwe."

„Ja", stimmte Noah zu. Er mußte gähnen und sich zusammenreißen. Jetzt, wo er ruhig auf dem Stuhl saß, merkte er doch langsam, daß die schlaflose Nacht ihn sehr müde gemacht hatte.

Der alte Mann fuhr fort: „Du hast das Thema der beiden Rassen heute sehr gut dargestellt, Noah. Es stimmt, die Söhne Kains und die Söhne Seths — der Adam anstelle Abels gegeben wurde — haben sehr verschiedene geistliche Neigungen gezeigt. Aber ich glaube, du hast hier eine wichtige Sache vergessen."

Noah spürte, daß Schubag jetzt nahe an dem Punkt war, auf den es ihm ankam; das machte ihn wieder etwas munterer. „Welche, Herr?" fragte er.

„Du kennst die Geschichte der Opfer. Warum gefiel Jahwe Kains Opfer nicht, aber Abels war für ihn wohlgefällig?"

Der Jüngere brauchte über die Antwort nicht erst nachzudenken: „Weil der eine Früchte des Feldes brachte und der andere ein Lamm und damit Blut. Ohne daß Blut vergossen wird, gibt es keine Erlösung. Abels Opfer war ein Symbol dafür." Noah wunderte sich, warum Schubag nach Dingen fragte, die jeder Sethiter recht gut kannte.

„Aber nun, Noah", beharrte der alte Mann, „warum hat Jahwe Kain bestraft? Tat Er es, weil Kain vielleicht aus Unwissenheit das falsche Opfer brachte?"

Noah überlegte einen Augenblick. „Nein, deshalb doch nicht. Er bestrafte ihn, weil er seinen Bruder ermordete."

„Und weshalb ermordete er ihn?"

„Herr", seufzte Noah, „du weißt es doch selbst. Es geschah aus Neid und Eifersucht. Kain ermordete Abel, weil er neidisch auf ihn war, daß dessen Opfer vor den Augen Jahwes Wohlgefallen gefunden hatte und seines nicht."

„Und was war die Strafe dafür?" bohrte der alte Mann.

„Kain wurde aus der Gegenwart Gottes und von seiner Familie hinweggetrieben, weit in den Osten vom Garten Eden. Dort mußte er als ruheloser Mann über die Erde ziehen", sagte der Prediger. Dabei zog ein verächtliches Lächeln um seine Lippen, weil ihm in diesen Worten das Urteil über Kain und seine Nachkommen gesprochen schien.

Schubag hatte ihn bei diesen Worten genau beobachtet und schien ein wenig traurig über Noahs Reaktion zu sein. Er fragte: „Aber wurde Kain damit auch von der Liebe Gottes abgeschnitten?"

Noah spürte den Ernst dieser Frage, obwohl er ihre Wichtigkeit nicht ganz begriff. Sorgfältig überlegte er, ehe er entwortete: „Ich nehme es an, sonst hätte der Strafe doch die letzte Schärfe gefehlt."

Nun schüttelte Schubag den Kopf und hob mahnend einen Finger. „Hier irrst du, junger Mann. Du solltest nochmals über die Art von Kains Strafe nachdenken. Was versprach ihm Gott dabei?"

„Nichts", entfuhr es Noah. Er hielt inne. „Doch ... Jahwe hat ... Nun ja, Kain befürchtete, er würde wegen seines Mordes verfolgt und getötet werden. Da machte Jahwe ein Zeichen an ihm, um ihn zu beschützen. Und Er versprach: Sollte jemand Kain töten, so würde Er ihn rächen." Die Worte Noahs klangen erstaunt, so, als habe er bisher noch nie über den Sinn dieser Aussage nachgedacht und müsse nun erst begreifen, was damit gesagt wurde.

Eine ganze Zeit saßen die beiden schweigend. Endlich begann Noah stockend: „Aber Herr, wenn dies alles so ist, muß ich dann daraus schließen, daß es gar keinen wirklichen Unterschied zwischen den Kainitern und den Sethitern gibt? Aber, sieh dich um", dabei macht er mit dem Arm eine weite Bewegung, „ist es nicht klar, daß es auf der einen Seite die Guten und auf der anderen die Bösen gibt?"

„Ich würde eher sagen, die Privilegierten und die Unterprivilegierten", verbesserte Schubag. „Wenn Kain aus der Gegenwart Gottes und von seiner Familie vertrieben wurde, bedeutet das doch nicht, daß Gott ihn für immer aufgab und gar nichts mehr mit ihm zu tun haben wollte. Jahwe ist letzten Endes überall, und wenn jemand Ihn wirklich aufrichtig sucht, wird er Ihn auch finden."

Er hielt einen Augenblicke inne, um Noah Zeit zu geben, über seine Worte nachzudenken, und fuhr dann fort: „Doch manche haben es leichter, diese Wahrheiten zu erkennen, als viele andere. Das wiederum liegt hauptsächlich an der Umgebung. Wenn jemand das Vorrecht hat, wie du zum Beispiel, von Kindheit an mit heiligen Menschen zu leben, und wenn er mit unseren Überlieferungen und dem Willen Jahwes von frühestem Alter an vertraut gemacht wird, für den ist es natürlich sehr einfach, zu dem großen Gott des Himmels zu finden. Wenn aber jemand in einer ganz anderen Umgebung aufwächst, wo er abgeschnitten ist von unseren alten Überlieferungen und nichts hört von dem wahren und einzigen Gott, von dem kann man kaum erwarten, daß er die Wahrheit so einfach erkennt. So geht es doch den Nachkommen Kains. Ihr Vater Kain entschloß sich, seine Verbindung mit den anderen, die an Gott festhielten, völlig zu unterbrechen und schloß sich damit aus der Gemeinschaft mit den wahrhaft Gläubigen aus, weil er damit dem Drang seines verhärteten Herzens folgte. Aber seine Nachkommen müssen nun darunter mit leiden, weil sie von Anfang an keine rechte Verbindung mehr zu den alten Wahrheiten haben."

„Ich bin völlig deiner Meinung", stimmte Noah zu. „Aber wo liegt denn nun mein Irrtum? Hat sich Kain sein Ende nicht selbst zuzuschreiben? Hat er nicht empfangen, was er gerechterweise verdiente?"

„Deine Predigt war nicht Kain gegenüber ungerecht, aber gegenüber seinen Nachkommen", erklärte Schubag. „Sie wurden in einer Umgebung geboren, die sich schon von der Wahrheit entfernt hatte, und zwar wegen der Sünde ihres Vaters. Du hast recht, wenn du sagtest, Jahwe bestrafte Kain nicht wegen seiner Unwissenheit. Nun sollten wir aber auch die Kainiter nicht hart und ungerecht verurteilen, nur weil sie unwissend sind. Du selbst hast erklärt, Neid war die Ursache, die Kain zu seiner schlimmen Mordtat trieb. Aber du wirst, wenn du die Sethiter auf diese Weise mit den Kainitern vergleichst, wie du es heute in deiner Predigt getan hast, auch bei ihnen wieder Neid erzeugen. So wie Kain Abel beneidete, weil er irrtümlich glaubte, Gott habe Abel lieber als ihn selbst."

Noah war verblüfft. Eine ganze Weile saß er still und überlegte. Ihm wurde klar, wie sehr Schubag recht hatte, und er schämte sich deshalb. „Du bringst mich fast dazu, daß ich Kain noch bedauere", sagte er endlich leise.

„Vielleicht sollten wir ihn bedauern", nickte Schubag. „Denn sieh, das Ergebnis der menschlichen Sünde war nicht nur, daß Adam und Eva aus dem Paradies vertrieben wurden, sondern seither leben Kain und seine Nachkommen auch weit entfernt von den göttlichen Wahrheiten, und sie haben es nicht leicht, zu ihnen zurückzufinden."

Der Sohn Lamechs erkannte nun seinen Fehler und seufzte: „Diese Aufgabe ist komplizierter als ich dachte. Ich fürchte, meine Fähigkeiten reichen dazu nicht aus, denn ich werde nie alles so verstehen wie es sein müßte."

Schubag hatte sich erhoben, trat zu Noah und legte ihm die Hand auf die Schulter. „Aber Jahwe hat dich für diese Aufgabe berufen, Sohn, und du hast auch die Begabung dazu. Du mußt nur noch sehen, daß auch dein Herz mitsprechen darf."

„Aber mein Herz ist nicht wie Jahwes Herz. Es hat keine Liebe für die Menschen, zu denen ich rede. Ich fühle nur Zorn über ihre Bosheit und möchte Gottes Gericht auf sie herabrufen", bekannte Noah bekümmert.

Der Ältere ermutigte ihn: „Verzage nicht. Jahwe wird dir die Fähigkeit schenken, Ihm zu dienen und die Menschen zu lieben, wenn du bei deinem Dienst nur die Erlösung in den Mittelpunkt stellst, die Gott vorbereitet."

„Erlösung?"

„Erinnere dich an das ‚Symbol'. Du sagtest selbst, das bei Abels Opfer vergossene Blut des Lammes ist ein Symbol; und deshalb war das Opfer vor Gott wohlgefällig. Sein Opfer wurde nicht deshalb akzeptiert, weil er gerechter gewesen wäre als Kain, sondern um des vergossenen Blutes des unschuldigen Tieres willen."

Noah schwieg und wartete auf weitere Erklärung. Schubag ging zum Fenster hinüber, blickte nachdenklich hinaus und fuhr dann fort: „Es muß dir nicht nur in deinem Verstand, sondern auch in deinem Herzen bewußt werden, daß wir alle gesündigt haben und daß nur durch das Vergießen unschuldigen Blutes unsere Sünden vergeben werden können, nicht durch unsere eigenen Bemühungen. Solange dein Herz das nicht erfaßt, wirst du deine Mitmenschen nicht lieben können, sondern wirst zornig auf sie sein, wie Kain es war. In deinem Herzen werden Gedanken der Verachtung und des Gerichts gegenüber deinen Mitmenschen wohnen, und du wirst ihnen fluchen, wo Jahwe eigentlich segnen will. Denk immer an das Symbol des vergossenen Blutes“, schloß Schubag, „es wird dich erretten und deine Zuhörer.“

4. Kapitel

Noah war todmüde, als er jetzt auf dem kleinen Balkon stand, der zu seinem Zimmer gehörte. Schubag hatte darauf bestanden, er solle erst ein wenig schlafen, ehe er an diesem Tag zur Arbeit käme. „Mir wäre es lieb, wenn du heute vormittag gar nicht in die Buchhaltung gingst. Schlafe bis Mittag und komme dann zu unseren Lagerhäusern am Hafen. Ich möchte dich dort mit jemand bekanntmachen", hatte der alte Kaufmann erklärt.

Zwar interessierte Noah auch, wer der „Jemand" wohl sein mochte, von dem Schubag gesprochen hatte, doch noch mehr bewegten ihn die Fragen aus dem Gespräch mit seinem älteren Freund und Ratgeber. Die Kritik des alten Mannes erschütterte ein ganzes Stück seiner bisherigen Überzeugungen im Blick auf seine Haltung seinen Mitmenschen gegenüber. Wenn er die Menschen nicht mehr einfach nach ihrer rassischen Herkunft unterteilen durfte, mußte er seine Ansichten sehr revidieren.

Die Sethiter sind von Geburt an durch die angeborene Neigung geistlicher, hatte er immer gedacht. Wo manche doch von ihrem Glauben abgefallen waren, lag das allein daran, daß sie sich zu sehr mit den Kainitern und ihrer Art Leben eingelassen hatten. Zu erkennen, daß sie alle gleichermaßen geistliche Bedürfnisse und geistliches Verlangen hatten und auch gleichermaßen gefallen waren, ergab ganz neue Gesichtspunkte, denn das änderte auch seine Ansicht über — sich selbst. Je mehr er über seine bisherigen Vorurteile nachdachte, um so gefährdeter wurde sein bisheriges Selbstbewußtsein. *„Aber"*, argumentierte er mit sich selbst, *„ist es nicht ein Segen, wenn man stolz sein kann auf seine Herkunft und Abstammung?"*

„Vielleicht nicht . . .", schien irgend jemand zu sagen. Noah fuhr herum, um zu sehen, ob jemand hinter ihm stand. Niemand! Er blickte ins Zimmer. Auch dort nicht. Er schüttelte den Kopf. Also hatte er doch nur mit sich selbst gesprochen. *„Aber ich bin doch oft genug gesegnet worden"*, sagte er leise.

„Du hast ja nicht nach deinen Segnungen gefragt", hörte er die Stimme wieder, *„sondern nach deinem Stolz."*

Noah fühlte, wie er Gänsehaut bekam. Er wagte diesmal nicht, sich umzudrehen. Etwas oder jemand hatte ganz bestimmt zu ihm gesprochen, er konnte sich das ganz gewiß nicht eingebildet haben. Doch dann schob er den Gedanken beiseite. *„Ach was"*, sagte er zu sich selbst. *„ich bin einfach überarbeitet und zu müde. Meine Nerven spielen mir einen Streich. Außerdem brauche ich trotzdem keinen Zweifel zu haben an meiner Berufung, wenn alle Menschen zunächst einmal vor Gott gleich sind, wie Schubag sagt. Nur Luzifer kann ein Interesse daran haben, mir Zweifel darüber ins Herz zu pflanzen, aber das soll ihm nicht gelingen."*

Noah ging ins Zimmer zurück und warf sich auf sein Bett. Er fiel in einen unruhigen Schlaf. Als er erwachte, fühlte er, daß die innere Auseinandersetzung mit sich selbst noch nicht beendet war — sie hatte sich im Augenblick nur in eine Ecke seines Herzens zurückgezogen.

Noah würde wohl verschlafen haben, hätte Schubag der Haushälterin nicht aufgetragen, sie solle ihn rechtzeitig wecken. Doch so schreckte er durch das kräftige Pochen an seiner Tür auf und machte sich auf den Weg zu Schubags Lagerhäusern. Er kam sich noch ziemlich verschlafen vor, und erst als er in die Nähe des Hafens kam, spürte er, wie die frische Luft die Müdigkeit langsam vertrieb. Unterwegs kreisten seine Gedanken wieder um die morgendliche Unterhaltung. Er würde wohl nochmals über diese Sache mit Schubag sprechen und ihm eine Menge Fragen stellen müssen, dachte er. Sicherlich würde der weise alte Mann die Antworten wissen.

Doch Schubag schien an andere Dinge zu denken. Als Noah die direkt am Hafenbecken gelegenen Lagerhäuser erreichte, sah er den alten Mann auf einem großen Warenballen sitzen. Er hatte ihn schon erspäht und winkte ihn lächelnd zu sich. „Du kommst gerade rechtzeitig", rief Schubag. „Das Schiff macht soeben am Kai fest. Sieh es dir an, ist es nicht ein schnittiges Fahrzeug? Die Ladung ist nicht umfangreich, aber überaus wertvoll. Alles ganz hervorragende Handwerker- und teilweise sogar Künstlerarbeit."

Noah mußte zugeben, daß es sich um ein sehr elegantes und schönes Schiff handelte, dem man auch seine Schnelligkeit ansah. „Woher kommt es?" fragte er.

„Aus dem Osten. Es hat einen weiten Weg um die Südspitze des Kontinents hinter sich."

„Du sprachst von wertvoller Ladung. Was bringt das Schiff mit?"

„Metallarbeiten ganz verschiedener Art. Dieses Mal hauptsächlich Schneidewerkzeuge und Geräte — auch eine Anzahl feiner Schwerter und Scheiden sind darunter." Der alte Mann schwieg einen Augenblick und setzte dann hinzu: „Der Besitzer ist der größte Schmied in ganz Adalandia."

„Der größte . . .?“ fragte Noah zweifelnd. „Schubag, ich habe gehört, der größte Schmied sei . . .“

„Ein Nachfahre Kains . . .“, nickte der alte Mann gelassen.

„Ja . . . Tubal-Kain“, sagte Noah respektvoll. „Der Sohn von Lamech, dem Mörder.“

„Genau der“, bestätigte Schubag.

Noah erinnerte sich an die Geschichte Lamechs, die in der ganzen Welt bekannt war. Noah hatte es immer als eine Ironie des Schicksals empfunden, daß sein Vater, der den „wilden Mann“ in sich gezähmt hatte, denselben Namen trug wie der berühmt-berüchtigte Totschläger aus Nod, der einen Mann und einen Jungen erschlagen hatte. Seine Worte, die er zu seiner Selbstverteidigung vor Gericht sagte, hatten in der ganzen Welt die Runde gemacht, denn die Situation des Mannes war schon eigenartig. Er hatte gesagt: „Wird Kain siebenfach gerächt, dann ich, Lamech, siebenundsiebzigfach. Diese Leute haben mich überfallen, um mich auszurauben und zu töten. Ich habe nur mich selbst und mein Haus verteidigt.“

Der Kainiter war ohne Strafe vom Gericht freigesprochen worden, obwohl es einen solchen Fall vorher noch nie gegeben hatte. Doch immer noch wurde überall darüber diskutiert, ob er schuldig oder unschuldig sei. Noah, der bisher die Rasse aus dem Lande Nod verachtete, hatte Lamech immer verdammt.

„Aber . . . ich . . .“, begann er.

„Du hast gedacht, ich würde nur Geschäfte mit Sethitern machen, wie?“ fragte der Ältere augenzwinkernd.

„Natürlich nicht.“

„Ganz gewiß nicht“, nickte der alte Sethiter. „Mir bliebe nur noch sehr wenig Handel übrig, würde ich mich auf unsere immer mehr abnehmende Rasse beschränken.“

Noah wandte sich wieder dem Schiff zu, auf das vom Kai aus nun zwei Laufstege geschoben wurden. Rege Geschäftigkeit herrschte an Bord. Die mitgebrachte Ware sollte ausgeladen werden. „Aber", fragte er, „warum wolltest du, daß ich diesen Mann kennenlerne?"

Der alte Kaufmann beobachtete aufmerksam, wie die Laufstege festgemacht wurden. Er erhob sich, um seinen Gästen, die jeden Augenblick das Schiff verlassen würden, entgegenzugehen. „Weil es wichtig ist", gab er Noah zur Antwort. „Nun komm."

Noahs Vorurteile gegen die Kainiter beruhten nicht auf großen persönlichen Kontakten mit Menschen dieser Rasse. Tatsächlich hatte er, außer den Reisen, die sie ab und zu nach Cronos machten, wenn sie Obed und die Familie Schubags besuchten, sein bisheriges Leben hauptsächlich im Bergland von Lamechstadt verbracht, wo nur Sethiter wohnten. Er wurde deshalb unvorbereitet von der Freundlichkeit und Höflichkeit der Passagiere überrascht, die das schöne Schiff aus dem Ostland verließen.

Tubal-Kain war, wie man erwarten konnte, eine beeindruckende Persönlichkeit. Niemand, der ihn unter seinen Leuten sah, würde bezweifelt haben, daß er der Herr und Besitzer dieses Schiffes war. Auf seinem dunklen Haupt trug er einen roten Turban, an dem ein großer Edelstein glitzerte. Seine Kleidung war prachtvoll, aber nicht übertrieben oder schreiend. Als er jetzt auf Schubag zuging, strahlte er über das ganze Gesicht und breitete seine Arme weit aus. „Freund", rief er und umarmte den alten Mann herzlich. Der Kainiter war einen reichlichen Kopf größer als der Sethiter, doch dieser erwiderte die Umarmung genauso warm.

„Willkommen in Cronos!" begrüßte er den Gast. „Ich

habe mich sehr gefreut, als ich hörte, du würdest diesmal selbst kommen. Solange du hier bleibst, ist mein Haus auch das deine."

Schubag faßte den anderen am Ärmel und führte ihn zu Noah, der bescheiden einige Schritte dahinter stehengeblieben war. „Ich wollte gern, daß ihr beiden euch kennenlernt", sagte er einfach.

Die dunklen Augen des Meisterschmieds musterten den Sohn Lamechs ein wenig verwundert. Noah war von der Erscheinung des Mannes und von seinem Ruf beeindruckt. Obwohl der Sohn des berüchtigten Lamech, war er doch auch einer der berühmtesten Handwerker und Künstler seiner Zeit. Man konnte ihn zu Recht den Vater aller metallbearbeitenden Menschen nennen und den Erschaffer der feinsten Metallarbeiten, die existierten. Die südlich von Nod gelegene Stadt, in der seine Gießerei und seine anderen Werkstätten standen, wurde als das Mekka für Künstler aller Sorten angesehen. Am Anfang nur das Zentrum der Metallurgie, zog es seit langer Zeit auch Bildhauer, Maler, Forscher und Erfinder in seine Mauern. In Nod-Partia, wie die Stadt genannt wurde, fanden sich Wissenschaft und Kunst. Und natürlich war es durch seine freie Atmosphäre, die überall dort entsteht, wo Künstler sich versammeln, auch eine Stadt berühmter Geistesströmungen und Philosophen geworden.

Aus diesem Grunde war Tubal-Kain trotz des schlechten Rufs seines Vaters nicht nur ein reicher Handwerker und berühmter Künstler geworden, sondern ein in der ganzen Welt angesehener und geachteter Mann. Noah war deshalb voller Respekt und fand keine Worte, sondern schwieg achtungsvoll.

Als sich die drei Männer nun auf den Weg zu Schubags wartendem Wagen machten, fragte sich Noah, warum der alte Mann unbedingt wollte, daß er Tubal-Kain kennenlernte. Gewiß, es war eine Auszeichnung, einer solchen Berühmtheit vorgestellt zu werden. Doch sollte der alte Kaufmann glauben, Reichtum und Ruhm würden den Sohn Lamechs beeindrucken, so irrte er sich. Noah fragte sich verwundert, ob Schubag von solchen äußerlichen Dingen geblendet werden konnte? Und wenn diese Äußerlichkeiten etwa ihn überzeugen sollten, daß auch unter den Kainitern geistliche Größe zu finden sei, so waren das die falschen Beweise. Doch solange er nicht wußte, worauf Schubag wirklich aus war, wollte er glauben, daß eine gute Absicht dahinter steckte, beschloß Noah.

Er wurde aus seinen Gedanken aufgeschreckt, als Tubal-Kain plötzlich stehenblieb, sich an die Stirn schlug und rief: „Wie gedankenlos bin ich nur! Ich war so voller Freude, dich zu sehen, Schubag, daß ich darüber meine Verwandte vergessen habe. Schau, jetzt sucht sie nach mir", fügte er hinzu und wies mit dem Finger auf das Deck des Schiffes zurück. Dort, am forderen Laufsteg, stand eine junge Frau, genauso dunkel wie Tubal-Kain und ebenso elegant und vornehm gekleidet, und schaute sich verwundert und ein wenig erschreckt um.

Noah konnte beim Anblick der jungen Frau eine seltsame warme Empfindung, die in ihm aufwallte, nicht ganz unterdrücken. Noch nie war er so ohne jeden Grund von einem solchen Gefühl überrascht worden. Er spürte, wie sein Puls schneller schlug und hätte fast die Worte des Kainiters überhört, der sagte: „Das ist meine Schwester Naamah. Sie wollte die Reise mitmachen. Vielleicht wird sie deine Gastfreundschaft ebenfalls in Anspruch nehmen, aber vielleicht will sie auch in ihrer Kabine auf dem Schiff bleiben. Sie soll das selbst entscheiden."

Schubag nickte freundlich und gab eine zustimmende Antwort. Doch Noah war so sehr von der Erscheinung der Frau gefesselt, daß er die Worte nicht mitbekam.

5. Kapitel

Seit Noah in Schubags Haus lebte, war es im Hof noch nie so lebhaft zugegangen wie an diesem Abend. Sonst war das große Handelshaus eher ein Ort, an den man sich vom Lärm der Stadt in die Stille zurückziehen konnte und wo nur Geschäfte getätigt wurden. Heute aber herrschte eine festliche Stimmung. Die Hallen, Räume, Gänge und Höfe waren hell erleuchtet, und überall hörte man Stimmen und Gelächter.

Noah stand neben einem Durchgang, der zum zentralen Innenhof führte, und beobachtete die Vorbereitungen für die große Festtafel. Ab und zu warf er einen Blick zum großen Empfangsraum in der Mitteletage. Tubal-Kain hatte nicht nur seine Schwester mitgebracht, sondern fast die gesamte Mannschaft des Schiffes. Sie wohnten in den vielen, sonst leerstehenden Gastzimmern des großen Anwesens.

Der Mann aus den Bergen fühlte sich in dieser festlichen Atmosphäre nicht recht wohl und wußte nicht, wohin er sich wenden sollte. Es wäre wohl richtig gewesen, sich in Schubags Empfangsraum an der Unterhaltung zu beteiligen, doch am liebsten hätte er den Dienern bei ihrer Arbeit geholfen. Wieder einmal fühlte er die besondere Stellung, die er im Hause des alten

Sethiters einnahm, dessen Angestellter er zwar war, aber gleichzeitig wurde er behandelt wie ein geehrter Gast oder ein Mitglied der Familie. Die anderen Angestellten waren längst nach Hause gegangen zu ihren Familien oder, soweit sie im Hause wohnten, auf ihre Zimmer. Wäre Obed noch hier gewesen, hätte Noah keinen Augenblick gezögert, mit ihm zu der Runde der geachteten Gäste Schubags zu stoßen. Doch so wußte er nicht recht, wohin er gehörte und lungerte zwischen den Dienern und Gästen hin und her.

„Unsinn", tadelte Matrina, als sie in den Patio ging und ihn neben dem Durchgang stehen sah, „du bist zwar einer, der überall Probleme macht, das ist sicher, aber unser Herr möchte sicherlich nicht haben, daß du wie ein Klotz hier herumstehst. Sei jetzt genauso mutig wie heute morgen auf dem Marktplatz. Geh einfach hinein, stell dich neben ihn und mache dich mit den anderen Gästen bekannt." Mit einer Handbewegung zeigte sie nach dem großen Empfangsraum und ging dann weiter, um sich um die Diener zu kümmern.

„Matrina hat recht", dachte Noah, *„seit wann wäre ich nicht mehr in den Räumen des Mannes willkommen, der der beste Freund meines Vaters ist und der Vater meines besten Freundes?"* Er holte tief Atem und ging dann die Stufen zu dem großen Raum hinauf, aus dem ihm die Unterhaltung vieler Männerstimmen entgegenklang. Als er näher kam, erkannte er auch, daß man über Schiffe, Handel, Waren und Reichtum sprach.

Schubag erblickte ihn, als er den Raum betrat, und winkte ihn zu sich. „Wir haben nach dir Ausschau gehalten", rief er. „Geh nicht wieder weg, wir möchten einiges von dir hören."

„Etwas von mir hören", dachte Noah, *„was mochte Schubag damit meinen?"* Der Kaufmann stand mit dem großen Meisterschmied und einer Reihe anderer Kainiter beisammen. Etwas verwundert trat Noah zu dem

Kreis und grüßte alle mit einer kleinen Verbeugung. Nachdem die anderen den Gruß erwidert hatten, nahmen sie ihr unterbrochenes Gespräch wieder auf. Noah, den das Thema wenig interessierte, stand einige Augenblicke schweigend dabei und fühlte sich nicht recht am Platze. Sicherlich hatte Schubag ihn nur aus Freundlichkeit herbeigerufen, dachte er und wußte es zu schätzen. Aber er wollte es nicht zu ernst nehmen.

Während Noah zuhörte, blickte er sich um. Die Türen zum großen Balkon standen weit offen, damit der vom Meer her kommende frische Abendhauch die stickige Luft im Salon vertreiben konnte. Da ihn bei der eifrigen Unterhaltung niemand sonderlich beachtete, stahl er sich davon und trat auf den Balkon. Es würde schon noch Gelegenheit geben, mit den anderen zu reden, sagte er sich, konnte sich aber nicht recht vorstellen, worüber ein Sethiter aus den Bergen mit den Söhnen Kains sprechen sollte.

Doch auch auf dem Balkon war er nicht allein. Es war eine Frauenstimme, die ihn aus seinen Gedanken riß. „Ich hoffe, Herr, ich störe dich nicht", sagte sie sanft von der Ecke her.

Noah, der zum Meer hinüberblickte, das man vom Balkon aus, der zur Hofseite hinaus lag, sehen konnte, fuhr überrascht herum und erkannte, daß er die Frau aus Nod-Partia, die Schwester Tubal-Kains, vor sich hatte. „Stören...?" stammelte er, weil ihre Schönheit ihn auch jetzt wieder genauso überraschte wie gegen Mittag unten am Hafen.

„Gewiß . . .", antwortete sie freundlich lächelnd. „Ich weiß, daß eure Sitte es nicht zuläßt, daß Frauen sich in den Räumen der Männer aufhalten. Aber der Balkon war leer, und von meinem Zimmer unten kann ich das Meer nicht sehen. Deshalb kam ich herauf", erklärte sie und zeigte auf eine schmale Treppe, die außen an der Wand nach unten führte. „Ich hoffe, du bist nicht ärgerlich darüber."

Der Sethiter fühlte keinen Ärger, sondern war eher verlegen und sprachlos, als er jetzt in die strahlenden Augen der jungen Frau blickte. „Ich ... ich ... bin nicht der Hausherr", brachte er endlich mühsam zustande, „doch ich bin sicher, daß du in diesem Hause überall willkommen bist."

Die Frau drehte sich wieder um, blickte zum Meer hinaus und stellte keine Fragen mehr. Doch Noah fühlte sich bei dem Schweigen nicht wohl. Ihm fiel aber auch kein Thema ein, mit dem er hätte eine Unterhaltung beginnen können; sein Hals schien wie zugeschnürt. So musterte er nur verstohlen aus den Augenwinkeln ihre anmutige Gestalt, während sie ein Schiff beobachtete, das draußen am Horizont vorüberzog.

„Ich bin Naamah", begann sie endlich, ohne ihren Blick von der See abzuwenden.

„Noah ...", antwortete er. „Ich heiße Noah."

„Ah", lächelte sie und wandte sich jetzt voller Eifer ihm zu. „Schubag hat heute schon von dir gesprochen. Du bist also der Prediger?"

Dem Mann aus den Bergen war es ein wenig peinlich. Was dachte sich Schubag nur, weil er allen Gästen diese Sache erzählte? Er lachte unbehaglich und zuckte mit den Schultern. „Na ja, erst heute hat man mich so genannt. Wenn ich wirklich ein Prediger bin, dann noch ein sehr neuer."

„Aber du hast heute auf dem Marktplatz gesprochen", wandte sie ein.

„Das stimmt", gab Noah zu, „aber es war meine erste Predigt."

Die Kainiterin betrachtete ihn aufmerksam und sagte dann: „Ob die erste Predigt oder die hundertste, das spielt doch keine Rolle. Du scheinst jedenfalls ein sehr begabter Redner zu sein." Damit hob sie den Kopf noch ein wenig höher und schaute ihm mit ernstem Nicken direkt in die Augen.

Noah war hingerissen. Er spürte, daß ihr Lob aufrichtig war. Falsche Schmeicheleien schienen ihr nicht zu liegen. Er hätte fast vergessen, daß sie keine Sethiterin war. Verlegen wandte er seinen Blick wieder zum Meer hin. Seine Gedanken mußten klar bleiben, das wußte er. Er durfte sich nicht verwirren lassen. Es war immerhin eine heidnische Frau. Da galt es den nötigen Abstand zu wahren. Am besten wäre es gewesen, sich zurückzuziehen. Aber das brachte er nicht fertig. Also trat wieder Schweigen ein.

„Ich hörte, ihr habt in eurem Land Häuser ohne Dächer", machte er ungeschickt den Versuch, eine Unterhaltung zu beginnen.

„Das stimmt", nickte die Frau. „Viele Nod-Partians verehren die Sonne so sehr, daß sie es als einen Frevel ansehen, ein Dach auf dem Haus zu haben. Sie meinen, der Sonne stehe es zu, immer ungehindert in ihr Haus hinein scheinen zu dürfen; sie würden davon den größten Segen haben."

Noah hatte aufmerksam zugehört, konnte aber an ihren Worten nicht erkennen, ob sie diese Meinung auch teilte. „Und eure Familie", fragte er, „wohnt sie auch in einem dachlosen Haus?"

„O nein", lachte Naamah, „ganz sicher nicht. Wir sind keine Sonnenanbeter."

Noah wußte kaum, was er auf diese Auskunft antworten sollte. Er hatte bis jetzt angenommen, alle Nod-Partians seien Anbeter der Sonne. Nun fragte er sich, welcher seltsamen Religion wohl Tubal-Kain und seine Sippe anhing. Doch ehe er dieses Thema weiter verfolgen konnte, sagte die Frau: „Ich glaube, dir würde unser Land gefallen. Menschen, die viel nachdenken, fühlen sich bei uns zu Hause. Und von dir habe ich gehört, daß du ein Mann vieler Gedanken bist."

Noah fühlte sich geehrt, hätte ihr aber gern ganz offen gesagt, daß er mit den Philosophien ihres Landes nichts zu tun haben wollte. Doch er brachte es einfach nicht fertig, dieser schönen Frau vor sich, die er immer wieder bewundernd betrachtete, harsche Worte zu geben. Er war von ihrer Erscheinung so beeindruckt, daß er nur halb zuhörte, als sie erklärte, daß Nod-Partia keinesfalls eine unzivilisierte Wildnis sei, wie etwa der nördlichere Landesteil von Nod. Vielmehr hätten ihrem Lande große kainitische Familien schon seit Generationen Kultur und Zivilisation gebracht. „Heute ist Nod-Partia ein Zentrum für Kunst, Wissenschaft und Forschung", schloß sie.

Noah überlegte, ob es jetzt nicht doch an der Zeit sei, zu den anderen Männern zurückzukehren. Doch ehe er sich entschieden hatte, vernahm er ein ganz seltsames Geräusch, das wie eine Art lautes Krächzen klang und von den zum Hof hinabgehenden Stufen her kam. Er konnte sich die Quelle eines solchen Geräusches nicht vorstellen, außer von einem sehr kleinen ... „Ein Hund?" fragte er verwundert, als jetzt ein weißer Wollknäuel schwanzwedelnd auf Naamah zusprang.

„Ja", lachte sie und hob das kleine weiße und langhaarige Fellbündel auf ihre Arme. „Das ist Topay. Tubal-Kain hat ihn mir gekauft, damit ich auf den langen Reisestunden ein wenig Abwechslung habe."

„Ein Hund?" wiederholte Noah in zweifelndem Tonfall. „Was habt ihr mit ihm angestellt?"

Naamah spürte das Mißfallen in Noahs Worten. „Nichts haben wir mit ihm gemacht", entgegnete sie trotzig. „Wieso? Was meinst du?"

„Na, na", spottete Noah, „was du da im Arm hältst hat so wenig Ähnlichkeit mit einem Hund wie eine Maus mit einem Känguruh."

Naamah fuhr zurück und bemühte sich, ihre Worte unter Kontrolle zu halten. „Ich weiß nicht, was du willst. Der Hund wurde so geboren, und zwar aus einer langen Linie von Vorfahren. Das ist eine echte Züchtung."

Noah kümmerte sich nun wenig um die Gefühle der Frau, da er nie Toleranz und Verständnis mit Experimenten aufgebracht hatte, die aus Geschöpfen Gottes Zerrbilder machten. „Das Tier ist durch irgendwelche Eingriffe so manipuliert worden", fauchte er.

Doch Naamah war keine dumme Frau, sondern wußte um Unterschiede wohl Bescheid. „Ich glaube, du verwechselst Züchtung mit Eingriffen in die Erbanlagen oder gar in die Lebenssubstanz einer Kreatur", erwiderte sie. „Mit diesem kleinen Hund ist wirklich nichts Unnatürliches geschehen. Schon seine Eltern waren so klein, und seine Großeltern auch. Diese Hunde sind durch ganz normale Züchtung über viele Generationen hinweg so klein geworden. Man hat immer die Kleinsten aus verschiedenen Würfen miteinander gepaart. So sind immer kleinere Tiere geboren worden. Heute ist eine feste Rasse daraus geworden, bei denen nur noch Tiere geboren werden, die so klein bleiben."

„Na vielleicht", murmelte Noah. „Doch ich sehe darin keinen großen Unterschied. Das Ergebnis ist jedenfalls das gleiche. Man nimmt den Geschöpfen Gottes ihre ursprüngliche Gestalt und Würde, die von Jahwe so beabsichtigt war."

Naamah blickte Noah mit großen erstaunten Augen an. Sie hätte jetzt beleidigt sein können, reagierte aber ganz anders. „Ich sehe, du bist wirklich ein Prediger . . .", flüsterte sie nach einer Weile.

Der ehrfürchtige Ton in ihrer Stimme traf Noah. Er fühlte, wie er rot wurde. „Ich glaube", knurrte er, „in solchen Dingen werden wir uns nicht einigen können."

„Bist du da sicher?" zweifelte Naamah.

„Ganz sicher", bekräftigte er.

„Warum?"

„Weil deine Überzeugungen von Ehrfurcht und die

meinen wahrscheinlich einander fremd sind", antwortete der Prediger.

„Du sprichst jetzt von unserem Glauben?" vermutete sie.

Noah musterte sie skeptisch. „Du weißt ganz genau, daß ich davon rede. Denn was könnten, wenn es um den Glauben geht, ein Kainiter und ein Sethiter gemeinsam haben?"

„Unseren Gott", erwiderte sie ohne Zögern.

„Beste Dame", erklärte er gönnerhaft, „du hast mich wahrscheinlich nicht verstanden. Als ich heute auf dem Marktplatz sprach, dann ganz gewiß nicht im Namen irgendwelcher heidnischen Gottheiten. Außer Jahwe, dem einzigen Gott und Schöpfer, erkenne ich keinerlei Götter an."

Naamah lächelte, und man konnte erkennen, daß auch ein wenig Schalk in ihren Augenwinkeln saß. „Vielleicht bist aber du es, der noch nicht recht verstanden hat", lachte sie. „Mein Bruder und ich beten nur den Gott unserer Vorväter an, und das ist Jahwe. Auch für uns ist Er der einzig wahre Gott."

6. Kapitel

Noah hatte es schwer, Schlaf zu finden, als er sich in sein Zimmer zurückzog. Unangenehme Gedanken hielten ihn wach. Erstens fragte er sich, ob Schubag es ihm übelgenommen hatte, daß er nicht wieder zu den Männern in den Salon zurückgekehrt war. Nach dem Abendessen hatte er sich auf dem Balkon in Naamahs Gesellschaft wiedergefunden. Erst einige Stunden später, nachdem die meisten Gäste schon gegangen waren, hatte er ihr eine gute Nacht gewünscht.

Und das war die zweite Sache, die ihm Kummer machte. Noch nie hatte ihn eine Frau so fasziniert. Er wußte selbst nicht, ob er die Bekanntschaft ausbauen, oder ob er sich zurückziehen sollte. Ganz gewiß würde sein Vater Lamech nicht verstehen und billigen, daß er von einer kainitischen Frau so angezogen wurde.

Und genau hier lag der dritte Punkt, der ihn plagte. Er vermißte seinen Vater und die Leute daheim. *„Warum bin ich eigentlich hier“*, überlegte er, als er allein in seinem Zimmer saß. *„Welche Aufgabe hat Jahwe wirklich für mich? War dieser Ruf vielleicht nur eine Täuschung?“* Er hatte noch wenig Gelegenheit gehabt, über das Erlebnis auf dem Marktplatz nachzudenken. Gleich anschließend hatte Schubag ihn in eine Diskussion über Glaubensfragen und seine Haltung zu seinen Mitmenschen hineingezogen und ihn mit etlichen neuen Gedanken bombardiert. Und dann, um das Maß voll zu machen, war er einer Frau begegnet, durch die er nur zu deutlich erkennen mußte, daß auch er ein Mann war, da sie ihm — eine Kainiterin — den Kopf verdreht hatte.

All dies, und dazu noch die Erlebnisse in den Straßen von Cronos in der letzten Nacht, machte ihm schwer zu schaffen. Er wünschte sich, er wäre daheim und könnte sich auf seinen Lieblingsplatz im Wald hinter seinem väterlichen Anwesen zurückziehen.

Irgendwann überwältigte ihn doch die Müdigkeit, und mit schwerem Kopf und bedrücktem Herzen sank er in einen unruhigen Schlaf.

Noah wußte nicht, wie spät es war, als er vom Schlaf aufschreckte, weil er hart geschüttelt wurde. Mitternacht mußte wohl längst vorüber sein. Alles, was er wußte, war, daß irgend etwas sein Bett so heftig geschüttelt hatte, daß er fast herausgefallen wäre. Zuerst meinte er, er träume von dem Erdbeben auf Baalbeck, das er nie vergessen konnte. Doch als er völlig wach wurde, merkte er, daß er nicht träumte, sondern das Bett wirklich unter ihm stark bebte. Er sprang auf und lief auf seinen Balkon und lauschte.

Alles war ruhig. Außer ihm schien niemand wach zu sein, weder unter ihm, noch in den Räumen rechts und links. Er machte Licht und betrachtete sein Zimmer. Alles war in Ordnung, nur das Bett hatte sich so stark bewegt, daß es jetzt schräg an der Wand stand. Er zupfte sich am Ohr, um gewiß zu sein, daß er völlig wach war, und wunderte sich über seine Umgebung. Wie konnte nur sein Bett so stark geschüttelt werden, und sonst nichts anderes?

Er ging wieder auf den Balkon und blickte zum

Meer hin. Was war das? Ihm schien, als würde die Dunsthülle, die beständig die Erde umgab und tagsüber als dünner weißer Schleier erschien und nachts die Sterne und den Mond nur schwach hindurchscheinen ließ, auseinanderreißen. Als er seine Augen rieb und nochmals hinblickte, verschwand die Vision. Der Himmel kehrte wieder zur Normalität zurück. Noah schauderte.

Wieder ging er zu seinem Bett zurück, als ihn ein furchtbarer Windstoß packte, der vom Meer her durch die offene Balkontür hereinfuhr. Noah erschrak, da er so etwas noch nie erlebt hatte. Durch die klimatischen Verhältnisse bedingt, war Wind in solcher Stärke nicht bekannt, es gab abends und morgens höchstens leichte Brisen, sonst kaum Luftbewegung. Er drehte sich wieder nach draußen um. Was er sah, ließ ihn erstarren.

Der Dunstschleier der Atmosphäre verschwand unter Strömen von Wasser, die vom Himmel her in das Meer stürzten. Noah fiel auf seine Knie und schrie: „Herr! Gott! Verschone uns!“ Er schloß die Augen, um nicht weiter ansehen zu müssen, was geschah. Als er sie nach einiger Zeit wieder öffnete, war die Welt rundum wie vorher, als wäre alles, was er gesehen hatte, nur das Produkt eines kranken Geistes.

Noah erhob sich mühsam und hielt sich am Rahmen der Balkontür fest. Er brauchte eine Weile, ehe sich seine zitternden Beine wieder beruhigten. Als er in die Nacht hinaus lauschte, konnte er keinerlei Geräusche hören. Niemand außer ihm schien das Bild dieser furchtbaren Katastrophe gesehen zu haben.

Er schleppte sich zum Bett zurück, das immer noch schräg an der Wand stand, und warf sich einfach darauf. Lange lag er noch mit offenen Augen und starrte durch das Fenster hinaus in die Dunkelheit. Doch es gab keine Visionen mehr in dieser Nacht.

7. Kapitel

In Cronos und im ganzen Sonnenland war ein Feiertag. Es war der „Tag des Segens“, der vor allem für die Einwohner der Küstenstädte eine ganz besondere Bedeutung hatte. An diesem Tag wurde den Göttern der Sonne und des Meeres, also Luzifer und Poseidon, besonderer Dank dargebracht für ihre Güte im vergangenen Jahr. Große Festlichkeiten fanden den ganzen Tag über statt, und durch Gesetz war bestimmt, daß an diesem Tage nur Nahrungsmittel, die aus dem Meer kamen, gegessen werden durften.

Noah erhob sich mühsam und schob das Bett wieder an seinen richtigen Platz. Sein Kopf war so schwer, als habe er von einem riesigen Trinkgelage noch einen ausgewachsenen Kater. Er rieb sich die Augen und ging voller Spannung zum Balkon. Mit Erleichterung sah er, daß die Welt noch so war wie am Tage zuvor. Er seufzte erleichtert: *„Na ja, besser, ich bin verrückt, als daß der Himmel eingefallen ist.“*

Als er jetzt die bunten Fahnen und Girlanden sah, mit denen der Hafen und alle Schiffe geschmückt waren, erinnerte er sich, daß Feiertag war. Obwohl es sich um ein heidnisches Fest handelte, war er froh darüber, denn nun brauchte er an diesem Tag nicht ins Büro zu gehen, was für ihn nach der Nacht eine Mühe gewesen wäre. Da Schubags Haus sich an diesem Heidenfest nicht beteiligte, würde er den Tag für sich haben und beschloß, ihn ganz in der Stille zu verbringen.

Er wußte, daß es zwischen hier und Sonnenstadt, der Hauptstadt des Sonnenlandes, an diesem Tag an der Küste keinen ruhigen Platz geben würde. Der Fürst des Sonnenlandes und Gott des Meeres, Poseidon, hatte es sich zur Gewohnheit gemacht, an diesem „Tag des Segens“ mit seinem Prunkschiff von Sonnenstadt bis Cronos, das nördlich davon lag, die Küste entlang zu fahren und sich allen Untertanen zu zeigen. Deshalb strömten auch aus dem Hinterland viele Menschen herbei und lagerten sich zwischen Sonnenstadt und Cronos am Strand, um den vorüberfahrenden Meeresgott zu sehen. Die Leute glaubten, es würden ihnen an diesem Tag beim Anblick des Gottes besondere Kräfte und Segnungen zufließen, die sie für das nächste Jahr gebrauchen konnten.

Wollte Noah also einen ruhigen Platz finden, mußte er sich von Cronos aus nordwärts halten. Dort würde es heute noch stiller sein als sonst, da eben alle sich an dem Strandabschnitt zwischen Sonnenstadt und Cronos versammelten. Noah fiel die Felsengrotte ein, in der er schon einmal lange Stunden verbracht hatte und wo ihm der sprechende Delphin begegnet war.

Es war noch so früh, daß im Hause noch alles ruhte. Also ging er leise in die Küche, holte sich von dort einige Lebensmittel und füllte eine große Flasche mit Wasser. Ebenso leise sattelte er sein Pferd, das er in letzter Zeit ziemlich vernachlässigt hatte und das sich sehr zu freuen schien, nun wieder einmal hinaus zu können, und ritt sehr vorsichtig davon. Erst als er die Stadt hinter sich hatte und auf der Küstenstraße war, die nordwärts führte, ermunterte er das Tier zu einem frischen Trab.

Vor Cronos waren an diesem Tag viele Schiffe vor Anker gegangen, die aus noch nördlicher gelegenen Häfen kamen, um Poseidon zu grüßen, wenn er mit seinem Staatsschiff hier aufkreuzen würde. Weiter nördlich, wo Noah vor mehr als fünf Jahren die Grotte an der Felsenküste gefunden hatte, war kein einziges Schiff mehr auf dem Meer zu sehen.

Viele Stunden saß Noah einsam und dachte über die seltsamen Erlebnisse der vergangenen Nacht nach. Mehrere Male im Laufe des Tages bat er Jahwe um eine Erklärung. War er verrückt, so sollte Jahwe es ihm sagen. Er würde sich dann im fernen Gebirge in irgendeiner Höhle verkriechen und nie wieder unter Menschen gehen. *„Wenn die Vision aber von Dir war, Herr, dann erkläre sie mir"*, betete er.

Doch Stunde um Stunde verging, und nichts rührte sich. Weder ließ sich sein Freund, der sprechende Delphin, sehen, noch erhielt er auf andere Weise eine Antwort. Zweimal schon hatte er sein Pferd losgebunden und ein wenig herumgeführt, weil es ungeduldig wurde. Es war schon Nachmittag und konnte nur noch wenige Stunden dauern, bis es zu dunkeln begann. Noah wußte, er mußte sich nicht zu spät aufmachen, um zurückzukehren, wollte er nicht wieder in so dicken Nebel geraten wie neulich in Cronos.

Als er nun, nach einer längeren Gebetszeit, die Augen öffnete und wieder auf das Meer hinausschaute, erblickte er ein riesiges dunkles Schiff, das mehrere Decks hatte und von Cronos her kam. „Gigantisch", war das einzige, was Noah staunend sagen konnte. Er hatte solche Mammutschiffe erst ganz wenige Male gesehen. Die riesigen Nephilim besaßen einige und transportierten darauf ihr Kriegsgerät und andere Dinge. Er fragte sich, was das Schiff an einem solchen Feiertag so weit nördlich von Cronos wohl wollte. Als es jetzt vorüberfuhr, wunderte er sich, weil keinerlei Geräusche zu hören waren. Die Schiffe der Nephilim hatten Motoren oder Turbinen und machten gewöhnlich viel Lärm.

Während Noah das seltsame Schiff beobachtete, war ihm, als fühle er hinter sich plötzlich vom Felsen her einen warmen Lufthauch. Dabei ergriff ihn das Gefühl, als sei jemand hinter ihn getreten. Als er sich jetzt umdrehte, konnte er niemand sehen; er war sich aber ziemlich sicher, nicht mehr allein zu sein. Er wandte seine Aufmerksamkeit wieder dem Schiff zu, als er die Stimme vernahm: „Noah!"

Das Wort kam leise, fast flüsternd und hüllte ihn mit dem warmen Gefühl ein, das er schon verspürt hatte. Diesmal drehte sich Noah nicht wieder um, spürte aber, wie er Gänsehaut bekam. Er hielt seine Augen weiter fest auf das Schiff gerichtet und flüsterte ebenso leise: „Ja ... Herr?" Ihm war klar, daß Jahwe ihn gerufen hatte.

„Noah, Sohn Lamechs", kam die leise Stimme wieder, „merke auf, damit du verstehen kannst. Das Ende aller Wesen aus Fleisch ist gekommen, denn durch sie ist die Erde voller Gewalttat geworden ..."

Die Worte klangen schwer und traurig, als würde das Herz Jahwes unter diesem Elend zerbrechen. Noah mußte an all seine eigenen Erlebnisse denken. An Baalbeck, an die Nacht in den Straßen von Cronos und manches andere, das er gesehen hatte. Tränen traten in seine Augen, als er jetzt flüsterte: „Ja, mein Herr ..."

Seufzend fuhr die Stimme fort: „Alle Wesen aus Fleisch auf der Erde leben verdorben." Obwohl Noah sich sein ganzes Leben danach gesehnt hatte, die Stimme Jahwes zu hören, zitterte er jetzt, weil ihn Furcht ergriff. Er wagte nicht zu antworten, sondern nickte nur.

Wieder kam die Stimme: „Merke auf, damit du verstehen kannst", sagte Jahwe nochmals. Noah fühlte sich plötzlich emporgehoben, wurde zu dem seltsamen

Schiff getragen und auf dem obersten Deck abgesetzt. „Gehe durch das ganze Schiff, Sohn Lamechs, sieh dir alles genau an und merke es dir, denn deine Aufgabe wird es sein, ein gleiches Schiff zu bauen“, forderte Jahwe nun.

Ob er sich in seinem Körper befand oder nicht, wußte Noah nicht zu sagen. Jedenfalls begann er durch alle Decks des Schiffes zu gehen und jeden einzelnen Raum genau zu betrachten. Trotz der ungeheuren Größe war es völlig leer. Als er sich dann plötzlich vor seiner Grotte wiederfand, schüttelte er verwundert den Kopf, als erwache er aus einem Traum. „Es ist kein Mensch an Bord, Herr“, sagte er leise, „und auch keine Ware.“ Er schwieg einige Augenblicke. Als er genug Mut gefaßt hatte, wagte er zu fragen: „Welchem Zweck dient das Schiff, Herr?“

Noah mußte lange auf Antwort warten. Doch als sie kam, war sie getragen von Majestät und Heiligkeit. „Es ist eine Arche der Sicherheit“, erklärte Jahwe. „Es wird das Symbol Meiner Liebe sein, und ein Bergungsplatz für alle, die Mir vertrauen. Und in ihr wird das Leben bewahrt bleiben, das Ich für diese Erde geschaffen habe.“

Noah dachte über die Worte nach, konnte aber ihre volle Bedeutung nicht verstehen. Doch er war durch die Worte, die Rettung und Bewahrung versprachen, neu ermutigt worden. Als er jetzt wieder zu dem Schiff hinüberblickte, das ein Symbol der Liebe Gottes sein sollte, bemerkte er einen weißen Vogel, der gerade geflogen kam und sich auf die oberste Spitze des Schiffes setzte. Es schien keine Möwe zu sein, sondern eher eine Taube. Noah fragte sich, welches Interesse solch ein Tier an dem Schiff haben konnte.

Die Taube blieb nicht lange sitzen. Sie zog zunächst einen weiten Kreis um die Arche und verschwand dann bald am Horizont. Noah folgte ihr mit seinen Blicken.

Als er seine Augen wieder dem Meer zuwandte, war das Schiff ebenfalls verschwunden, als wäre es nie dagewesen.

8. Kapitel

Noah erreichte gerade noch Schubags Haus, als der Abendnebel völlig hereinbrach und es dunkel wurde. Da er kein Bedürfnis hatte, mit Menschen zu sprechen, sondern nach den Erlebnissen des Nachmittags allein sein wollte, brachte er sein Pferd leise in den Stall und schlich sich dann in sein Zimmer.

Während er, im Dunkeln sitzend, über die hinter ihm liegenden Ereignisse nachdachte, senkte sich mehr und mehr ein Gedanke in sein Herz. Bald war ihm völlig klar: Er würde am nächsten Morgen nach Sonnenstadt reiten müssen, und zwar schon vor Sonnenaufgang, um zeitig dort anzukommen. Dort würde er predigen müssen. Deshalb legte er sich bald nieder, um rechtzeitig wieder wach zu werden.

Da der Nebel morgens längst nicht mehr so dicht war wie bei Einbruch der Dunkelheit, konnte sich Noah schon lange bevor es hell wurde auf den Weg machen. Genauso leise wie er gekommen war, verließ er Schubags Haus wieder. Er fragte sich, ob überhaupt jemand im Hause seine nächtliche Anwesenheit bemerkt hatte.

Während des Rittes dachte er darüber nach, wohin er sich in Sonnenstadt wenden sollte. Auf dem Marktplatz und vor dem Rathaus, das auch dort stand, wurden gewöhnlich all die Fragen besprochen, bei denen es sich um Angelegenheiten der Stadt handelte. *„Meine Sache betrifft aber nicht nur Sonnenstadt, sondern das ganze Land"*, überlegte Noah. *„Deshalb werde ich dahin gehen, wo der Regierungssitz ist und der Fürst des Sonnenlandes, Poseidon, seinen Sitz hat."* Außerdem würde dies nur der Anfang sein, das war Noah klar. Seine Botschaft ging ganz Adalandia, ja die ganze Erde an. Da zum Regierungssitz Poseidons viele Boten und Gesandtschaften aus allen Ländern der Erde kamen, war dies ein weiterer Grund, nach dort zu gehen.

Als Noah etwa in der Mitte des Vormittags Sonnenstadt erreichte, lenkte er deshalb sein Pferd direkt zum Tempelbezirk. In der Nähe des Eingangs hielt er an. Als er sich umsah, entdeckte er einen niedrigen leeren Sockel, auf dem wohl eine Figur oder etwas ähnliches aufgestellt werden sollte. Hier band er sein Pferd fest und stieg dann auf den Sockel hinauf. Noah wußte nicht, was er sagen sollte. Er vertraute darauf, daß Jahwe ihm die rechten Worte in den Sinn geben würde. Als er begann, wunderte er sich selbst darüber, daß seine Predigt ähnlich der war, die er neulich in Cronos gehalten hatte.

„Gott hat unsere Bosheit gesehen", rief er laut. Seine Stimme dröhnte durch die Säulenreihen des Tempeleingangs und hallte von den riesigen glatten Wänden des heidnischen Heiligtums wider. Hinter ihm erhoben sich die gewaltigen Metallsäulen aus Orichalzum, dem Metall der Götter, die Poseidon hatte errichten lassen, und vor ihm erstreckte sich der große Tempelvorplatz, der jetzt noch fast leer und ohne Zuhörer war. Doch er schrie von neuem: „Die Schlechtigkeit der Menschen nimmt immer mehr zu, und alles Sinnen und Trachten ihrer Herzen ist immer nur böse!"

Weit schallte seine Stimme über den leeren Platz,

und wie in Cronos, so geschah es auch hier. Menschen, die vorübergingen, blieben stehen. Andere, die weiter entfernt waren, hörten seine Stimme und kamen näher. Und auch aus dem Tempel selbst strömten immer mehr Menschen herbei.

Die Leute hier waren anderer Art als seine Zuhörerschaft in Cronos. Dort war der größte Teil Menschen aus dem einfachen Volk gewesen, doch hier handelte es sich vorwiegend um Vornehme und Hochgebildete, um die Menschen der herrschenden Klasse, neben einer Anzahl Dienern, die sich ganz an den Rändern der immer größer werdenden Menge hinzugesellten. Während der Sethiter weitersprach, kamen auch eine Anzahl der Zauberer und Hexen herbei, die an jenem Tag in Poseidons Thronsaal anwesend gewesen waren, als Obed und Noah verhört wurden.

„Es reut Gott, daß Er auf dieser Erde den Menschen geschaffen hat, und es tut Seinem Herzen weh", rief er laut. „Der Himmel wird einfallen, und das Meer wird ihn verschlingen. Die Wasser der Tiefe werden hervorbrechen und das ganze Land verderben!"

Als er diese Worte sagte, begann unter den Zuhörern ärgerliches Gemurmel. Man konnte daran erkennen, daß der Prediger hier kaum Sympathien zu erwarten hatte. Da etliche der Anwesenden Noah schon von dem Verhör vor Poseidon her kannten, schlug ihm von Anfang an Ablehnung entgegen. Es sprach sich schnell herum, daß dies der berüchtigte Mann aus den Bergen war, den Poseidon vor fünf Jahren aus der Stadt jagen ließ und der vor wenigen Tagen in Cronos einen Aufruhr angezettelt hatte.

Hätte Noah Zeit gehabt, sich mit der feindseligen Reaktion der Zuhörer näher zu befassen, würde ihn sein Mut vielleicht verlassen haben. So aber breitete er die Arme weit aus und rief: „So sagt der Herr: ‚Ich will den Menschen, den Ich erschaffen habe, vom Erdboden vertilgen, mit ihm auch das Vieh, die Kriechtiere und die Vögel des Himmels, denn es reut Mich, sie gemacht zu haben.' Das Ende aller Wesen aus Fleisch ist gekommen, und nur die Gerechten sollen verschont bleiben."

Die Geduld der meisten Umstehenden schien bei diesen Worten zu Ende zu gehen. Doch ehe es zu Gewalttaten gegen den Prediger kam, trat ein Mann vor, der Noah nur allzugut bekannt war. Es war der alte Zauberer, der damals in Poseidons Palast die ganze Gruppe angeführt hatte. Wie damals, war er auch heute ganz in Schwarz gekleidet. Er hob die Hand, und die schimpfenden und schreienden Menschen verstummten. Sich an Noah wendend, fragte er: „Du sagst: Nur die Gerechten bleiben verschont. Sag uns doch bitte, wer diese ‚Gerechten' sind?"

Furchtlos blickte Noah den alten Magier an und erwiderte: „Die Gerechten sind all jene, die den Wegen des Herrn folgen."

„Des Herrn?" lachte der Zauberer. „Wir hörten dich früher schon von deinem Herrn reden. Er muß aber sehr unbedeutend und unbekannt sein, wenn du meine Meinung hören willst. Hast du nicht gesagt, Sein Name sei Jahwe? Na ja, vielleicht einer von euren kleineren Gebirgsgöttern. Sicherlich aber keiner, der mit Poseidon und den anderen himmlischen Göttern zu vergleichen wäre."

„Jahwe ist der Gott aller Götter und der Herr aller Herren", verkündigte Noah laut. „Es gibt keinen anderen Gott als Jahwe."

Bei diesen Worten heulten die Versammelten wütend auf, und der Zauberer schüttelte seinen großen Stab, auf dem sonst der Rabe saß, der heute fehlte, zornig vor Noahs Gesicht. Als sich alle wieder beruhigt hatten, sagte er: „Also gut, wir wollen, nur um unserer Diskussion willen, einmal davon ausgehen, du hättest recht und Jahwe sei der einzige Gott..."

Die Leute lachten bei diesen Worten und schlugen sich gegenseitig amüsiert auf die Schultern. Der Alte fuhr fort: „Nun dreh dich einmal um und sieh dir die Metallsäulen an, auf denen Poseidon seine Gesetze eingravieren ließ, damit jeder lesen kann, was der Gott von ihnen erwartet. Unser ganzes Gesellschaftssystem und unsere Justiz hängen von diesen Gesetzen ab. Wenn nun Jahwe der einzige Gott ist, wie du behauptest, müßte Er doch so weise sein, uns über Seine Wünsche zu informieren. Wie können wir wissen, auf welche Weise wir Ihm zu folgen haben, wenn wir noch nie von Ihm hörten und auch nichts von Seinen Geboten wissen?"

Die Zuhörer klatschten Beifall bei diesen Argumenten. Doch Noah blieb unerschüttert. „Deine Worte klingen weise", gab er zu, „doch wenn du glaubst, die Gebote Jahwes seien unbekannt, dann bist du schlecht informiert. Gewiß, sie sind nicht auf Säulen aus Stein oder Metall geschrieben, aber Jahwe hat sie uns allen in unsere Herzen geprägt. Jahwes Gesetze sind unveränderbar, man kann sie auch nicht verbiegen oder verkleinern, denn sie sind jedem Menschen von Geburt an in seine Seele und sein Wesen hineingelegt."

Auf eine solche Antwort war der alte Magier nicht vorbereitet. Während er noch nach einer Erwiderung suchte, nutzte Noah seine Unsicherheit aus und fuhr fort: „Du, als Zauberer, hast von deinen Göttern gewisse Macht über die Elemente der Erde erhalten, über Feuer, Wasser und Licht, und bist in der Lage, sie in begrenztem Maße zu manipulieren. Doch du umgibst deine Möglichkeiten mit dem Mantel der Geheimnisse, weil du genau die verderbliche Wahrheit kennst, die dahintersteckt. Doch Jahwe ist kein so betrügerischer Gott, der die Menschen mit Tricks überlistet und ihnen Illusionen vorgaukelt. Alle, die Ihn aufrichtig suchen und an Ihn glauben, können Seine Wege erkennen, und

Sein Wille und Seine Gebote liegen in unserem Leben unmittelbar unter dem Furnier unseres von Sünden verhärteten Gewissens verborgen."

Den Zuhörern gefielen die Worte des Predigers nicht, weil sie sich davon getroffen fühlten. Ein nervöses Flüstern ging durch ihre Reihen. Doch Noah war noch nicht am Ende seiner Argumente. „Du, Zauberer, beziehst dich auf die Säulen Poseidons, als wären sie heilige Dinge. Ja, ja, ich weiß, für dich sind sie es auch. Aber ich erkläre hiermit, daß sie eine Verhöhnung und eine Schande für die echte Wahrheit sind."

Wieder wurde durch diese Erklärung die Wut der Menge angestachelt. Auch der Stimme des Zauberers war der Zorn anzuhören, als er jetzt schrie: „Du erzürnst die Seelen aller, die unsere Götter lieben. Sind denn die Gesetze Poseidons nicht gut und gerecht? Was kannst du daran Falsches finden?"

Noahs Antwort kam schnell: „In den meisten der Gesetze ist nichts Falsches zu finden. Ihrem Zweck, das Recht durchzusetzen und Ordnung zu erhalten, dienen sie wohl. Was ich gegen sie vorzubringen habe, ist, daß sie die Wahrheit verschleiern, denn sie sollen uns einreden, Luzifer, der Fürst dieser Welt, sei gerecht und gut. Und doch benutzt Luzifer diese Gesetze nur, um sein wahres Wesen zu verbergen und damit die Menschen zu betrügen. Auf diese Weise versucht er den Menschen einzureden, er sei ihr Gott und hat es so fertiggebracht, daß sie sich von dem wahren allmächtigen Gott abgewandt haben."

Plötzlich sah Noah von der Seite etwas auf sich zufliegen. Was es war, ob ein Stein oder ein Stück Holz, konnte er nicht erkennen, weil alles zu schnell ging. Ehe er sich bücken konnte, traf ihn das Geschoß mit voller Wucht an der Stirn. Ihm wurde für einen Augenblick schwarz vor Augen, und er sank zu Boden. „Herr, mein Gott!" schrie er, während er mühsam versuchte wieder auf die Beine zu kommen. Ein Hagel weiterer Wurfgeschosse prasselte jetzt auf ihn herab. Das Geschrei der Menge war zum Orkan angewachsen.

Noah blickte sich gehetzt nach allen Seiten um und suchte nach einem Ausweg, auf dem er flüchten konnte. Dabei fiel sein Blick auch auf den breiten Balkon über dem Eingang zum Tempelbezirk. Dort stand ein majestätisches Wesen. Es war Poseidon selbst, den man gerufen hatte und der in der vollen Pracht seiner Staatsgewänder erschienen war. Rechts und links von ihm standen je sechs Nephilim in voller Kriegsausrüstung.

Des Sethiters Herz wurde von Furcht ergriffen bei diesem Anblick. Doch plötzlich war ihm, als würden seine Augen von einer unsichtbaren Macht auf einen bestimmten Punkt gerichtet. Und da sah er ihn — den offenen Fluchtweg. Er schwang sich auf sein Pferd, dessen Zügel er schon gelöst hatte, als er am Boden lag und die er nun in der Hand hielt, und galoppierte davon. Eine kurze Weile hörte er noch die Verfolger hinter sich, doch dann wurde es ruhig. Das wunderte ihn, denn er wußte, hätten sie ernst gemacht, wäre er ihnen nicht entkommen.

Noah ließ das Pferd nun wieder im Schritt gehen, und als er vor sich eine Baumgruppe sah mit einigen Bänken darunter, hielt er an, um sich und dem Tier ein wenig Ruhe zu gönnen. Er begann seine Gedanken zu ordnen und ließ die vergangenen Stunden nochmals an sich vorüberziehen. Die Reaktion seiner Zuhörer und die negative Haltung des Zauberers wunderten ihn gar nicht, damit hatte er gerechnet. Er fragte sich vielmehr aufs neue, wie es ihm trotz ihres Zornes möglich gewesen war zu entfliehen? Aber eine andere Frage beschäftigte ihn noch viel mehr: Vor seinen Augen stand immer noch das beeindruckende Bild, das er erst ganz zuletzt noch wahrgenommen hatte. Der Meergott Poseidon auf der großen Terrasse über dem Eingang, und rechts und links von ihm je sechs Nephilim in voller Kriegsausrüstung. Er fragte sich, wozu diese Giganten dieses riesige Waffenarsenal brauchten, das sie mit sich herumschleppten? Hatten sie soviel Angst vor ihm, dem kleinen Prediger aus den Bergen, daß sie mit voller Bewaffnung kamen? Eine Antwort auf die Frage fand er nicht.

Als er sich ein wenig erholt hatte, schwang er sich wieder auf sein Pferd, um den Weg fortzusetzen. Da hörte er hinter sich ein Krächzen. Als er sich umwandte, sah er auf einem der Bäume einen großen schwarzen Raben sitzen, der ihn aufmerksam beobachtete.

9. Kapitel

Die Hügel rechts und links wurden langsam höher, und aus den vereinzelten Büschen und Bäumen, die hier und da gestanden hatten, waren seit einiger Zeit schon wieder ganze Gruppen geworden. Weit vor sich konnte der einsame Reiter Hügel erkennen, die schon völlig bewaldet waren.

Als Noah beim Abreiten vom Rastplatz den Raben entdeckte, war er ziemlich sicher, daß es sich um das Tier des Magiers handelte. „*Also werde ich doch beobachtet*", dachte er. Vielleicht wollte ihn Poseidon doch noch verfolgen und fangen lassen. Da war es besser, nicht direkt nach Cronos zu reiten, sonst würde Schubag am Ende auch noch Schwierigkeiten bekommen. Noah beschloß, sich für mindestens einen Tag in das Hügelland zurückzuziehen. Deshalb war er von der Küstenstraße abgebogen und ritt, nachdem er die Ebene durchquert hatte, schon eine geraume Zeit zwischen den immer höher werdenden Hügeln. Er würde noch etwa eine Stunde brauchen, bis er die Waldgrenze erreichte. Dort würde er sich irgendwo einen geschützten Platz suchen, an dem er den Rest des Tages und die Nacht verbringen konnte. Morgen würde er weitersehen. Vielleicht würde bis dahin auch der große Schmerz in der Stirn nachlassen.

Während er so dahinritt, überlegte Noah, daß seine wilde Flucht aus Sonnenstadt dort nicht gerade den besten Eindruck hinterlassen haben dürfte. *„Sollte ich nicht mehr Mut haben, wenn ich glaube ein Botschafter Jahwes zu sein?“* überlegte er, und schon spürte er, wie wieder Zweifel an ihm zu nagen begannen. Vielleicht hatte er Jahwe falsch verstanden und sollte gar nicht öffentlich auftreten und die Menschen mit seinen mahnenden Worten vom kommenden Gericht reizen? Hatte Jahwe nicht gesagt, er solle ein Schiff bauen? Vielleicht war es das, was Er von ihm wollte. Doch da fielen ihm wieder Obeds Worte ein, die sein Freund an jenem Abend in Poseidons Gefängnis zu ihm gesagt hatte: *„Ich fühle, daß du ein Prophet bist. Der Prophet Jahwes für unsere Zeit.“* Und wenn dies so war, dann mußte er die Botschaft Jahwes verkündigen, denn das war die Aufgabe eines Propheten.

Er überdachte wieder alle Ereignisse der letzten Tage. Die Predigt in Cronos und Schubags Kritik. Die Vision vom zerrissenen Himmel und den herabstürzenden Wassermassen. Tubal-Kain — Naamah. Das verlassene Schiff, das er bauen sollte und Jahwes Worte zu ihm am Delphinfelsen. Doch halt, das ging alles ziemlich durcheinander. Es wurde dringend Zeit, alles niederzuschreiben, und zwar in der richtigen Reihenfolge, damit auch später noch die wahre Bedeutung der einzelnen Ereignisse richtig zu verstehen war. Zum Glück hatte er sein letztes Tagebuch dabei. Wenn er den richtigen Platz für heute nacht gefunden hatte, würde er sich sofort ans Schreiben machen.

Seine Gedanken kehrten zurück zu dem Auftrag, der ihm überhaupt nicht gefiel. Ein Schiff sollte er bauen, und zwar ein so riesiges, wie er gesehen hatte. *„Sieh es dir genau an, du sollst ein Schiff bauen, ganz genauso wie dieses“*, hatte Jahwe gesagt. Dabei konnte er sich schon jetzt nicht mehr an alle Einzelheiten des riesigen

Schiffes erinnern. Wie sollte er es dann nachbauen? *„Wenn Jahwe ein solches Schiff benötigt, kann Er es doch selbst viel leichter bauen“*, überlegte er. *„Ich kann es nicht.“*

Während Noah so sinnend dahinritt, hatte er nicht bemerkt, wie die Zeit verging. Erst als die Bäume rechts und links zur dichten Mauer wuchsen, schreckte er aus seinen Gedanken auf. *„Den Wald hätte ich erreicht, nun muß ich noch das geeignete Plätzchen finden“*, sagte er zu sich selbst. Es dauerte nicht lange, da bemerkte er links von der Straße ein Waldstück, das mit dichtem Buschwerk durchsetzt war, so daß man nicht hindurchblicken konnte. Das schien ihm das Geeignete zu sein.

Er stieg ab und drang in das dichte Gebüsch ein, das Pferd hinter sich herziehend. Immer, wenn ein Zweig seine wunde Stirn streifte, hätte er am liebsten vor Schmerz aufgeschrien. Doch dann fand er eine etwas lichtere Stelle und beschloß, hier zu bleiben. Er band das Pferd an, nahm den Sattel ab und breitete für sich die Satteldecke aus, auf der er es sich bequem machte. Nach kurzer Ruhepause holte er das Tagebuch aus der Satteltasche und begann nach einigem Überlegen zu schreiben, um das Tageslicht noch auszunutzen.

Plötzlich hörte er ein knackendes Geräusch, als ob ein Zweig zerbrochen würde. Noah fuhr hoch, hielt den Atem an und lauschte. Er wußte nicht zu sagen, wieviel Zeit vergangen war, seit er begonnen hatte zu schreiben. Da — wieder knackte es. Er hatte sich also nicht getäuscht. Schlich dort ein wildes Tier durchs Gebüsch oder — was noch schlimmer wäre — hatten seine Verfolger nun doch die Spur aufgenommen? Jetzt hörte man schon das Rascheln von Ästen, und dann hoben sich zwischen den Büschen der jenseitigen Seite der kleinen Lichtung die Umrisse einer menschlichen Figur ab.

Noah nahm all seinen Mut zusammen und rief: „Wer kommt da?!"

Er erhielt keine Antwort, aber der Fremde — Noah sah jetzt, daß es ein Mann war — trat auf die Lichtung. Er kam noch einige Schritte näher und ließ sich dann mit der größten Selbstverständlichkeit Noah gegenüber nieder. Noah staunte und betrachtete den anderen aufmerksam. Es war eine ehrwürdige Erscheinung, und eine Atmosphäre umgab den Mann, die Betrachtern irgendwie Ehrfurcht einflößte; das verspürte Noah ganz deutlich. Dabei hätte Noah nicht sagen können, woher dieser Eindruck der Ehrfurcht eigentlich kam, denn es war sonst nichts Außergewöhnliches an dem Fremden. Ja, Noah meinte sogar, er würde ihn nicht einmal beschreiben können, wenn er von anderen danach gefragt werden sollte.

Er holte tief Luft und fragte nochmals: „Fremder, wer bist du, und was willst du von mir?"

Wieder erhielt er keine Antwort, statt dessen richtete der andere seinen Blick auf Noahs Stirnwunde. Dann wandte er sich zur Seite und sammelte vom Erdboden einige Blätter auf, die er nun zwischen seinen Händen zu einem feinen Puder zerrieb. „Sieh", ergriff er endlich das Wort, „das wird deine Wunde schnell heilen." Er hob die Hand zum Mund und ließ ein klein wenig Speichel auf das Puder tropfen, so daß daraus eine Paste wurde, die er auf Noahs Wunde auftrug.

Noah spürte sofort, wie der Schmerz nachließ, und innerhalb kurzer Zeit war er ganz verschwunden. Der Sethiter war sprachlos. Der Fremde bemerkte das ratlose Erstaunen seines Patienten und sagte lächelnd: „Es gibt vieles, was du nicht weißt. Ich habe die Söhne Adams viele Dinge gelehrt, und seither haben sie noch vieles erforscht und dazugelernt. Aber manche einfache Weisheiten haben sie auch wieder vergessen."

Immer noch fand der Prediger keine Worte, so stand

er unter dem Eindruck der Persönlichkeit des Fremden und des soeben Erlebten. Als der andere endlich wieder sprach, wurde Noah von der tieferen Bedeutung seiner Frage bis ins Innerste erschüttert: „Erinnerst du dich noch an Meine Worte, als Ich dir die Arche der Rettung zeigte?" forschte Er.

Für einen Augenblick hing Schweigen zwischen den beiden, das so dick war, daß man es hätte greifen können. Noahs Herz schien förmlich zu explodieren, als er begriff, wer da vor ihm saß. Als der Mann sich nun mit fragender Miene an ihn wandte, stammelte der Sethiter mühsam: „Ja . . . mein Herr . . ."

„Und hast du dir alles von dem Schiff genau gemerkt, wie Ich es dir aufgetragen habe?"

Noah war, als stecke ein Kloß in seinem Hals, der immer größer wurde. Er mußte heftig schlucken und würgte heraus: „Herr . . . ich . . . Du weißt . . . die Zeit war viel zu kurz . . . ich konnte mir längst nicht alles merken . . ." Der Sohn Lamechs hatte den Schock noch nicht überwunden, der ihn getroffen hatte, als er erkannte, wer sein Besucher war, und schon verlangte dieser klare Antworten auf ins einzelne gehende Fragen. Noah fürchtete, der Herr würde zornig sein wegen dieses Bekenntnisses seiner mangelhaften Fähigkeiten.

Doch dies schien nicht der Fall zu sein, der Herr nickte vielmehr verständnisvoll und sagte: „Du hast alles, was dir im Leben wichtig erschien, in dein Tagebuch geschrieben. Auch über Mich steht vieles darin. Gib es Mir, Ich werde dir jetzt darin alles genau aufschreiben, was mit dem Bau der Rettungsarche zusammenhängt."

Zögernd händigte Noah dem Herrn das Buch aus. Dieser fragte weiter: „Du hast dich gewundert, warum der Dämon Poseidon dich nach deiner Flucht aus Sonnenstadt nicht verfolgen ließ, ja?"

„Herr", flüsterte Noah, „es war ein Wunder." Er fühlte, wie ihm Tränen in die Augen traten.

„Wären deine Augen nicht blind, so hättest du Meine Diener gesehen, die dich von allen Seiten umgaben; und sie sind größer und mächtiger als alle Heere Luzifers."

„Herr, Du willst sagen . . ."

„Ja, Meine Engel waren dort, um dich zu beschützen. Du fragst dich jetzt, warum du sie nicht sehen konntest, was dir doch viel mehr Mut gegeben hätte. Siehst du, hier ist der Unterschied zwischen Mir und dem Verführer Luzifer", erklärte der Herr. „Die Menschen haben sich nach dem Sündenfall immer mehr allein auf ihren Verstand und auf das, was sie mit ihren fünf Sinnen, die ihnen verblieben sind, wahrnehmen können, verlassen. Sie bezweifeln alles, was man nur mit der Seele erfassen kann und lachen darüber. Auf diese Weise berauben sie sich selbst einer wichtigen Dimension ihres Lebens."

„Ja, Herr", nickte Noah eifrig, „das weiß ich nur zu gut."

„Luzifer, der dies auch weiß, macht sich das zunutze", fuhr der Herr fort. „Er betrügt nun die Menschen damit, indem er ihnen mit seinen sichtbaren angeblichen Göttern und den übermenschlichen Fähigkeiten, die sie haben, vorspiegelt, er sei allmächtig und der oberste Gott. Die Menschen glauben ihm mit ihrem Verstand, weil sie ihre Götter ja sehen und ihre Wunder begreifen können. Luzifer kommt es ja allein darauf an, daß er äußerlich geehrt und angebetet wird; wie die Menschen in ihrem Herzen fühlen, ist ihm gleichgültig."

Der Herr schwieg einen Augenblick, um Noah Zeit zu geben, über das Gehörte nachzudenken. Dann erklärte er weiter: „Ich aber möchte die Liebe und das Vertrauen der Menschen, die Mir nachfolgen, und nicht nur ihre äußerliche Religionsausübung. Deshalb werden Meine Diener nicht sichtbar, denn alle, die mir nachfolgen, sollen es im Glauben tun, aus dem Vertrauen ihres Herzens heraus."

Dem Sethiter war, als fielen Schuppen von seinen Augen und als ginge ihm eine ganz neue Welt des Verständnisses auf. So also meinte es der Herr. Doch trotzdem bewegten ihn noch viele Fragen, die er aber nicht zu stellen wagte. Er fragte deshalb nur: „Herr, wenn es so ist, wie werde ich dann in der Lage sein, die Aufgabe auszuführen, die Du mir aufgetragen hast? Wer wird mir zuhören? Sie werden mich immer wieder nur auslachen. Und warum hast Du gerade mich dazu erwählt?"

Der Herr nickte verständnisvoll. „Es stimmt, es ist keine leichte Aufgabe, die Menschen vor dem kommenden Gericht zu warnen, und sie werden deine Botschaft nicht gern hören. Aber, Freund, deine Mission ist es nicht nur, Gericht zu predigen, sondern auch Errettung. Du sollst auch die Gerechtigkeit predigen, die jeden vor Jahwes Zorn bewahren wird."

Ähnliches hatte wohl auch Schubag sagen wollen, überlegte Noah, obwohl ihm manche Zusammenhänge immer noch nicht klar waren. Doch sein Herr verstand ihn und sagte: „So lange schon suchst du nach der Wahrheit, und immer noch kannst du sie nicht ganz fassen. Begreifst du die Tatsache nicht, daß wahre Gerechtigkeit allein aus dem Glauben kommt? Das ist es, was du predigen sollst. Lehre die Menschen, mir allein im Glauben zu folgen, denn nur auf diesem Wege werden sie zur Vollkommenheit voranschreiten."

„Ach, Herr", meinte Noah bekümmert, „es ist nicht leicht, sich daran zu halten. Von Jugend an bin ich so ähnlich belehrt worden, aber wenn ich darüber nachdenke, bekomme ich mit meinem Verstand einfach nicht alles zusammen."

Lächelnd sagte der Herr: „Das liegt daran, weil es gegen die menschliche Natur geht, da zu vertrauen, wo man nicht sehen kann. Doch das ist der Weg, der zum Leben führt, und es sind leider nur wenige, die ihn finden."

Zitternd stellte der Sethiter jetzt die Frage, die ihm am meisten auf dem Herzen brannte: „Herr, bin ich einer, der zu den Gerechten gezählt wird?"

Der Herr wußte, wie wichtig die Antwort für Seinen erwählten Mann war. In ermutigendem Ton sagte Er: „Noah, du hast Gnade vor Meinen Augen gefunden. Es gibt nur wenige Menschen auf Erden, die ein so suchendes und aufrichtiges Herz haben wie du. Du bist Mir nachgefolgt, als du Mich noch nicht kanntest; und dein Herz ist untadelig, denn du hast die Gerechtigkeit ergriffen, die allein durch den Glauben kommt." Eine ganze Zeit saßen die beiden schweigend. Endlich wagte Noah zu fragen: „Herr, wirst Du all jene vernichten, die Dich nicht kennen und nichts von der Gerechtigkeit wissen wollen, die Du anbietest?"

Der Herr erwiderte: „Jeder Mensch hat in seinem Gewissen eine Ahnung von der wirklichen Wahrheit und kann, wenn er will, beginnen danach zu suchen. Und wenn einer wirklich sucht, so werde Ich ihn auch finden lassen. Deshalb gibt es am Ende für keinen Menschen eine Entschuldigung. Alle, die nicht glauben wollen, verurteilen sich selbst, denn ohne Glauben gibt es keine Gerechtigkeit. Und wenn Ich von Meinem Gericht rede, dann liegt es allein an dem Menschen selbst, ob er unter dieses Gericht gerät oder davor bewahrt bleibt."

„Und Herr, wird wirklich der Himmel einfallen und vom Wasser verschlungen werden?" fragte Noah leise, als er an seine nächtlichen Visionen dachte.

Der Herr verstand Noahs versteckte Sorge bei dieser Frage. „Ich habe dir diese Dinge gezeigt, Noah, daran brauchst du nicht zu zweifeln, es waren keinesfalls nur Bilder deiner Phantasie. Aber weil es so ist, darfst du nicht versäumen, die Rettungsarche zu bauen, die Ich dir gezeigt habe, damit es einen Ort des Überlebens für alle Geschöpfe gibt, die Ich gemacht habe. Denn Mein Gericht soll nicht das Ende sein, sondern zu einem neuen Anfang führen."

Der Herr schlug Noahs Tagebuch auf und begann zu schreiben und zu zeichnen. „Ich werde dir jetzt alles aufschreiben und auch Zeichnungen dazu machen, Noah. Höre genau zu, was Ich dir dabei erkläre." Während Er schrieb und zeichnete, erklärte der Herr Noah die Größe des Schiffes, die Art des Baues und das Material, das er verwenden sollte. Auch auf viele Einzelheiten wies er hin. Endlich sagte der Herr in sehr bestimmtem Ton nochmals: „Sieh, Ich will eine Flut über die Erde bringen, um alle Wesen aus Fleisch unter dem Himmel, alles, was Lebensgeist in sich hat, zu verderben. Mit dir aber, Noah, schließe Ich Meinen Bund. Geh in die Arche, du, deine Söhne, deine Frau und die Frauen deiner Söhne."

Jetzt war Noah verblüfft. *„Frau"*, dachte er, *„Söhne? Der Herr wird doch sicherlich wissen, daß ich keine Familie habe?"* Aber er wagte nicht, den Herrn zu unterbrechen.

Der Herr sprach ungerührt weiter: „Von allem, was lebt, von allen Wesen aus Fleisch, führe je zwei in die Arche, damit sie mit dir am Leben bleiben; je ein Männchen und ein Weibchen sollen es sein. Von allen Arten der Vögel, von allen Arten des Viehs, von allen Arten der Kriechtiere auf dem Erdboden sollen je zwei zu dir kommen, damit sie am Leben bleiben."

Noah schwieg weiter, dachte aber: *„Wie soll es mir wohl gelingen, von allen Tieren auf Erden je ein Paar in die Arche zu bringen? Ich weiß doch nicht einmal, wie viele verschiedene Tierarten es gibt. Wenn ich nun einige übersehe?"*

Der Herr fügte mahnend hinzu: „Und vergiß nicht,

Noah, Lebensmittel und Futter mit in die Arche zu nehmen. Lege dir einen ausreichenden Vorrat an, denn es soll dir, deiner Familie und auch allen Tieren zur Nahrung dienen."

Noah nickte. Es war alles sehr klar. Was er tun sollte, hatte er verstanden. Und die Einzelheiten, die er sich nicht so schnell hatte merken können, standen in seinem Tagebuch. Aber wie er diese Aufgaben alle bewerkstelligen sollte, konnte er sich keineswegs vorstellen. Und selbst wenn es ihm gelang, alle Tiere in die Arche zu bringen, wie würden diese sich dort verhalten? Was war, wenn die Raubtiere begannen, die anderen Tiere aufzufressen? Würden die Katzen die Mäuse in Ruhe lassen? Aber es würde wohl zu weit gehen, den Herrn nach all diesen Einzelheiten zu fragen.

Mittlerweile begann es schon zu dämmern. Die Zeit war wie im Fluge vergangen. Hier, im dichten Wald, wurde es noch schneller dunkel als draußen. Der Herr erhob sich. Auch Noah sprang schnell auf, dabei stieß er mit der Stirn an einen dicken Ast. Erst jetzt erinnerte er sich wieder an die Stirnwunde, die er bei der Unterhaltung völlig vergessen hatte. Erstaunlicherweise hatte die Berührung mit dem Ast keinerlei Schmerzen verursacht. Überrascht griff Noah an seine Stirn und fuhr darüber hin. Aber auch jetzt spürte er keine Schmerzen und konnte nicht einmal mehr fühlen, wo die Wunde gewesen war.

Der Herr hatte lächelnd zugesehen und meinte nun freundlich: „Noah, du mußt noch lernen, Mir mehr zu vertrauen. Aber wenn du nur im Glauben an Mir festhältst, auch dann, wenn du einmal nicht alles verstehst, dann wird dein Vertrauen zu Mir immer weiter wachsen. Fürchte dich nicht, wenn du nun in der dunklen Nacht hier im Wald allein bleibst. Denke immer daran: Meine Diener sind bei dir, auch wenn du sie nicht siehst."

Damit wandte Er sich um und ging zum Rand der Lichtung. Als Er die Büsche erreichte, sah Er nochmals zurück und winkte Seinem Propheten freundlich zu. Dann verschwand er in der immer mehr zunehmenden Dunkelheit zwischen den Büschen.

Noah blieb allein zurück — aber er wußte nun, daß er nie mehr allein war.

3

Die Rettungsarche

„Da sprach Gott zu Noah: Ich sehe, das Ende aller Wesen aus Fleisch ist da; denn durch sie ist die Erde voller Gewalttat. Nun will Ich sie zugleich mit der Erde verderben . . .

Mit dir aber schließe Ich Meinen Bund. Geh in die Arche, du, deine Söhne, deine Frau und die Frauen deiner Söhne.“

1. Mose 6,13.18

1. Kapitel

Es war schon später Nachmittag, als Noah vom östlichen Hügelland nach Cronos zurückkehrte. Als er die Küstenstraße entlangritt, beobachtete er die Meereswellen, die im gleichmäßigen Rhythmus über den Sandstrand rollten. Der Sethiter spürte keine Müdigkeit und keinerlei Zweifel mehr in sich. Sein Geist war erfrischt und sein Ruf bestätigt worden. Er hatte Gott größer und näher erlebt als die meisten seiner Vorfahren, überlegte er, mit Ausnahme vielleicht von Henoch und dem Stammvater Adam selbst. Wonach er nun verlangte, war jemand, dem er die ganze Geschichte erzählen konnte. Das unglaubliche Erlebnis völlig für sich zu behalten, schien ihm undenkbar.

Es schien nur logisch, daß Schubag der erste war, dem er alles berichten würde, deshalb wollte sich Noah direkt zu ihm begeben, wenn er die Stadt erreicht hatte. Doch würde er noch vorher einem vertrauenswürdigen Menschen begegnen, der bereit war zuzuhören, so würde er ohne Zögern auch ihm alles erzählt haben. Doch daß eine Frau die erste sein würde, mit der er diese ungeheure Neuigkeit teilte, hätte er früher selbst nie geglaubt.

Als er aber unmittelbar vor den ersten Häusern der

Stadt angelangt war, sah er sie langsam am Strand entlanggehen. Er brachte es nicht fertig, wortlos an ihr vorüberzureiten. „Naamah", rief er, „bist du es?" Nur einer Silhouette gleich war sie vor der schon tiefstehenden Sonne zu sehen, doch Noah hätte ihre anmutige Figur wohl überall erkannt.

Sie fuhr herum. „Noah!" rief sie. Ihrer Stimme war die freudige Überraschung anzuhören.

Der Sethiter stieg ab und führte sein Pferd über den Sandstrand zu ihr. Als er sich ihr jetzt näherte, spürte er wieder dieses eigenartige beklommene Gefühl, das sich in seiner Brust breitmachte. Welche Kraft besaß sie wohl, um ihn jedesmal so in ihren Bann zu ziehen, überlegte er. Oder waren es einfach ihre Jugend und Schönheit sowie ihre Anmut, die ihn gefangen nahmen? Er war nicht imstande, das Rätsel zu lösen. Alles, was er wußte, war, daß es ihn drängte, mit dieser fremden Frau — dieser Kainiterin — das Erlebnis zu teilen, von dem seine Seele erfüllt war.

„Laß uns zusammen gehen", war alles, was er sagte, und als sei es ganz natürlich, ergriff er ihre schlanke Hand. Das Pferd mit der anderen Hand führend, ging er mit ihr den Strand entlang. Die Frau war still, hatte aber bereitwillig ihre Hand mit der seinen verschmelzen lassen, als sei es nie anders gewesen.

„Wo hast du deinen Hund?" fragte Noah und versuchte auf diese Weise eine Unterhaltung zu beginnen. Recht ungeschickt wählte er ausgerechnet das Thema, das Spannungen in ihre letzte Diskussion gebracht hatte.

Naamah blickte zu Boden, um nicht zu zeigen, daß sie mit der Versuchung zu lachen zu kämpfen hatte. „Er ist in meinem Zimmer, denn er mag die Luft direkt am Strand nicht", antwortete sie.

Der Prediger fühlte, wie diese Antwort seine innere Spannung löste und gewann dadurch die Freiheit, ihr ein wenig entgegenzukommen. „Ich möchte mich entschuldigen für meine wohl zu kritischen Worte bei unserer letzten Unterhaltung", begann er. „Dein kleiner Hund ist ein feines Tier. Versteh mich bitte richtig, er ist kein Wolf — aber für den Zweck, dem er dienen soll, ist er sehr fein."

Die Frau spürte, wie warme Freude sie durchströmte bei dieser Entschuldigung des Mannes. „Vielen Dank", antwortete sie. „Aber auch ich habe viel über deine mahnenden Worte nachgedacht und verstehe nun deine Sicht der Dinge ebenfalls. So wie die Tiere von Topays Rasse durch menschliche Züchtung heute sind, hat sie Jahwe bestimmt nicht geschaffen."

Noah nickte zustimmend. „Trotzdem ist es schwierig zu wissen, wie weit wir Menschen mit unseren Möglichkeiten der Schöpfung Jahwes gegenüber gehen dürfen und was nicht mehr erlaubt ist. Jedenfalls war es nicht recht von mir, so schnell zu urteilen."

„Ganz gewiß sind viele Dinge heute nicht mehr so wie sie sein sollten", bestätigte Naamah. „Es wäre wunderbar, die Welt einmal so zu sehen, wie Jahwe sie ursprünglich geschaffen hat."

Der Sethiter schwieg eine Zeitlang und blickte die Frau von der Seite an. Für einige Augenblicke wünschte er, das Thema vorläufig beiseite zu lassen und dem Gefühl Raum zu geben, das in seinem Herzen immer mehr wuchs. Doch er nahm sich zusammen und sagte endlich: „Ich habe meine eigenen Ansichten darüber, wie die ursprüngliche Schöpfung Jahwes war. Was würdest du denken, wenn ich dir zum Beispiel sagte, die Tiere waren damals fähig zu sprechen?"

Naamah spürte, daß Noahs Argumente hauptsächlich ein Schild waren, hinter dem er die Gefühle seiner männlichen Natur vor sich selbst schützte und sie ahnte, welchen inneren Kampf er mit sich ausfocht. Um es ihm nicht noch schwerer zu machen, hielt sie ihr frohes Lächeln zurück und meinte statt dessen nachdenklich: „Ich denke, das ist ein großartiger Gedanke. Es gibt ja auch noch viele Legenden über diese Dinge."

Plötzlich ließ Noah den Zügel des Pferdes los und ergriff auch noch die andere Hand der Frau. „Oh Naamah", sprudelte er heraus, „ich muß es dir erzählen. Ich habe erlebt, wie ein Delphin zu mir sprach. Ja, wirklich! Es ist schon eine Reihe von Jahren her, aber ich weiß, daß ich nicht geträumt habe."

Die Frau blickte ihn sinnend an. Einesteils hätte sie gern gelacht. Doch sie wußte auch, daß ihr Herz dem Mann vor ihr ausgeliefert war, und sie wollte ihm gefallen. Ihr war klar, daß ihre Antwort ihren Platz in seinem Leben mit bestimmen konnte, deshalb nahm sie sich zusammen und nickte stumm.

„Du glaubst mir? Du meinst nicht, ich sei verrückt?" rief Noah.

Naamah verlor sich in der Tiefe seiner flammenden Augen. „Nein ... mein Herr", flüsterte sie, dabei umspielte jetzt ein leichtes Lächeln ihre Lippen. „Ich könnte nie anders von dir denken als mit höchster Achtung. Wenn du sagst, ein Delphin hat mit dir geredet, dann ... dann hat ein Delphin mit dir geredet!"

Der Sethiter war überrascht von dieser Erklärung völligen Vertrauens von seiten der Kainiterin. Als er ihr jetzt wieder in die Augen schaute, konnte er sich nicht mehr zurückhalten. Er zog sie in seine Arme und stammelte: „Ich spüre, du würdest alles glauben, was ich dir erzähle."

„Erzähle mir, was du willst", antwortete die Frau und schmiegte sich an ihn. „Ich würde nicht einmal zweifeln, wenn du sagtest, der Himmel wird einfallen und vom Meer verschlungen werden."

Nun mußte Noah den Wunsch unterdrücken zu lachen. Er hob ihr Gesicht empor und lächelte zu ihr hinunter. „Ach Naamah, dann mach dich bereit, denn die Geschichte, die ich dir erzählen werde, übertrifft sogar noch das.“ Mit diesen Worten beugte er sich über sie, und ihre Lippen fanden sich.

2. Kapitel

Naamah kehrte nie nach Nod-Partia zurück. Sie heiratete den Sohn Lamechs nach einem vollen Jahr Verlobungszeit in der Stadt Schubags. Und all das geschah mit der vollen Zustimmung Tubal-Kains, ihres Bruders.

Fast zehn Jahre waren seit der Heirat mittlerweile vorübergegangen, und Noah hatte seine Wahl noch nie bereut. Sein einziger Kummer war, daß sein Vater Naamah bisher als seine Schwiegertochter ablehnte. Noah hatte gewußt, daß der alte Sethiter seiner Heirat mit einer Kainiterin, abstammend aus der direkten Linie des Ur-Mörders, nie zustimmen würde. Trotzdem hatte er zunächst, als Sohn, der seinen Vater achtete, dessen Zustimmung erbeten. Doch als Lamech ablehnte, hatte er die Frau, die er erwählte, auch ohne dessen Einwilligung geheiratet. Aber es würde lange dauern, ehe der Patriarch aus den Bergen sich damit abfinden würde.

Doch die Hartnäckigkeit des alten Mannes bekam einen ersten Riß, als Noahs erster Sohn geboren wurde, der den Namen Sem erhielt. Die Familie wohnte weiterhin in Schubags großem Anwesen, der sich darüber freute und es als eine Ehre empfand. Wenn auch noch längere Zeit verging, kam doch der Augenblick, da Lamech nicht mehr widerstehen konnte. Eines Tages kam ein Bote mit der Nachricht, der Großvater wolle sein Enkelkind sehen.

Also nahmen Noah und Naamah mit tiefer Dankbarkeit und Bewegung Abschied von Schubag, der ihnen wie ein zweiter Vater geworden war, und wohnten von da an in Lamechstadt. Denn als der Großvater seine Einladung sandte, nahm Noah sofort alles mit, was ihm gehörte. Er setzte nicht nur Naamah und den kleinen Sem in den Reisewagen der Familie, sondern belud noch eine ganze Reihe von Wagen mit ihrem Besitz. Er war sich sicher, die Abwehr des alten Mannes würde unter dem Lächeln seines Enkels völlig dahinschmelzen.

Da Noah und Naamah sich schon vor ihrer Hochzeit vorgenommen hatten, eines Tages wieder in den Bergen zu wohnen, hatte Naamah bei einer Gelegenheit gesagt: „Ich meine, die Arche sollte in den Bergen gebaut werden, weit entfernt von den großen Städten und von deinen Feinden. Außerdem steht dir im Sägewerk deines Vaters das nötige Baumaterial am reichlichsten zur Verfügung, und du wirst dort auch die geeigneten Arbeiter finden."

Noah hatte zuerst gelacht. „Ich soll das Schiff in den Bergen bauen! Wie werden wir es denn zum Meer bringen?"

Naamah hatte nur listig gelächelt und gewartet, bis ihr Mann selbst auf die Wahrheit kommen würde. Der hatte sie zunächst überrascht angeschaut und sich dann mit der Hand an die Stirn geschlagen. „Ah, ja", rief er, „daran hätte ich denken sollen. Das Meer wird ja zu uns kommen."

Es waren solche Augenblicke, die den Gedanken an die kommende Katastrophe halbwegs erträglich machten — und dann auch die Hoffnung. Denn die Arche war gleichzeitig ein Symbol der Hoffnung; der Hoffnung darauf, daß einige überleben würden und für alle, die glaubten, ein Zufluchtsort zur Verfügung stand.

„Außerdem", folgerte Naamah, „wenn die Arche in den Bergen steht, ist sie besser erreichbar für alle, die aus den Städten fliehen, wenn die Flut hereinbricht. Das höher gelegene Land wird sicherlich zuletzt überflutet, so daß mehr Zeit ist, die Arche zu erreichen, wenn sie dort steht."

Noah hatte zugestimmt. Keiner von beiden hatte allerdings die Tatsache erwähnt, daß Jahwe erklärt hatte, nur sie und ihre Familie würden gerettet. Keiner wagte es, von diesem Teil der Prophezeiung zu reden, da sie im stillen auf eine andere mögliche Auslegung dieser Worte hofften oder darauf, daß Jahwe Seine Absicht geändert haben könnte. Das war Noahs Traum in den vergangenen Jahren gewesen. Oft hatte er versucht, in Jahwes Worten einen anderen Sinn zu finden und hatte all seine Klugheit benutzt, um solche Möglichkeiten zu sehen.

Wie wäre es zum Beispiel, wenn Gott mit „Noah" all jene gemeint hatte, die Noahs Predigt glauben und befolgen würden? Oder könnten mit dem Begriff „Söhne" nicht alle Angehörigen Noahs sowie die Dienerschaft, Mitarbeiter usw. gemeint sein? Es gab eine Reihe von Möglichkeiten, solche erweiterten Bedeutungen in Jahwes Worten zu finden. Und Jahwe schwieg dazu still. Er schien also gegen diese Überlegungen Seines Propheten nichts einzuwenden zu haben.

So kam es, daß Noah auch an diesem Tag wieder, als er auf dem höchsten Punkt der Arche saß, freudig an dem Werk arbeitete. Es war erstaunlich, wie feucht die Luft auch hier oben in den Bergen noch war, da lief der Schweiß bei der Arbeit ganz schön. Und die rund 15 Meter, welche die Arche noch über Lamechstadt hinausragte, trugen auch noch dazu bei. Die Sonne war eben recht warm, obwohl sie durch den Dunstschleier, der die Erde beständig umgab, nicht mit zu starker Kraft scheinen konnte. Auch Noahs Hände waren schweißfeucht, und mehrere Male mußte er schnell nachfassen, weil sein Werkzeug ihm aus der nassen Hand zu gleiten drohte.

Genau unter ihm, auf dem oberen, dem dritten Deck, arbeitete sein Bruder Jaseth. Als er sah, wie der Prediger das kleine Stemmeisen besonders kräftig ansetzte, weil eine Leiste absolut nicht über eine andere Ecke des Holzes, in der ein dicker Ast saß, hinwegwollte, rief er hinauf: „Sei nur vorsichtig, Bruder, sonst fällt mir dein Eisen direkt auf den Kopf!"

Noah blickte lachend zu dem Jüngeren hinunter. Wie er doch durch ihn immer wieder an seine Mutter erinnert wurde. Niemand anders in der Familie hatte ihr rotes Haar und die weiße Haut geerbt, nur Jaseth. „Keine Angst", rief er hinunter. „Außerdem würde es dir auch keine größeren Schmerzen verursachen als dein Sonnenbrand, den du nun schon seit Wochen mit dir herumschleppst. Arme Weißhaut, man könnte denken, du verbringst fast deine ganze Zeit in einer dunklen Ecke im Haus."

Jaseth spritzte eine Handvoll kaltes Wasser aus einem neben ihm stehenden Eimer hinauf. „Du weißt gut genug, daß es nicht so ist", antwortete er. „Wenn auch mein Gesicht nicht gerade aussieht wie eine gegerbte Haut, heißt das noch lange nicht, daß ich weniger arbeite als du — Ledergesicht."

„Ich weiß", nickte Noah fröhlich. „Niemand hier könnte behaupten, er habe mehr gearbeitet als du. Außerdem weißt du ja, daß auch Mutters Haut die Sonne schlecht vertragen konnte und deshalb sehr unter der Hitze litt. Die meisten von uns haben da weniger Schwierigkeiten. Ich glaube, wir können für den

Dunstschleier über uns dankbar sein, sonst würde die Sonne in dieser Hinsicht noch mehr Probleme bereiten."

„Ach, es ist nicht so schlimm wie es aussieht", beruhigte Jaseth. „Ich muß schon viele Tage direkt in der Sonne gewesen sein, wie jetzt bei der Arbeit an deinem Schiff, ehe ich es auf meiner Haut zu spüren bekomme. Aber es gibt eben auch für mich hier viel Arbeit."

„Da hast du recht", bestätigte Noah und warf einen Blick über die ganze riesige Baustelle, die er von so hoch oben am besten übersehen konnte. Tief unter ihm bauten eine ganze Anzahl Arbeiter des Sägewerks an der Arche. Noah sah es als kleines Wunder an, daß ihnen aufgetragen worden war, auch den Bau des Schiffes als ihre Aufgabe anzusehen. Als er sie beobachtete, dachte er daran, wie er seinem Vater zum ersten Mal die erstaunliche Geschichte des Bundes, den Jahwe mit ihm geschlossen hatte und auch von der kommenden Weltkatastrophe erzählt hatte.

Die zehn Jahre zwischen Noahs Predigten in den Städten und seinem Umzug in die Berge waren für ihn eine recht stille Zeit gewesen. Während seines Verlobungsjahrs und in den beiden ersten Jahren nach seiner Hochzeit war er kaum öffentlich in Erscheinung getreten. Lamech hatte zwar Gerüchte von Noahs seltsamen Auftritten in Cronos und Sonnenstadt gehört, doch die waren sehr allgemeiner Art gewesen, weil sie über viele Stationen zu ihm gelangt waren. Da anschließend alles still blieb, hatte der alte Mann nicht sehr viel davon gehalten. Deshalb war es für ihn eine sehr große Überraschung gewesen, als Noah ihm schon einen Tag nachdem er mit seiner Familie nach Lamechstadt zurückgekehrt war die ganze Geschichte erzählte.

„Was sollst du bauen?" hatte der Patriarch verwundert gefragt.

„Ein Schiff", wiederholte Noah. „Ein großes schwimmendes Fahrzeug, damit darin das Leben erhalten bleibt."

Der Gedanke einer Zerstörung der gesamten Welt war für Lamech nicht neu. In der sethitischen Tradition gab es viele Hinweise darauf. Trotzdem brauchte der alte Mann einige Zeit, um die volle Bedeutung der Vision seines Sohnes zu erfassen. Mehrere Tage beschäftigte er sich damit, ehe er Noah bat, zu einer Unterredung in sein Zimmer zu kommen. „Hast du mit Schubag über deine Träume gesprochen?" forschte er.

„Oft", nickte Noah, „und mit Tubal-Kain, dem Bruder meiner Frau ebenfalls."

Bei der Erwähnung dieses Namens hatte der Alte die Stirn gerunzelt, fiel es ihm doch recht schwer, sich damit abzufinden, daß seine Familie jetzt mit diesen Kainitern irgendwie verbunden war. „Beide sind ... große Männer", hatte er zögernd zugestanden.

„Ja", hatte Noah nur hervorgebracht, weil er erstaunt war über seines Vaters Großmut.

Lamech hatte seinen Sohn nachdenklich angeblickt und dann gemeint: „Vielleicht ist das die Bedeutung ..."

„Bedeutung? Wovon?" Noahs Interesse war wach geworden.

„Nun, die Bedeutung deines Namens", hatte Lamech ehrfürchtig erklärt. „Mein ganzes Leben habe ich nach einer Erklärung für das Wort ‚Ruhe' gesucht."

Noah fiel die Geschichte ein, wie er zu seinem seltsamen Namen gekommen war und wie alle sich über das Wort „Ruhe" Gedanken gemacht hatten. „Hast du neue Erkenntnis darüber gewonnen, Vater?" fragte er eifrig.

Der Patriarch nickte. „Es muß so sein, daß in deiner Berufung die Erfüllung jener alten Prophezeiung liegt, als Jahwe mir diesen Namen für dich aufs Herz legte. Denn wenn dieses Schiff ein Platz der Sicherheit und ein Rettungsort für die Gerechten ist und du der

Erbauer dieses Schiffes bist, dann bist du für deine Familie ein Ruheplatz inmitten des Untergangs dieser wegen ihrer Sünde verurteilten Welt."

Noah betrachtete das vom Alter geprägte ehrwürdige Gesicht seines Vaters. Voller Wärme fragte er: „Würde dich das glücklich machen?"

Lamech schaute den jungen Prediger mit leuchtenden Augen an. „Ich würde es als überaus großen Segen Jahwes betrachten, mein Sohn."

Eine ganze Zeit war es still, als jeder der beiden über die Größe des Auftrags nachdachte. Dann stand der alte Mann auf, lief im Raum hin und her und begann an seinen Fingern etwas auszurechnen. Noah schaute schweigend zu, bis Lamech erklärte: „Du weißt, daß ein Vater sein Erbe und seinen Segen gewöhnlich bis zu seinem Sterbelager aufhebt. Doch mein Herz ist so erfreut, daß ich dir ein Teil deines Erbes schon heute geben werde."

Noah staunte, denn so etwas hatte er nicht erwartet. Doch als sein Vater jetzt Näheres sagte, wuchs seine Überraschung noch.

„Arbeiter", begann Lamech. „Du sollst über meine Arbeiter verfügen können, wann immer du sie brauchst und solange es nötig ist. Und Baumaterial ... nimm dir einfach, was du brauchst."

Ein solches Angebot überstieg bei weitem alles, worum Noah zu bitten gewagt hätte. Es stimmte, er und Naamah hatten oft darüber gesprochen, daß in Lamechstadt Arbeitskräfte und Material am besten verfügbar sein würden. Doch sie hatten immer gemeint, daß sie dafür den größten Teil der überreichen Mitgift Naamahs würden opfern müssen.

Während Noah noch staunte und angemessene Worte suchte, um seinen Dank auszudrücken, begann sein Vater wieder: „Ich werde wohl diese verderbliche Flut nicht mehr erleben, aber wenigstens kann ich noch das

Schiff Jahwes sehen. Ich werde nicht sterben, ehe ich es nicht gesehen habe."

Respektvoll hatte der Jüngere zugehört. Nun wandte er ein: „Das Schiff sehen? Du wirst mit mir in ihm fahren, Vater."

Lamech verstand Noahs Herz, schüttelte aber den Kopf. „Deutle nicht an Jahwes Worten herum, mein Sohn. Das Schiff ist für dich und deine Familie, nicht für mich. Ich werde nicht mit dir fahren, denn ich werde dann schon von dieser Erde gegangen sein. Und es wird auch niemand anderes mitfahren, sondern nur jene, von denen Jahwe es prophezeit hat."

Als er jetzt auf seinen Bruder blickte, kehrten Noahs Gedanken zur Gegenwart zurück. „Jaseth", rief er, „überleg einmal! Wird es nicht großartig, wenn wir beide dieses Schiff zusammen handhaben? Du und ich als Kapitäne des größten Lebensbewahrers, der je auf dem Wasser geschwommen ist."

Jaseth lächelte anerkennend, fragte sich aber, warum Noah ihn immer wieder so hartnäckig in seine Zukunftsträume einschloß. „Natürlich . . .", stimmte er zu, „wir werden zusammen fahren."

Noah klammerte sich an Jaseths Antwort wie an einen Anker und versuchte, Lamechs Worte in seine Wunschvorstellung zu pressen. „Wenn ich berufen bin, dann ist meine gesamte Familie mit mir berufen. So ist es doch, Jaseth? Und du gehörst zu meiner Familie."

Der junge Mann nickte zustimmend. Doch jetzt wurde Noah von dem Thema abgelenkt, denn tief unter ihnen ging Naamah vorüber. Stolz durchzog sein Herz. „Hast du es schon bemerkt, Jaseth, Naamah ist wieder schwanger. Sie wird mir noch vor Ende des Jahres einen weiteren Sohn gebären."

„Gewiß", rief Jaseth, „man kann es ja mittlerweile gar nicht mehr übersehen. Und ich freue mich mit dir. Aber . . ."

„Aber was?“

„Wieso willst du wissen, daß es ein Junge sein wird?“

„Das ist doch ganz klar“, erklärte der Prediger voller Überzeugung. „Wie oft habe ich dir schon erzählt, daß Jahwe lange vor meiner Hochzeit mir zugesagt hat: ‚Du und deine Söhne sollen gerettet werden.‘ Wir sollten nie an den Worten Gottes zweifeln.“

Der Jüngere schwieg dazu, was Noah wohl bemerkte, aber zu ignorieren versuchte. „Und ich weiß, Jaseth, daß du glaubst“, beharrte er.

„Natürlich“, lachte Jaseth. Doch sein Lachen war so leer wie sein Herz.

3. Kapitel

Der zweite Sohn, der Noah geboren wurde, hatte keine so helle Haut wie Jaseth, und auch nicht die olive Hauttönung seines Vaters. Er war eher nach Naamahs Verwandtschaft geraten. Dunkel und hübsch — um einiges dunkler als Noah —, konnte man in ihm viel mehr seinen anderen Onkel, Tubal-Kain, sehen. Als er heranwuchs, wurde seine Haut noch dunkler, bis er und Sem auf die Sonnenstrahlen ganz verschieden reagierten. Wenn er in der Sonne war, blieb seine Haut kühl, als würde sie die Sonnenstrahlen viel eher aufnehmen können als die Haut Sems. Aus diesem Grunde bekam er den Namen „Ham", was „hitzig" oder „heiß" bedeutete, obwohl es ja mit seiner Haut gerade umgekehrt war.

Auch Sem machte seinem Namen früh Ehre, der etwa soviel wie „Der Angesehene" oder „Der Berühmte" heißen sollte. Schon bald, nachdem er allein gehen konnte, folgte er seinem Vater, wo es nur ging, wie ein Schatten. Das Kind machte alles nach, von der Art, wie der Vater ging, bis zu der Weise, wie er seine Werkzeuge handhabte. Noah vergaß nie, wie der Kleine seinen ersten Nagel einschlagen wollte. Er hob den schweren Hammer mit weitem Schwung und traf — seinen großen Zeh. Mutig unterdrückte er trotz der Schmerzen die Tränen, die ihm in die Augen traten. „Er ist ein kräftiger Bursche", erklärte sein Vater immer. „Er wird seinem Vater Ehre machen."

Als Ham heranwuchs, begann er seinen älteren Bruder genauso zu bewundern wie dieser den Vater bewunderte. Und auch der zweite Sohn hatte das Verlangen, dem Vater so zu gefallen wie der erste. Deshalb gab er sich alle Mühe, die Erwartungen seines Vaters zu erfüllen, um von ihm auf die gleiche Stufe gestellt zu werden wie Sem. Und vielleicht war es an diesem Punkt, in so früher Kindheit schon, wo die Rivalität und der Neid zwischen den beiden Brüdern begann. Nach und nach stellte sich heraus, daß Hams Wesen von dem Sems so verschieden war wie die Hautfarbe der beiden.

Noah hätte die Dinge vielleicht auch besser handhaben sollen. Naamah wünschte sich oft, der Vater würde die Bemühungen seines zweiten Sohnes, ihm zu gefallen, mehr anerkennen. Immer wieder sprach sie ihn darauf an, doch der Sethiter zuckte nur mit den Achseln. „Ich weiß nicht was du willst, Naamah, Ham weiß doch, daß ich ihn genauso liebe wie meinen Erstgeborenen."

„Dann laß ihm mehr Aufmerksamkeit zuteil werden, Noah, und wende dich ihm mehr zu", warnte seine Frau. „Ziehe Sem nicht überall vor, sondern denke daran, daß er für neun Jahre das Vorrecht hatte, dich als Vater ganz allein zu haben. Es ist jetzt Ham, der deine Zuwendung braucht."

Doch es war nicht einfach, Sem Zeit zu entziehen und sie dem Jüngeren zu geben, denn Sem verstand es nur zu gut, sich bei seinem Vater mit Worten und auch mit seinen Handlungen immer wieder in den Vordergrund zu rücken. So sehr Ham sich auch bemühte, es ihm gleichzutun, er hatte kaum eine Chance, denn der Ältere war ihm in der Entwicklung um einige Schritte voraus.

Als dann die Zeit kam, da der Vater zu verstehen begann, wie dringend Ham ihn brauchte, und den Versuch machte, das Versäumte nachzuholen und ihm zu helfen, gab es ein neues Ereignis, das Noah ablenkte. Naamah gebar Noah einen dritten Sohn.

Dieses Kind schien Noahs Bruder Jaseth wie aus dem Gesicht geschnitten. Deshalb gab ihm der Vater auch einen Namen, der dem seines Bruders ähnelte, er wurde „Japhet“ genannt, was bedeutete, „Der sich weit Ausdehnende“. Seinem Samen soll auf der Erde weiter Raum geschaffen werden, sagte Noah, der seinen Bruder so sehr liebte, daß er in seinem dritten Sohn so etwas wie dessen Ebenbild sah. Dies war außerdem nicht sehr schwer, denn Japhet hatte dieselbe weiße Haut wie sein Onkel. Beide erinnerten sehr an Noahs Mutter. So war also Japhet gekommen und hatte wiederum die Aufmerksamkeit seines Vaters, die sich gerade besonders Ham zuwenden wollte, gefangengenommen und auf sich gezogen.

Ham empfand sich nun als der Alleingelassene, da ihm auch sein Name, der eben nur „Der Hitzige“ hieß, zwischen dem seiner beiden anderen Brüder recht bedeutungslos vorkam, was bei dem Wert, den die Sethiter auf die Bedeutung eines Namens legten, recht viel zählte. Auf ironische Weise machte er seinem Namen nunmehr Ehre, da Auflehnung und Trotz in ihm immer mehr wuchsen. Er entwickelte einen zornigen Geist und ein heißes Temperament, war voller Groll und bitterem Humor. Es schien, als hätten sich alle zusammengetan, um seine Zukunft zu verderben. Deshalb war er, als er zum jungen Mann heranwuchs, zum Einzelgänger geworden. Obwohl er in Noahs Familie wohnte und mit seinen Brüdern zusammenlebte, hatte er sich in sich selbst zurückgezogen.

Die Sonne, die so schnell Schweiß auf seiner dunklen Haut erzeugte, wurde seine Gefährtin. Er war ein Mann der Wildnis, in die er sich oft tagelang flüchtete, und träumte von großen Eroberungen und gewaltigen Taten. Eines Tages, das schwor er sich, würde er allen beweisen, was für ein großer Mann er war, selbst wenn ihn das seine Seele kosten sollte.

4. Kapitel

Da ganz Lamechstadt von den florierenden Geschäften des Sägewerks abhängig war, konnte Noah die Arbeiter auch nicht willkürlich von ihren Plätzen abziehen, obwohl sein Vater ihm erlaubt hatte, zu jeder Zeit über sie zu verfügen. Der Prediger achtete vielmehr darauf, daß durch die Arbeit an der Arche die laufenden Geschäfte der Fabrik nicht beeinträchtigt wurden.

Durch diese Rücksichtnahme ging der Bau des riesigen Schiffes nur sehr langsam voran, noch dazu, da Noah darauf bestand, daß fast alles in Handarbeit, ohne den Einsatz von Maschinen, gemacht wurde. Doch da er nicht wußte, welchen harten Bedingungen und Anforderungen die Arche ausgesetzt sein würde und wie lange sie in ihr bleiben mußten, wollte er die Arbeit so gut und genau wie möglich ausgeführt haben. Deshalb wurde außer dem Fällen der Bäume und dem Zuschneiden des Holzes in die benötigten Längen alles andere mit der Hand gemacht.

Es war an Japhets 20. Geburtstag, daß Ham es wagte, seine Unzufriedenheit zum ersten Mal öffentlich zu äußern. Gleichzeitig war es auch 35 Jahre her, daß man mit dem Bau des Schiffes begonnen hatte. In Lamechstadt wurde deshalb zur Erinnerung an beide Gedenktage ein großes Fest gefeiert. Doch Ham lehnte es ab, daran teilzunehmen. Statt dessen verließ er am Morgen den Ort und zog sich an seinen Lieblingsplatz in den Bergen zurück. Er hatte inmitten des hohen Waldes einen einzeln stehenden hohen und oben abgeflachten Granitkegel gefunden, der von der Stadt aus nicht zu sehen war, da die Bäume rundum genau so hoch waren. An diesen einsamen Platz ging er immer und setzte sich dort oben stundenlang in die Sonne. Das tat er auch heute wieder.

Oben auf dem Felsen angekommen, setzte er sich mit nach oben geöffneten Handflächen in Hockstellung nieder, schloß die Augen und wandte das Gesicht der Sonne zu. So blieb er stundenlang sitzen, wobei ihm die Schweißtropfen immer wieder über die Stirn liefen.

Es war zwar möglich, daß jemand der einzeln stehende Felsen auffiel und er heraufkommen würde, aber es war sehr unwahrscheinlich. Doch selbst wenn das Unwahrscheinliche einmal eintreten sollte, so hätte Ham doch nie erwartet, daß Naamah der Eindringling sein würde. Doch plötzlich stand sie am Rand der kleinen Felsfläche und betrachtete ihren dunklen Sohn, der mit bloßem, schweißglänzendem Oberkörper bewegungslos in der Sonne saß.

Naamah hatte die Männer ihrer Heimat in solcher Haltung gesehen, wenn sie, in ihre Medidationen versunken, unter Bäumen saßen und Luzifer dabei ihre Huldigung darbrachten. Außerdem hatten sie Steinsäulen ähnlich der, die hier die Natur hervorgebracht hatte, in bestimmten Abständen in Kreisform aufgestellt. Man sagte, auch dies geschähe zu Ehren Luzifers, und Eingeweihte könnten aus den Schatten, die von den Säulen geworfen wurden, die Jahreszeit, den Tag und die Stunde ablesen.

Sie hatte Ham, als er heranwuchs und sich immer mehr ihr anschloß, weil er sich von seinem Vater vernachlässigt fühlte, von diesen Dingen erzählt. Dabei hatte sie immer stark die negativen Seiten dieser Sitten betont und ihm erklärt, daß es sich um heidnische Bräuche handelte, die nichts mit der wahren Anbetung Jahwes zu tun hatten. Doch nun bereute sie es und wünschte sich, sie hätte Ham nie davon erzählt.

Als sie es nicht länger aushielt, ging sie auf ihren Sohn zu, der nichts von all dem, was um ihn herum vorging, wahrnahm. Erst als sie ihm die Hand auf die schweißnasse Schulter legte, schreckte er aus seiner Entrücktheit auf. „Mutter!" rief er, als er in Naamahs Augen blickte, und schlug seine Augen nieder.

„Was tust du hier?" fragte Naamah ernst. „Du kannst mir doch sicher ehrlich sagen, daß du dich nicht fremden Einflüssen ausgeliefert hast?"

Ham seufzte und schaute nachdenklich in die Ferne. „So einfach kann ich deine Frage nicht beantworten, Mutter, obwohl ich gern sagen möchte, daß dies nicht geschehen ist. Doch eins ist klar: Ich bin kein Sonnenanbeter."

„Was tust du dann?" beharrte Naamah streng. „Genügen dir die Überlieferungen und Gebote Jahwes nicht?"

Ham blickte seine Mutter jetzt wieder an. Auf seinem Gesicht lag ein sonderbarer Ausdruck, den Naamah nicht deuten konnte. Es schien halb Überraschung und halb versteckter Spott zu sein. „Mutter", stammelte er, „ich glaube an Jahwe; aber dieser Glaube fällt mir oft schwer, ich habe damit zu kämpfen."

Naamah setzte sich neben ihn. Sie war entschlossen, ihrem Sohn aufmerksam zuzuhören, um ihn zu verstehen. Sie unterdrückte ihren Ärger und fragte ruhig: „Erkläre mir, Sohn, wieso hast du zu kämpfen?"

Ham kratzte sich nervös hinter dem Ohr und seufzte wieder. „Irgendwie", begann er, „irgendwie fühle ich mich nicht wie ein Sethiter. Obwohl ich der Sohn eines

Sethiters bin, fühle ich, daß ich eigentlich mehr zu ... ja, zu Kain gehöre."

Naamah erschrak innerlich und dachte über dieses seltsame Geständnis nach. Sie wollte ihren Sohn nicht vorschnell verurteilen und forschte deshalb vorsichtig: „Was bedeutet dir das, daß du zu Kain gehörst?"

Ham überlegte lange und erklärte dann: „Ich habe nie gefühlt, daß ich Noah nahegestanden hätte."

Naamah bemerkte nicht zum ersten Mal, daß er das Wort „Vater" vermied, so oft er konnte. Doch sie tadelte ihn nicht, sondern ließ ihn fortfahren. „Sieh, mein Aussehen ist mehr wie das der Leute aus deinem Land. Wäre mein Onkel Tubal-Kain hier, ich glaube, ich könnte mich ihm sehr eng anschließen."

Nachdenklich meinte die Mutter: „Vielleicht würdest du das tun, denn er würde dich sicher wie einen Sohn lieben. Aber bedenke, niemand in unserer Familie war je ein Sonnenanbeter. Tubal-Kain würde sehr zornig werden, wollte man ihn einer solchen Einstellung auch nur entfernt verdächtigen."

Ham ließ bei diesem Hinweis den Kopf hängen und nickte. „Ich weiß das, Mutter, und ich verachte die Sonnenanbetung ebenfalls. Es ist nur, ich kann mich einfach nicht mit dem Gott meines älteren Bruders identifizieren."

Mitleidig betrachtete die Frau ihren Sohn. „Warum nennst du Jahwe den Gott deines Bruders?"

„Weil", sagte Ham und schlug dabei mit der Faust in die andere offene Handfläche, „weil Noah immer so sagt. Er redet doch immer von dem ‚Gott Lamechs' und von dem ‚Gott Sems', niemals aber von dem Gott Hams oder Japhets. Meinem jüngeren Bruder scheint das nichts auszumachen, aber ich ärgere mich darüber."

„Aber du weißt doch, daß es sich hier nur um Tradition handelt, über die du dich aufregst. Es hat keinesfalls etwas mit den Gefühlen zu tun, die im Herzen deines Vaters sind. Es entspricht der Tradition, wenn man seinen Gott erwähnt, daß man dann vom Gott seines Vaters und vom Gott seines erstgeborenen Sohnes redet. Dadurch soll doch nur gesagt werden, daß der Glaube von einer Generation zur nächsten weitergegeben wird. Keinesfalls sollen dadurch die anderen Kinder der Familie erniedrigt werden."

„Ha", fuhr Ham auf, „dann sei die Tradition verdammt! Ist es nicht diese Tradition, die mir alle Zukunftsaussichten raubt? Nicht nur, daß ich als zweiter Sohn traditionell geringer geachtet werde, sondern die Tradition sagt auch, daß mein Name mein Schicksal prägt. Doch von der Tradition her gesehen ist mein Name bedeutungslos, also ist auch mein Schicksal bedeutungslos. Ich bin ein bedeutungsloser Mann!"

„Kind", flüsterte die Mutter, während Tränen in ihre Augen traten, „das ist nicht wahr. Du bist nicht unwichtiger als dein Bruder und auch nicht bedeutungslos. Ein Name sagt nichts über den Wert eines Mannes aus oder über seine Persönlichkeit oder über die Hoffnung für seine Zukunft. Außerdem kann jeder Mann seinen eigenen Namen bedeutungsvoll und gewichtig machen. Wenn du „heiß" bist, dann sei heiß für Jahwe, brennend in Seinem Geist."

Ham lachte spöttisch: „Nein, Mutter, jetzt versuchst du eine Erklärung zu finden, die nicht darin liegt. Wenn ich heiß bin, dann nach Reichtum und Ehre. Darin sollen die Hoffnungen für mein Leben erfüllt werden. Und wenn dereinst mein Vater auf seinem Sterbebett liegt, dann werde ich seinen Segen zu einer weißglühenden Flamme anheizen, oder ich werde seinen Fluch mit meinem Atem zerschmelzen."

Naamah hatte immer geahnt, daß ihr Sohn mit Mutlosigkeit zu kämpfen hatte. Doch erst jetzt erkannte sie, daß daraus Haß geworden war.

„Du sprichst von Segen und Fluch. Doch sei vorsichtig, mein Sohn", bat sie ihn drängend, „damit dein Groll dich nicht unter Kains Fluch bringt. Wenn du dich mehr zu Kain hingezogen fühlst, dann mag das daran liegen, daß du deinem Bruder gegenüber ähnlich fühlst wie er damals gegenüber Abel. Sein Groll gegen seinen Bruder führte ihn in die Sünde, und so wird es auch dir ergehen, wenn du dieses Gefühl nicht überwindest. Dann wirst du aus deinem Traum von Reichtum in der Sklaverei aufwachen, und dein Verlangen nach Ruhm wird in Schande enden. So ging es dem Patriarchen unserer Rasse und seinen Nachkommen. Und über viele Generationen hinweg hat dieser Fluch noch bei vielen seine Auswirkungen gezeigt."

5. Kapitel

Noahs Schiffsbau war von Anfang an außerhalb der Welt von Lamechstadt nicht unbemerkt geblieben. Zuerst, als die Rippen und Spanten des Rumpfes langsam Form annahmen, hatten Durchreisende und Kunden, die aus den großen Städten kamen, gemeint, es sei ein besonderer Reklametrick, mit der die Sägemühle auf sich aufmerksam machen wolle.

Nicht einmal die Arbeiter Lamechs wußten um die eigentliche Bestimmung des Schiffes. „Es ist sicher irgendeine ausgefallene Idee des alten Mannes", lachten sie, wenn sie sich darüber unterhielten, und deuteten an, daß man ihn in seinem Alter wohl nicht mehr ganz ernst nehmen könne. Doch da sie für die Stunden, die sie an dem seltsamen Bau arbeiteten, bezahlt wurden, taten sie es willig. Viele Jahre hatten die Arbeiter deshalb ohne Fragen zu stellen an dem Projekt mitgeschafft. So waren die Rippen und Spanten mit ihren Verbindungen fertig geworden und ebenso die schöne und dichte Außenhaut aus Goferholz.

Erst als mit dem Innenausbau begonnen wurde, fingen die Männer an, untereinander Fragen zu stellen. „Wenn dies nicht mehr als ein Ausstellungsstück sein soll, warum müssen dann innen all diese Einzelheiten bis ins kleinste ausgeführt werden?“ wunderten sie sich. „Und was hat es mit diesen Plänen auf sich?“ überlegten sie, wenn sie sich die einzelnen Zeichnungen mit den vielen Räumen und Stallungen betrachteten. So griff die Neugier erst unter den Arbeitern in Lamechstadt um sich und begann sich dann auszubreiten. Überall redete man von dem seltsamen Bau in den Bergen.

Bald kamen Neugierige in die Stadt, um selbst zu sehen, wieviel von den Gerüchten ernstzunehmen war. Warum wurde ein Schiff in den Bergen gebaut, wo es keine größeren Seen oder Ströme in der Nähe gab, sondern nur den kleinen Schildkrötensee? Und warum mußte das Schiff so riesengroß werden und der Innenausbau so seltsam?

Im vergangenen Monat waren mehr Besucher gekommen, um den Bau zu besichtigen, als je zuvor. Die Arbeiter wurden schon ganz nervös und unmutig, weil sie von den Fremden laufend mit Fragen bombardiert wurden, auf die sie selbst keine Antwort wußten. Was man noch vor einiger Zeit als nicht ernstzunehmenden Einfall eines alten Mannes hingenommen hatte, wollte man nun, da seine Einzelheiten immer deutlicher wurden, erklärt haben.

Auch Noah waren in letzter Zeit dieserhalb immer häufiger Fragen gestellt worden, obwohl man es früher nicht gewagt oder wichtig genommen hatte. Es waren mittlerweile 38 Jahre vergangen, seit seiner letzten Predigt, aber er hatte es kommen sehen, daß er bald wieder eine halten mußte. Nach fast vier Jahrzehnten des Schweigens mußte er sich aufraffen und wieder von der Sache reden, die Jahwe ihm aufgetragen hatte, denn in der früher so stillen Stadt gab es keine Ruhe mehr.

An diesem Tag hatten sich die Arbeiter abgesprochen, daß sie gemeinsam eine Erklärung fordern wollten. Und wenn Lamech nicht antworten würde, dann mußte es eben Noah tun. Und da der Patriarch durchaus der Meinung war, Noah solle erklären, worum es ging, wies er sie direkt an seinen ältesten Sohn. Und Noah versprach, am Nachmittag zu ihnen zu sprechen.

Da rund um die Arche noch ein Gerüst stand, war es für Noah leicht, einen Platz zu finden, von dem aus er zu den Versammelten sprechen konnte. Als er jetzt die Zuhörerschar überblickte, war er überrascht über die große Menge. Fremde, die durchreisten, und die immer gegenwärtigen Besucher, die gekommen waren, um die berühmte Arche zu sehen, hatten erfahren, daß es heute eine Erklärung für den Bau geben sollte und waren geblieben, um zu hören, was es damit auf sich hatte.

Abends, wenn sich die Familie versammelte, hatten Sem, Ham und Japhet von ihrer Kindheit an die Geschichte schon oftmals gehört, wie ihr Vater berufen worden war, welche Visionen vom kommenden Untergang der Welt ihm gezeigt worden waren und wie Jahwe ihn im Wald des Hügellandes besucht hatte, um ihn mit dem Bau der Arche zu beauftragen, in der ihre Familie und alle Tiere auf Erden die kommende Katastrophe überleben sollten. Doch auch jetzt konnte Noah seinen Ältesten und den Jüngsten deutlich am Rand der Menge stehen sehen. Ihre Gesichter waren ruhig und entspannt. Sie waren voller Zuversicht, daß ihr Vater die Situation schon meistern würde. Doch so sehr sich der Sethiter auch bemühte, er konnte Ham nicht erkennen, obwohl sich sein dunkles Gesicht doch am deutlichsten von allen anderen abgehoben hätte. Sogar von den anwesenden Kainitern hätte er sich noch klar unterschieden, weil er auch viel dunkler war als sie, stammte seine Mutter doch in direkter Linie von dem Patriarchen der Rasse ab. Doch Noah stellte enttäuscht fest, daß Ham nicht unter den Zuhörern war. Seine Aufgabe wäre ihm leichter geworden, wenn in diesem Augenblick alle drei Söhne ihm ihre Unterstützung durch ihre Anwesenheit gezeigt hätten.

Noah wünschte sich, er hätte sich in den letzten Jahren mehr Zeit zum Beten genommen und wäre jetzt am liebsten im Bauch des Schiffes verschwunden, um Jahwes Rat zu suchen, was er den Menschen sagen sollte. Doch dann sagte er zu sich: *„Dies ist des Herrn Sache, und deshalb wird Er mir auch die rechten Worte geben.“*

Er blickte über die Versammlung hinweg, musterte seine Zuhörer, nahm seinen Mut zusammen und begann: „Viele glauben, dieses Schiff sei gebaut worden, um damit Reklame für das Sägewerk meines Vaters zu machen und dadurch noch mehr Arbeit in unsere Stadt zu bringen. Doch das ist nicht der Fall. Andere vermuten, daß wir dabei sind, ein neues Schiffsmodell zu entwerfen. Doch das stimmt auch nicht. Das Fahrzeug, das ihr hier vor euch seht, ist nicht Lamechs Idee; er ist auch nicht auf den Gedanken gekommen, es hier, mitten in den Bergen, zu bauen. Dieses Schiff ist nicht das Produkt von Lamechstadt und auch nicht das eines kranken Gehirns. Es ist überhaupt nicht die Idee irgendeines Menschen, sondern die Pläne dazu stammen direkt von unserem Gott!“

Die Zuhörer blickten sich überrascht an. Einige erinnerten sich an die Gerüchte über Noahs seltsame Predigten in den Küstenstädten, die vor langer Zeit in ihre Stadt gedrungen waren. Doch keiner von ihnen war bisher auf den Gedanken gekommen, diesen Bau hier, an dem sie schon so lange arbeiteten, mit diesen alten Gerüchten in Verbindung zu bringen.

Als das Gemurmel anschwoll und Fragen laut wurden, hob Noah um Ruhe bittend die Hand. „Ihr habt von der großen Katastrophe gehört, die von unseren Vätern Adam und Henoch prophezeit wurde und die das Ende unserer Welt, so wie wir sie jetzt kennen, herbeiführen soll“, rief er.

Die Spannung unten wuchs, als das schreckliche

Thema erwähnt wurde, mit dem sie alle seit ihrer Kindheit durch die sethitische Tradition vertraut waren. Der Prediger nutzte ihre Aufmerksamkeit und fuhr fort: „Keine dieser Prophezeiungen sagt, daß alles Leben vernichtet werden soll. Dieses Schiff hier wird dazu gebaut, all jene zu bewahren, die Gott bestimmt hat, die große Flutkatastrophe zu überleben."

Die Zuhörer, auch die Fremden unter ihnen, wurden nun wieder unruhig. Dies war jetzt keine Sache mehr, die nur Sethiter anging, erkannten sie. Der Mann da oben redete vielmehr von Dingen, die alles Leben auf Adalandia betreffen würden. Die Sethiter flüsterten untereinander. Einige schüttelten ihre Köpfe und lachten zweifelnd, andere tauschten ernst ihre Meinungen aus. Die Kainiter am Rand der Menge wurden langsam ärgerlich. Einer von ihnen, ein alter Kaufmann aus Cronos, winkte eifrig mit dem Arm. Noah bemerkte es endlich und forderte ihn auf zu sprechen.

„Herr", sagte der Kaufmann, „als du vor vielen Jahren auf dem Marktplatz unserer Stadt sprachst, war ich auch unter den Zuhörern. Was du damals sagtest, hat mir nicht gefallen, und heute mag ich es noch viel weniger."

Viele zustimmende Rufe wurden laut, doch Noah ließ sich nicht aus der Ruhe bringen, sondern forderte ihn auf fortzufahren. „Du beabsichtigst also, alle Tierarten in deinem Schiff aufzunehmen", führte der Kaufmann den Gedanken fort. „Aber hast du schon einmal überschlagen, was das bedeutet? Wir wollen einmal annehmen, dein Schiff sei das größte, das je gebaut wurde. Doch der Zoo Poseidons in Sonnenstadt ist reichlich anderthalb Quadratkilometer groß, und doch sind in ihm längst nicht alle Tierarten vorhanden, die es auf der Erde gibt. Bitte, erkläre uns, wie du eine solche Riesenmenge unterbringen willst?"

„Jahwe hat nur gefordert, daß ich von allen unreinen Tieren ein Paar und von allen reinen Tieren sieben Paare an Bord nehme", erklärte Noah. „Wir wissen alle, daß es viele Unterarten und Abarten einer ganz bestimmten Tierart gibt, zum Beispiel bei Hunden; aber es ist ja auch bei den anderen Tieren so. Es wird geschätzt, daß es etwa 800 Tierstammarten auf Erden gibt. Wenn ich die in die reinen und unreinen Tiere aufteile, komme ich auf ungefähr 2400 Tiere, die ich in die Arche aufnehmen muß. Doch das Schiff könnte etwa vierzigmal so viele aufnehmen, wenn es alles große Tiere wären." Er schwieg einen Augenblick, holte tief Atem und schloß: „Ihr seht also, daß nicht nur genug Raum für die Tiere sein wird, sondern auch noch für Futter und für eventuelle Nachkommen, die während der Zeit in der Arche geboren werden könnten. Und wenn Jahwe möchte, daß noch mehr aufgenommen werden, dann ist dafür noch genügend Platz vorhanden."

Die Versammlung schwieg staunend bei Noahs Kalkulation, denn man konnte offensichtlich erkennen, daß wirklich eine ausgezeichnete Planung zugrunde lag.

„Was nun das Äußere des Fahrzeugs angeht", fuhr Noah fort, „so wird das Schiff ja nicht dafür gebaut, einen vorher festgelegten Kurs einzuhalten und ein bestimmtes Ziel zu erreichen, sondern es soll einfach nur auf bestmögliche Weise auf den Wassern schwimmen können. Form und Bauart des Schiffes sind so, daß es die schlimmsten denkbaren Bedingungen aushalten kann. Dieses Schiff kann praktisch nicht kentern. Es ist nichts anderes als ein schwimmendes Haus, um darin zu überleben."

Stille herrschte jetzt unter den Zuhörern, sogar die vorher Lautesten wagten im Augenblick nichts mehr zu sagen. Doch Noah war nicht zufrieden. Er spürte, wie Jahwe ihn drängte, nicht nur diese technischen Erläuterungen abzugeben, sondern weiterzugehen. „Eure Fragen waren wohlüberlegt und klug, aber es gibt etwas, das noch viel wichtiger ist. Ihr solltet fragen, *warum* Jahwe überhaupt zu dem Entschluß gekommen ist, diese Welt zu zerstören", kam er zum Kern der Sache.

Seine Stimme wurde drängender, als er die Versammelten auf die Sünden der Menschheit hinwies, auf die herrschende Gewalttätigkeit, auf die Zerstörung aller bisherigen Moralvorstellungen und auf die Manipulationen, die mit medizinischen und biologischen Mitteln an den Geschöpfen Gottes — Menschen und Tieren — vorgenommen wurden. Er sprach von der Habsucht der Menschen, von den Verantwortlichen, die immer wieder Kriege anzettelten, von Promiskuität und Pornographie. Das Böse habe in den Menschen immer mehr zugenommen, erklärte er, weil sie sich mit Luzifer eingelassen hatten, mit dessen Anhängern, den gefallenen Engeln und mit deren halbgötterartigen Bastarden, den Nephilim.

Obwohl bisher alle aufmerksam zugehört hatten, spürte man plötzlich, wie sich die Atmosphäre durch die Gegenwart eines feindlichen Geistes veränderte. Hier und da war es an den Gesichtern zu erkennen, und alle Anwesenden konnten es irgendwie fühlen. Aus der Mitte der Versammelten heraus, ohne daß man hätte genau sagen können, woher, fragte plötzlich eine tiefe krächzende Stimme: „Und wer wird denn diese Katastrophe überleben?"

Noah spürte den Ursprung dieser Herausforderung und fühlte einen kalten Schauer den Rücken hinunterlaufen. Doch furchtlos nickte er in die Richtung, aus der die Worte gekommen waren und erklärte: „Ich bin froh, daß diese Frage gestellt wurde, denn Jahwe möchte nicht, daß jemand im Blick auf seine mögliche Errettung unwissend ist. Der Herr hat gesagt, der Gerechte soll durch seinen Glauben das Leben empfangen. Es gibt aber auf dieser Erde niemand, der gerecht ist, auch nicht einen. Alle haben gesündigt und damit Gottes Ehre mit Füßen getreten und beschmutzt. Doch Er hat in Seiner Gnade einen Ausweg für alle bereitet, die ihre Sünde und Ungerechtigkeit bekennen und sich zu Ihm wenden."

Wieder hob einer der Zuhörer die Hand, diesmal war es ein in der ersten Reihe stehender Sethiter. „Sprich, Seltan", nickte der Prediger. „Du bist mir immer ein guter Freund gewesen. Wie lautet deine Frage?"

Der Sethiter zögerte einen Augenblick, fragte dann aber offen: „Noah, willst du damit sagen, daß dieses Schiff groß genug ist, Stammeltern aller Tierarten aufzunehmen, und außerdem auch noch alle Menschen, die der Flut entkommen möchten? Wie soll das möglich sein?"

Der Sohn Lamechs wunderte sich, wie wenig bisher begriffen worden war, was er hatte sagen wollen. „Seltan", antwortete er, „du warst von Kindheit an einer meiner engsten Freunde und bist heute ein führender Mann in unserer Stadt. Ich respektiere deshalb deine Sorge um die Menschheit, muß aber trotzdem sagen, daß du nicht richtig verstanden hast."

Aufmerksam blickte sein Jugendfreund zu ihm hinauf, als Noah fortfuhr: „Es werden nicht alle, die gern überleben *wollen*, gerettet werden, sondern nur solche, die bekennen, daß sie gesündigt haben und Erlösung brauchen und die darauf vertrauen, daß sie durch Jahwes Gnade Rettung finden. Doch die Zeit für die Rettung ist nur noch kurz. Gottes Gnadenhand wird nicht immer ausgestreckt sein, und Sein Geist wird sich nicht immer um die Menschheit mühen." Nun hob er seine Hand empor, deutete mit ausgestrecktem Zeigefinger zum Himmel und schrie: „Es wird eine Zeit kommen, da wird die Tür der Arche verschlossen werden und niemand kann mehr hineinkommen, obwohl dann viele flehen und Reuetränen vergießen werden."

6. Kapitel

Die Abendkühle wurde langsam spürbar, als Noah sein Werkzeug einsammelte. Einmal, als er noch ein Kind war, hatte er den Hammer seines Vaters über nacht draußen gelassen. Doch schon am nächsten Morgen hatte sich darauf eine feine Spur von Rost abgezeichnet, verursacht durch den starken Tau, der jede Nacht aus dem weißen Dunstschleier fiel, der die Erde umgab. Seither hatte er stets acht gegeben, nichts draußen zu lassen, was durch den nächtlichen Nebel Adalandias Schaden nehmen konnte.

Seit Seltan gestern seine Frage an ihn gerichtet hatte, mußte er immer wieder an seine Kindheit denken. Während er jetzt sein Werkzeug sorgfältig in einen Kasten legte, fragte er sich, ob einer seiner alten Freunde überleben und die Welt nach der Katastrophe zu sehen bekommen würde. Tränen traten ihm in die Augen, als er an die vielen Menschen dachte, die ihm lieb waren, um deren Schicksal er sich aber Sorgen machte. Es war gut, daß er im Augenblick allein war, dachte er. Er wünschte nicht, daß andere ihn weinen sahen.

Doch in diesem Moment hörte er Schritte am Aufgang zum Schiff. Er lehnte sich nach draußen, um zu erkennen, wer da kam, was gar nicht so einfach war, da die Abendnebel sich schon zusammenzogen. Da er die schemenhafte Figur nicht erkennen konnte, rief er hinunter: „Wer ist da? Willst du etwas von mir?"

„Ich bin es, Seltan", kam es von unten zurück. „Ich hoffte, mit dir sprechen zu können, Noah."

„Ich komme gleich", rief dieser hinunter, schloß sorgfältig den Werkzeugkasten und stieg dann die lange Leiter hinunter, bis er vor seinem alten Freund stand, der am Fuße des Schiffes auf ihn wartete. „Ich dachte, du seist schon längst daheim", begrüßte er ihn.

„Das war ich auch", antwortete Seltan, „fand aber keine Ruhe."

„Komm", Noah faßte seinen Freund beim Arm, „es ist schon viel zu feucht hier draußen. Wir gehen in die Kantine der Arbeiter. Vielleicht haben sie dort noch offen."

Seltan stimmte zu, und bald hatten sie das kleine Gebäude erreicht, in dem sich die Arbeiter der Sägemühle oft trafen. Der alte Patriarch hatte es ihnen schon vor langer Zeit errichten lassen. Noah kam zwar nicht oft hierher, wußte aber, daß Seltan sich hier entspannt fühlen würde.

Guter Wein war in Adalandia eine Rarität, da die Sonne des Dunstschleiers wegen nie voll scheinen konnte. Deshalb war er auch entsprechend teuer. Ein normaler Arbeiter konnte sich dieses Getränk gewöhnlich nicht leisten. Doch Noah bestellte eine Flasche vom besten Wein, der vorrätig war, um seinem Freund eine Freude zu machen. Man konnte Seltan auch ansehen, daß er die Großzügigkeit des alten Freundes zu schätzen wußte.

Als die Gläser mit Wein gefüllt waren und die beiden den ersten Schluck genommen hatten, lehnte sich Noah vertraulich vor. „Nun, Freund, was hast du auf dem Herzen?" forschte er.

Es war recht ruhig in dem kleinen Gastzimmer. Die

anderen Gäste hatten sich auf den Heimweg gemacht, als die Nebel zu fallen begannen. „Du hast gestern eine gute Rede gehalten", begann Seltan ein wenig nervös. „Auch die Fragen hast du gut beantwortet. Aber ..."

Er zögerte. Noah ermunterte ihn. „Nun, sprich weiter. Sag, was dich bewegt."

„Aber ... bitte verstehe, daß ich dich nicht verspotten möchte, wie manche es tun, indem sie ..."

„Natürlich nicht", lächelte Noah.

Seltan konnte Noah nicht in die Augen schauen. Dieser war bekümmert, als er spürte, wie bedrückt sein Freund war. Das hörte man auch seiner Stimme an, als er jetzt wieder begann: „Aber ich glaube, du wirst die Menschen einen falschen Weg führen."

Noah dachte kurz über die Anschuldigung nach, ehe er antwortete: „Seltan, wenn du immer noch davon sprichst, daß die Arche viel zu wenig Raum hätte, so mag das daran liegen, daß du stets nur ein geborgenes Leben hier in den Bergen geführt hast. Hättest du die Bosheit der Leute in den großen Städten gesehen, so wüßtest du, daß sich die Menschheit nie zu Jahwe bekehren wird."

Doch Seltan schüttelte den Kopf. „Es ist eher umgekehrt. Ich fürchte, du hast zuviel Zeit in den großen Städten verbracht, Noah, und deshalb vergessen, daß es noch manche solche Plätze gibt wie hier, wo Menschen leben, die sich zu Jahwe halten. Bedenke doch, in deinem Schiff wäre nicht einmal Raum für die Hälfte der Einwohner von Lamechstadt. Und unsere Stadt ist voll von Menschen, die an den Wegen Seths festhalten."

Noah nickte ernst. „Ich verstehe jetzt, was du meinst, Seltan", begann er nachdenklich. „Auch ich habe einmal genauso empfunden und war stolz auf die Heiligkeit unserer Rasse. Und es stimmt ja auch. Wir sind die privilegiertesten Menschen der Erde. Wir haben die Aussprüche Adams und die Prophezeiungen

Henochs, dazu noch die Traditionen und die Gebote der Gerechtigkeit."

„Ja, so ist es", bekräftigte Seltan. „Und doch sagst du, wir sollen nicht gerettet werden."

Noah räusperte sich. „Aber doch nicht aus diesem Grunde, Seltan. Genausowenig wird ein Kainiter nur deshalb verloren gehen, weil er eben als Kainiter geboren wurde."

Seltan richtete sich gerade auf. Empört sagte er. „Ich sehe, daß deine Frau dir nicht nur dein Herz, sondern auch deinen Verstand verdreht hat."

Noah unterdrückte seinen Ärger. Ruhig antwortete er: „Es war nicht meine Frau, die mich von dieser Wahrheit überzeugte, obwohl sie so treu an Jahwe und Seinen Geboten festhält, daß mancher Sethiter sich im Vergleich dazu wahrscheinlich sehr schämen müßte. Nein..." heftig schüttelte er dabei den Kopf, „nicht Naamah war es, sondern Jahwe selbst, der mich belehrt hat, daß es nicht die Werke unserer eigenen menschlichen Gerechtigkeit sind, die unsere Seele erretten." Er wunderte sich über seinen eigenen Mut, als er fortfuhr: „Und wenn es nur die Tradition oder gute Werke sind, auf die du dich verläßt, mein Freund, dann fürchte ich für deine Zukunft genauso, wie ich für die Zukunft der Leute in Cronos oder Sonnenstadt oder der Wildnis von Nod fürchte, die Jahwe vergessen haben."

Die Worte schienen eine unsichtbare Wand zwischen den beiden Männern aufgerichtet zu haben. Seltan war vor Zorn ganz rot im Gesicht. Für eine ganze Zeit blickten sie sich schweigend aber hart in die Augen. Plötzlich fuhr Seltan mit einem Ruck in die Höhe, griff nach dem Glas und trank den restlichen Wein in einem Zug aus. Hart setzte er das leere Glas auf den Tisch zurück. Ohne Noah noch ein Wort oder einen Blick zu gönnen, wandte er sich um und verließ den Raum.

Noah blickte ihm wie betäubt nach.

7. Kapitel

Als die Söhne Noahs begannen sich Frauen zu suchen, war Ham der erste, der heiratete. An dem Tag, an dem er seine Auserwählte Lamech vorstellte, weil er den Segen des Patriarchen zu seiner kommenden Heirat suchte, gab es den endgültigen Bruch zwischen ihm und seinem Großvater, der mit seinem zweiten Enkel nie recht warm geworden war.

Von der Zeit an, als Ham geboren wurde, und besonders als seine Haut immer dunkler wurde, wie die Tubal-Kains und seiner Verwandten in Nod, war es dem alten Sethiter stets sehr schwer gefallen, diese Hinweise auf Naamahs Rasse zu übersehen. Rein verstandesmäßig wußte der alte Mann, daß es zwischen Sem, Ham und Japhet keine Unterschiede gab. Doch es war gefühlsmäßige Blindheit, die ihm zu schaffen machte — verursacht durch seine Vorurteile —, keine verstandesmäßige. Und die Frau, die Ham als seine künftige Lebensgefährtin ausgewählt hatte, trug nun noch dazu bei, seine negative Haltung seinem Enkel gegenüber zu stärken.

Carise hatte Hams Herz in dem Augenblick gefangengenommen, als er sie in dem Beduinenlager außerhalb der Stadt das erste Mal sah. Ihre Angehörigen waren keine Stadtbewohner oder solche, die im Hügel- und Bergland seßhaft geworden wären. Sie hatten keinen festen Wohnsitz, sondern zogen unstet durch das Land. Dabei lebten sie von Gelegenheitsarbeit, betrügerischem Handel oder gar noch schlimmeren Unehrlichkeiten. Sie waren äußerlich liebenswürdige Leute, die untereinander fest zusammenhielten und nach ihren eigenen Gesetzen lebten. „Fremden gegenüber sei vorsichtig", war ihr Wahlspruch. Allerdings war es für andere auch weise, die gleiche Vorsicht ihnen gegenüber walten zu lassen. Hauptinhalt ihres Lebens waren Musik und Gesang, Tanz und ihre nomadische Freiheit. Über ihren rassischen Ursprung wußten sie nichts mehr zu sagen. Der war wohl auch in den Jahrhunderten ihrer immerwährenden Wanderungen nicht mehr auszumachen. Keiner von ihnen wußte, ob ihr Stamm sethitischer oder kainitischer Herkunft war. Eine Frage, die sie allerdings auch nicht interessierte.

Ham war nachmittags auf ihr Lager gestoßen, als er von einem Jagdausflug in den Hügeln zurückkehrte. In den vielen Jahren seines meist einsamen Lebens hatte sich Ham zu einem hervorragenden Jäger und Fischer entwickelt und war ein Meisterschütze mit dem Bogen. Es kam nur ganz selten vor, daß er Naamah von seinen Streifzügen in den Bergen kein erlegtes Wild mitbrachte.

An diesem späten Nachmittag überschritt er gerade mit einem erlegten und schon ausgeweideten Reh auf seinem breiten Rücken den letzten Hügel vor Lamechstadt, als er Musik und Gesang hörte und gleich darauf auch der Geruch eines offenen Holzfeuers in seine Nase drang. All das schien aus einer etwas zurückliegenden, zwischen Büschen und Bäumen verborgenen Mulde zu kommen.

Ham hängte das erlegte Reh und den Bogen an den Ast eines Baumes und schlich vorsichtig in die Richtung, aus der die Musik kam. Am Rand der Mulde blieb er hinter Büschen verborgen liegen und beobachtete, was da vor sich ging. Im Wald begann es schon langsam zu dämmern. Es würde auch nicht mehr zu lange dauern, bis die Abendnebel aufstiegen. Im weiten Kreis um das Feuer saßen eine ganze Reihe Männer, die Frauen und Kinder in kleinen Grüppchen dahinter, sangen und klatschten dazu rhythmisch in die Hände.

Sie begleiteten auf diese Weise den Tanz einer jungen Frau, die im Kreis nahe am Feuer ihren Körper im Takt zu den Klängen eines Tamburins wiegte, das sie in der rechten Hand hochhielt. Metallringe und Ketten, die sie an Armen und Beinen trug und auch umhängen hatte, klirrten dabei leise und untermalten die Musik und den leisen Gesang noch.

Die Augen der Männer folgten den Bewegungen der Tänzerin. Jeder streckte die Hand nach dem Mädchen aus, wenn sie an ihm im Tanz vorüberglitt. Doch jedesmal wich sie mit graziösen Bewegungen lachend zurück und rief: „Nein, laß mich in Ruhe, ich gehöre nicht zu dir." Ham konnte seine Augen nicht von dem Bild dieses schönen und wilden Mädchens abwenden, dessen graziöser Tanz noch untermalt wurde durch die Stimmung, die das Feuer verbreitete. Endlich endete ihr Tanz. Atemlos blieb sie stehen. Der ihr am nächsten sitzende Mann ergriff ihren Arm und zog sie zu sich. Sie wehrte sich wie eine Wildkatze, riß sich los und rief wieder: „Laß mich, ich gehöre nicht zu dir!" Sie sah sich im Kreis um und rief, noch atemlos: „Ich gehöre zu keinem von euch!" Mit diesen Worten sprang sie aus dem Kreis der Männer und zog sich in eine dunkle Ecke zurück.

"Carise!" riefen sie. Doch sie antwortete nicht, sondern ließ sich unter einem Busch nieder, um auszuruhen. Sie konnte nicht wissen, daß ganz in ihrer Nähe ein Fremder sie aufmerksam beobachtete, und daß es sich dabei um den Enkel des Gründers der im jenseitigen Tal liegenden Stadt handelte.

Ham konnte die Frau jetzt im Dämmerlicht aus der Nähe betrachten. Mit ihrer etwas kühnen Nase und der von der Sonne stark gedunkelten Haut hätte man sie für seine Cousine oder für eine Tochter Tubal-Kains halten können.

Er kroch noch näher heran. Doch sie hatte das leichte Rascheln der Zweige mit ihren durch das Leben im Freien geschärften Ohren gehört und blickte mit blitzenden Augen in seine Richtung. „Habe keine Angst, schöne Fremde", flüsterte Ham, „ich bin ein Freund — vielleicht sogar ein Bruder."

„Ich habe keinen Bruder außer dem Wind", antwortete sie leise. „Und ich gehöre zu keinem Mann."

„Das sagtest du den anderen schon", lächelte Ham und trat noch einen Schritt näher.

„Freund oder Feind — keinen Schritt weiter!", warnte sie und zog dabei einen kleinen schmalen Dolch aus einer Scheide, die sie an ihrem Gürtel hängen hatte.

Hams Herz klopfte schneller bei der Reaktion der Frau. Doch er sagte ruhig: „Ich will dir doch nichts tun. Sieh, ich bin unbewaffnet." Er trat aus dem Schatten der Büsche und streckte die Hände aus. „Ich bin ein Jäger und kam gerade aus den Hügeln zurück. Als ich eure Musik hörte, habe ich gelauscht . . ."

„Und außerdem hast du uns beobachtet, nehme ich an", vermutete sie.

„Ja, das stimmt. Vor allem dich. Dein Tanz war großartig", schmeichelte er. „Meinen Bogen und das erbeutete Reh habe ich an einen Baum gehängt."

„Ein Reh hast du erlegt?" flüsterte sie. Ein verlangender Ausdruck zog dabei über ihr Gesicht.

Ham trat noch zwei Schritte näher und betrachtete sie aufmerksam. Dabei fiel ihm auf, daß ihre Wangen eingesunken waren, so daß schon die Backenknochen hervortraten. Hinter der leichten Art, mit der sie sich gab, lauerte also der Hunger. „Wann hast du das letzte Mal etwas Ordentliches gegessen?" erkundigte er sich.

Trotzig schob sie ihr Kinn vor. „Ordentlich gegessen? Glaubst du etwa, wir seien arme Schlucker? Unser Stamm hat genug zu essen."

„Dann werden sie auch nichts dagegen haben, wenn du mein Abendessen mit mir teilst", sagte er freundlich und legte ihr die Hand auf den Arm. „Es sei denn, natürlich, du hättest schon gegessen."

Carise blickte nervös zum Lagerfeuer hin. Ham stichelte: „Aber vielleicht hast du ja einen eifersüchtigen Liebhaber, der dich zurückhalten wird."

Stolz warf sie den Kopf zurück. „Ich habe dir ja schon gesagt, daß ich keinem Mann gehöre."

„Sehr schön", lachte er. „Dann komm."

Er nahm sie bei der Hand, zog sie in die Büsche und den Hügel hinan zu dem erlegten Reh, das er wieder auf den Rücken nahm. Dann führte er sie zu einer nahegelegenen Höhle. Schnell hatte er ein Feuer gemacht und beim letzten Tageslicht noch einige gut würzende Blätter gesammelt. Er schnitt aus dem Wild die besten Stücke heraus, würzte sie mit den Blättern und briet sie am Feuer.

Die Frau stürzte sich ausgehungert auf das duftende Fleisch. Er aß nur wenig, ließ sich dabei Zeit und beobachtete sie. Als sie satt war, wußte er, daß sie ihm gehörte. Er legte den Arm um sie, und sie schmiegte sich eng an ihn.

„Es ist eine Schande für die Sippe Seths", schimpfte Lamech, als Naamah fast fluchtartig das Zimmer des Patriarchen verließ. Sie rannte den Gang hinunter und auf die Veranda hinaus, direkt ihrem heimkehrenden Gatten in die Arme.

„Noah!“ rief sie und klammerte sich an ihn. Doch dann trat sie einen Schritt zurück und sagte ärgerlich: „Wo bist du, wenn ich dich brauche?“ Sie betrachtete seine schmutzigen Hände, die an einer Stelle bluteten und meinte: „Ah, ja — das Schiff. Immer das Schiff! Es hat mittlerweile dein Herz völlig gefangengenommen — und deine Söhne mußten ohne dich aufwachsen.“

„Was hast du nur, Frau?“ wunderte sich Noah.

„Hast du im Garten das Mädchen gesehen, als du hereinkamst? Die Beduinin?“

„Nein.“ Noah schüttelte den Kopf. „Welches Mädchen?“

„Sie wird bald deine Schwiegertochter sein, wenn Ham seinen Kopf durchsetzt. Und wenn es eine schlechte Wahl sein sollte, mußt du dich mit der Tatsache abfinden, daß du ihn nie über Fragen des Geschmacks und über wichtige Lebensfragen belehrt hast.“

Sie eilte jetzt an ihm vorbei zur anderen Seite des Hauses, in der ihr eigenes Zimmer lag. Der Prediger beobachtete, wie sie aufmerksam in den Garten hinausblickte und dann ärgerlich den Kopf schüttelte. Diese Geste sprach Bände. Er wäre ihr gefolgt, um sich selbst nochmals im Garten umzusehen, hätte er nicht die Stimmen seines Vaters und Hams gehört, die offensichtlich heftig miteinander stritten.

„Du bist vielleicht tatsächlich nie einer von uns gewesen“, schrie Lamech. „Du gehörst zur Sippe Kains — zur Familie des anderen Lamech.“

In diesem Augenblick betrat Noah seines Vaters Zimmer, das Ham gerade mit zornrotem Kopf und wutschnaubend verlassen wollte. „Halt, Sohn“, rief er. „Was geht hier vor?“

Zornig stieß Ham hervor: „Ach, es geht wieder einmal um die Tradition, Noah.“

„Nenne mich ‚Vater‘!“, forderte der Prediger und hielt ihn am Arm fest.

„Vater ...", sagte Ham spöttisch. „Immer wieder ist es die Tradition, die alle in unserer Familie respektieren. Weil es die Tradition so will, bin ich zu unserem Patriarchen gegangen und habe um seinen Segen für meine baldige Hochzeit gebeten. Er hat ihn mir verweigert. Deshalb werde ich tun, was auch du getan hast, als du deine Frau nahmst. Ich werde den Willen unseres Ältesten mißachten."

Noah war verblüfft bei diesem versteckten Vorwurf und stotterte: „Warum ... bist du mit dieser Sache nicht direkt zu mir gekommen, sondern zu Lamech gegangen?"

„Ha", rief sein Sohn und warf dabei den Kopf zurück. „Wann hat man denn einmal Gelegenheit, mit dir zu reden?"

Mit diesen Worten rannte er aus dem Zimmer und in den Garten hinaus, um die zu suchen, nach der sein rebellisches Herz sich sehnte.

Ham fand Carise nicht mehr in dem kleinen Garten. Scheu wie ein wildes Reh hatte sie sich in die Berge geflüchtet, als der Streit in Lamechs Haus begann. Und es war ausgerechnet Noah, der ihr begegnete, als er sich zu seinem Lieblingsplatz zurückzog, um allein zu sein. Tief in Gedanken versunken ging er auf dem schmalen Pfad in den Wald hinein und führte dabei Selbstgespräche. Er mußte überlegen, was zu tun war, um den Aufruhr im Hause wieder zu glätten. Carise, die zwischen einigen Bäumen stand, bemerkte er nur, weil sie ihn direkt ansprach.

„Spürst du es auch?" rief sie fragend.

Noah blieb wie angewurzelt stehen und sah sich dem seltsamen Mädchen gegenüber, die ihm voll in die Augen blickte. „Was?" fragte er überrascht.

„Du mußt der Prediger sein. Ham hat mir in den

letzten Tagen von dir erzählt“, lächelte sie. „Ich bin Carise.“

Der Sethiter war erstaunt von dem natürlichen Charme des Mädchens und begann seinen Sohn besser zu verstehen. „So . . .“, begann er, „du bist also das Mädchen, das meinem Sohn das Herz gestohlen hat.“

„Ach“, lachte sie trocken, „das glaube ich nicht. Ich habe mich nur in seiner Nähe so geborgen gefühlt.“

Noah musterte sie anerkennend. „Du unterschätzt deine Möglichkeiten“, lobte er sie. „Aber was hast du mich vorhin gefragt?“

„Ich wollte wissen, ob du es auch spürst?“ wiederholte sie. „Da ist diese seltsame Stille in der Luft. Du sprachst von meinen Möglichkeiten, aber die sind nur gering. Ich weiß, du hast viele mehr. Dein Sohn behauptet, du seist ein Prophet und hättest im Geist die Zukunft gesehen.“

Noah war überrascht, daß Ham solche Erklärungen abgab, sagte aber nichts dazu. „Ich halte mich nicht für besonders begabt“, wich er aus.

„Nun — das mag davon abhängen, von welchem Standpunkt aus du das siehst“, meinte Carise. Dabei war ihrem Gesicht anzusehen, wie interessiert sie war. „Aber mir ist diese seltsame Stille in der Luft aufgefallen. Hast du das auch bemerkt?“

„Eigentlich nicht“, zögerte Noah. „Aber jetzt, wo du es sagst, muß ich dir recht geben.“

„Als ich mit Ham aus dem Wald zurückkehrte, sah ich das Wild und die Vögel nach den höheren Bergen hin fliehen. Ich bemerkte, daß sie Angst hatten. Sie fürchteten sich nicht vor uns, sondern vor irgend etwas Größerem.“

Noah blickte sich aufmerksam im Wald um und nickte.

„Du fühlst es, ja?“ flüsterte sie. „Das Ende naht heran.“

Noah hatte tatsächlich in letzter Zeit ein besonderes inneres Drängen verspürt, das ihm sagte, seine Visionen würden nun bald erfüllt. Doch er gab das nicht gern zu, besonders einer Fremden gegenüber nicht. Deshalb zuckte er nur mit den Schultern und schwieg.

„Hast du gewußt, daß die Tiere die Bewegung in der Erde spüren?" fragte sie ehrfürchtig. „So wie du Dinge erkennen kannst, die andere nicht sehen, erkennen sie die Veränderung der Zeiten. Ich habe beobachtet, daß sie so etwas wie einen zweiten Sinn haben", sagte sie nachdrücklich. „Ich habe nämlich viel Gemeinsames mit den wilden Dingen."

Noah lächelte. „Das glaube ich dir ohne weiteres", nickte er.

„Dann kannst du mir auch glauben", sagte sie nüchtern, „daß die Tiere in der letzten Zeit besonders unruhig und argwöhnisch waren."

Carise wandte sich um und verschwand in der Tiefe des Waldes. Während Noah ihr nachblickte, fragte er sich, wie Ham ein solches Mädchen gefunden haben mochte.

8. Kapitel

Seit fast einhundert Jahren predigte Noah, der Sohn Lamechs, Noah, der Prediger der Gerechtigkeit, der adalandischen Welt nun schon das kommende Gericht Jahwes und die Möglichkeit der Errettung. Mittlerweile hatte die Geschichte von dem komischen wilden Mann in den Bergen und von seinem seltsamen Schiff auf dem ganzen riesigen Kontinent die Runde gemacht. Man konnte mit Recht sagen, daß es auf dem ganzen Planeten keine Seele mehr gab — Mensch oder Übermensch —, die noch nichts von der Botschaft Noahs gehört hatte.

Das allein war schon fast ein Wunder, denn auf dem einzigen riesigen Kontinent der Erde lebten schon viele Millionen Menschen. Noch erstaunlicher aber war, daß dies alles geschah, ohne daß Noah je wieder Lamechstadt verlassen hatte, seit mit dem Bau der Arche begonnen worden war.

Auch der Prediger selbst staunte über die Ausbreitung seiner Botschaft. Doch so sehr er Jahwe dafür dankte, stimmte es ihn andererseits auch ein wenig traurig, denn er ahnte, daß sie nicht mehr lange auf das Ende würden warten müssen, wenn erst einmal jede Seele die Botschaft Jahwes gehört hatte.

Während all der Jahre seiner warnenden und mahnenden Predigten hatte Noah die Hoffnung nicht aufgegeben, daß viele Menschen zum Glauben kommen und gerettet werden würden. Jeder andere hätte vielleicht längst schon aufgegeben. Aber er predigte mit großem evangelistischen Eifer weiter. Doch das war nicht immer leicht für ihn gewesen. Obed hatte ihm vorhergesagt, daß der Weg des Propheten ein sehr schwerer werden würde. Und das hatte sich immer wieder bewahrheitet.

In den letzten Jahren hatte Noah nicht mehr allzuviel an der Arche arbeiten können, weil die Stunden des Tages meist mit Predigen ausgefüllt waren. Die Menschenmassen, die fast täglich in das kleine Tal strömten, machten es notwendig. Das große landgebundene Schiff in Lamechstadt wurde jetzt in der ganzen Welt einfach als „Noahs Arche" bezeichnet. Touristen aus allen Ländern kamen täglich in die Berge, um es zu besichtigen und den wunderlichen Prediger zu hören.

Schon manchmal hatte Noah um seine Sicherheit besorgt sein müssen. Denn oft wurden seine Zuhörer durch das, was er sagte, zornig und warfen mit Steinen und anderen Dingen nach ihm. Mittlerweile hatte er sich auch neben dem Schiff eine Plattform gebaut, von der aus er zu den Besuchern sprechen konnte. Das machte es einfacher für ihn, wenn er predigte.

Nach über neunzig Jahren ging der Bau des Schiffes nunmehr der Fertigstellung entgegen. Doch in letzter Zeit ging es wirklich sehr langsam. Das Werk war nie besonders schnell vorwärts gegangen, doch nun wurden es immer weniger Sethiter, die noch bereit waren, am Bau mitzuhelfen. Solche, die noch geholfen hätten, wurden von Seltan und seinen Anhängern zurückgehalten, die überall erzählten, Noahs Predigten seien gegen die Tradition. „Er lehrt nicht die Gebote der Gerechtigkeit, durch die wir uns immer von den anderen unterschieden haben", argumentierte Seltan. „Vielmehr versucht er den Leuten irgendeine Art Errettung allein durch den Glauben schmackhaft zu machen." Manche lachten, andere wieder gerieten dabei in frommen Zorn.

Außer Sem und Japhet und der gelegentlichen Hilfe Hams arbeitete sonst oft niemand am Schiff. Kamen einmal einige Helfer, dann nur, weil sie das Geld brauchten, das dafür bezahlt wurde. Noah fragte sich manchmal, wo des Herrn Hilfe blieb. In all den Jahren hatte er in seiner eigenen Arbeit und auch in dem Fortschritt des Baues die Gegenwart Gottes verspürt, doch in letzter Zeit, als ihm immer mehr klar wurde, daß kaum ein Mensch seinen Worten Glauben schenkte, verzweifelte er manchmal fast. Außer seinen Söhnen Sem und Japhet und den gelegentlichen Lippenbekenntnissen Hams sah er unter der jüngeren Generation niemand, der auf seine Predigt einging. Und unter seiner eigenen Generation war es noch schlimmer. Nicht nur, daß Seltan sein Feind geworden war, auch sein eigener Bruder Jaseth hatte sich von ihm abgewandt.

Vor etwa einem Monat hatten sie in Lamechstadt die Nachricht erhalten, daß der alte Schubag gestorben war. Noah wußte, daß von Lamechs Generation nur noch wenige lebten. Moricahn hielt die verwandtschaftlichen Beziehungen treu aufrecht. Doch bei seinen seltenen Besuchen hielt er sich eher zu Jaseth, der in letzter Zeit begonnen hatte, den Ruf Noahs als Prophet zu bezweifeln. Während Moricahn sich nur im stillen gegen die sethitische Tradition aufgelehnt hatte und in die Einsamkeit gezogen war, um mit seiner Meinung in Ruhe gelassen zu werden, hatte Jaseth seine Augen den Vergnügungen des Küstenlandes und seiner großen Städte zugewandt.

Irgendwo fern in Nod-Partia lebte noch Tubal-Kain,

der neben seiner Schwester wohl der einzige Kainiter auf Erden war, der noch im Glauben an Jahwe festhielt. Noah seufzte, als er an seine Frau und ihre Geduld dachte. Wäre nicht ihre beständige Unterstützung und Ermutigung gewesen, hätte er vielleicht schon manchmal aufgegeben. Doch nun verlor auch sie mit ihm die Geduld.

Der Sethiter saß in der Abenddämmerung auf der Terrasse des Hauses. Die Menge hatte sich für heute zerstreut. Viele hatten sich auf den Heimweg gemacht, andere gingen nur zu dem zwischen hier und dem Schildkrötental entstandenen Touristenzentrum, das von geschäftstüchtigen Unternehmern aufgebaut worden war, um an den vielen Menschen zu verdienen, die kamen, um Noahs Arche zu sehen und ihn zu hören. Er dachte an die Geduld und Freundlichkeit seiner Frau. Wie oft hatte sie ihm an heißen Tagen kühle Getränke und einen Korb mit Essen in die Arche gebracht, damit er seine Arbeit nicht zu lange unterbrechen mußte. Er fragte sich, ob ihre Vorwürfe richtig waren. Hatte er seine Familie wirklich über den Bau des Schiffes vernachlässigt? Hätte er mehr Zeit für seine Frau und seine Söhne und ihre Probleme finden müssen?

Tief in Gedanken versunken nahm er nicht wahr, daß Naamah sich von hinten näherte. Erst als er ihre warme Hand auf seiner Schulter fühlte, drehte er sich freudig um. „Ich dachte gerade an dich", lächelte er. „Setz dich zu mir."

Die Frau blieb still, und Kummer lag auf ihrem Gesicht. Sie nahm neben ihm Platz und lehnte sich an ihn. „Mein Lieber", flüsterte sie endlich, „verzeih mir, daß ich heute morgen so grob zu dir war."

Noah tätschelte ihre Hand. „Ich bin es, der um Vergebung bitten muß", antwortete er. „Du hast nur zu recht. Ich habe dich und die Jungs zu oft vernachlässigt. Wenn ich nur einiges noch nachholen könnte!", seufzte er und blickte zum Wald hin, in den Ham sich oft zurückzog, wenn er sich einsam fühlte.

Naamah ging nicht auf Noahs Selbstanklage ein. Sie bewegte ein anderer, ihr noch wichtigerer Gedanke. „Du warst immer ein guter Mann", erklärte sie. „Es ist Jahwes Ruf an dich, der so schwer auf deinen Schultern liegt. Was hättest du da schon anderes tun können?" Dabei blickte sie auf das alte zerlesene Tagebuch, das vor Noah auf dem Tisch lag. Dort hinein hatte Jahwe vor etwa hundert Jahren die Anweisungen und Zeichnungen zum Bau der Arche geschrieben und auch die Worte des Bundes, den Er mit Noah geschlossen hatte. Der Prediger hatte, wie so oft, auch heute wieder darin gelesen, um seinen Glauben zu stärken und die Zweifel zu vertreiben.

Naamah wies auf das Buch und fragte: „Hat Jahwe in der letzten Zeit zu dir gesprochen? Glaubst du, daß uns noch viel Zeit bleibt?"

Noah spürte, wie sie bei der Frage zitterte, und überlegte, was sie wohl wirklich bewegte. „Da sind Beben", sagte er nur. „Beben überall in der Erde."

Naamah schmiegte sich noch enger an ihn. Tränen liefen ihr jetzt aus den Augen. Noah fragte besorgt: „Liebste, was bewegt dich? Was macht dir Angst?"

„Mir ist bange, Noah . . .", flüsterte sie mit zitternder Stimme. „Mir ist bange . . . um unseren Sohn . . . um Ham."

„Du solltest dich nicht beunruhigen", sagte er tröstend. „Was Ham angeht . . . Also ich habe mit seinem Mädchen gesprochen. Sie ist ein faszinierendes Geschöpf."

Die Frau rückte ein wenig zurück und betrachtete ihn aufmerksam. „So — faszinierend? Ist dies das Wort, das Männer für solche Frauen gebrauchen?"

Noah blickte sie erstaunt an und lachte dann herzlich. „Nein, nein, nicht so wie du meinst. Ich will sagen — ich habe mit ihr gesprochen, und . . ."

„Du — mit ihr gesprochen?“ empörte sich Naamah. „Ja, doch das war ganz zufällig“, beruhigte er sie. „Hör zu: Ich traf sie, und dabei habe ich gespürt, daß dieses Mädchen ein erstaunlich tiefes Innenleben hat. Sie ist ungewöhnlich . . .“

„Na — ungewöhnlich!“ schnaubte Naamah.

„. . . sie hat eine ungewöhnliche Wahrnehmungsfähigkeit“, fuhr Noah fort.

Sie erwiderte: „Na, du scheinst sie ja in der angeblich so kurzen Zeit recht genau kennengelernt zu haben.“

Noah lachte beruhigend und zog seine Frau wieder an sich. „Du wirst sehen, daß wir sie im Laufe der Zeit werden zu schätzen wissen.“

Die Frau dachte über Noahs Worte nach und schüttelte zweifelnd den Kopf. Dann kam sie zu dem zurück, was sie am meisten bewegte: „Aber was ist mit Ham? Er hat ein so rebellisches Herz. Meinst du, daß Jahwe zornig auf ihn ist?“

Noah verstand die mütterliche Furcht hinter diesen Worten. „Du solltest dir keine Sorgen machen. Ham wird nicht zurückbleiben und umkommen“, sagte er zuversichtlich. „Hier . . .“, er wies auf das vor ihm liegende Tagebuch . . . hör‘, was Gott verspricht.“ Er schlug auf und las: „Mit dir aber schließe Ich Meinen Bund. Geh in die Arche, du, deine Söhne, deine Frau und die Frauen deiner Söhne!“

Naamah hätte die Worte gern mit eigenen Augen gesehen und griff nach dem Buch. Als Noah zustimmend nickte, nahm sie es und las eifrig. Ja — genauso stand es da! Sie schloß ihre Augen und seufzte erleichtert. Die Anspannung, unter der sie gestanden hatte, ließ nach. Friede und Heiterkeit erfüllten ihre Seele.

„Du siehst“, fuhr Noah fort, „es ist Jahwes Gnade. Um meinetwillen hat er diesen Bund gemacht. Meine Söhne sind nicht vollkommen — vielleicht ist des einen oder anderen Herz sogar voller Zweifel; aber wir dürfen den Worten Gottes vertrauen."

Lange Zeit waren beide still. Naamah dachte über die Worte Noahs nach. Endlich sagte sie zögernd: „Aber dann wird auch die neue Welt nicht perfekt sein, wenn sie beginnt, sondern von Anfang an wird es da Zwietracht geben, denn die Wasserfluten können weder Egoismus noch Stolz hinwegspülen."

Noah staunte über die Folgerung seiner Frau. „Da hast du recht", nickte er nachdenklich. „Wenn es einen neuen Anfang geben soll, der vollkommen und perfekt ist, dürfte nicht eine einzige Seele am Leben bleiben."

4

Flut und Regenbogen

„An diesem Tag brachen alle Quellen der gewaltigen Urflut auf, und die Schleusen des Himmels öffneten sich." „Das Wasser aber schwoll hundertundfünfzig Tage lang auf der Erde an."

1. Mose 7,11.24

„Und Gott sprach: Das ist das Zeichen des Bundes, den Ich stifte zwischen Mir und euch . . . Meinen Bogen setze Ich in die Wolken; er soll das Bundeszeichen sein zwischen Mir und der Erde."

1. Mose 9,12.13

1. Kapitel

Obwohl Noah bereits 595 Jahre zählte, waren die Linien in seinem Gesicht keinesfalls Anzeichen des Alters. Für seine Generation waren sechs Jahrhunderte keine außergewöhnliche Lebenszeit; man war dann noch kein alter Mann. Es war nicht ungewöhnlich für einen Mann, daß sein erstes Kind erst nach seinem 500. Lebensjahr geboren wurde, wie dies ja auch bei Noah geschah. Man wunderte sich auch nicht darüber, wenn ein Mann erst heiratete, nachdem er fast fünf Jahrhunderte gelebt hatte.

Nein, ein alter Mann war Noah noch nicht. Doch in seinem Gesicht waren die Zeichen der Anstrengung und Anspannung zu lesen, unter der sein Leben bisher gestanden hatte. Vor allem die letzten hundert Jahre, in denen die Last Jahr um Jahr gewachsen war, hatten sehr an ihm gezehrt.

Heute jedoch war neben dem Stress auch noch Trauer in seinem Gesicht zu lesen. Er stand neben dem großen weißen Grab seiner Familie, in dem schon der Leib seines Großvaters Ischna und eine Anzahl andere Verwandte zur letzten Ruhe gebettet worden waren, und schaute zu, wie Sem, Ham und Japhet den mächtigen Stein wieder vor die Öffnung des Grabes rollten, in dem soeben auch sein Vater Lamech beigesetzt worden war. Der Patriarch war nach 777 Jahren treuen Festhaltens an den Geboten Jahwes vor drei Tagen in die Ewigkeit gerufen worden. Damit war nicht nur ein beispielhaftes Leben zu Ende gegangen, sondern mit ihm ging eine ganze Generation dahin. Es war gekommen, wie er prophezeit hatte: Er hatte Jahwes Schiff noch gesehen, aber gefahren war er nicht in ihm.

Als Noah mit seinen drei Söhnen vom Grab in die Stadt zurückkehrte, die den Namen seines Vaters trug, war dort der Alltag schon wieder eingekehrt. Sehr schnell vergaß man das Abscheiden des alten Mannes und widmete sich wieder den üblichen Geschäften. Besonders aber von der Touristenstadt her war der laute Lärm des fortwährenden Trubels zu hören.

Sem bemerkte die zornigen Blicke, die der Prediger in diese Richtung warf, faßte ihn deshalb am Ärmel und versuchte, ihn in die Richtung zu ihrem Haus hin zu ziehen. Doch Noah weigerte sich und blieb stehen. „Dies ist ein Ort der Fleischtöpfe", murmelte er. „Unser einst so friedliches Tal — was ist nur daraus geworden — eine Stätte der Sünde."

Die Söhne blickten sich an. Man konnte merken, daß des Vaters Zorn sie bewegte. Doch Ham sagte: „Du hast zwar recht, aber leider kannst auch du nichts daran ändern. Komm, laß uns nach Hause gehen."

Als sie sich der Stadt näherten, kamen sie an der Arche vorüber, die wie ein riesiges Phantom vor ihnen aufragte. Viele Jahre stand das Schiff nun schon als Warnung über der Stadt, deren Einwohner sie mit erbaut hatten.

Auch Noahs Predigten hatten in der letzten Zeit an Bitterkeit und Schärfe immer mehr zugenommen. Zwar hatte sich der Inhalt seiner Botschaft nicht verändert, aber in der Welt ringsum hatten Sünde und Gottlosigkeit immer mehr zugenommen, je weiter die Zeit voranschritt. Und so seltsam es klingen mag, aber die Menschen schienen auch Noahs prophetischen Worten vom nahen Weltuntergang aufmerksamer zu lauschen als früher. Obwohl sich ihre Herzen scheinbar immer mehr verhärteten, stieg doch in vielen Menschen eine Ahnung von dem kommenden Gericht auf. Doch statt sich ernstlich zu fragen, was sie tun könnten, um dieser Katastrophe zu entrinnen, versuchten sie mit immer mehr Vergnügungen die Mahnung ihres Gewissens zu übertönen.

Das Schiff stand leer und still vor ihnen, eine gespenstische Erinnerung an den kommenden Untergang. Nur noch wenig wurde an ihm gearbeitet. Die Geschäftigkeit der früheren Jahre, die das Bauwerk umgeben hatte, war dahin. Wenn Fremde nach Noahs Predigten gegen Abend noch zu dem Schiff kamen, das hier schweigend wartete, wurden sie durch den brütenden Geist, der es umgab, von Ehrfurcht ergriffen.

Und warten tat das Schiff — jeder konnte es fühlen, als wäre es etwas Lebendiges. Es wartete durch die Jahre, die kamen und gingen und durch Zeiten von Krieg und Frieden, die über den Planeten dahinzogen. Es wartete in den Veränderungen des täglichen Lebens, während Männer und Frauen starben, Kinder geboren wurden und andere heirateten; während die Menschen hin und her über das Antlitz der Erde zogen, aßen und tranken und ihren Göttern dienten.

Doch während Menschen heranwuchsen und andere starben und der moralische Standard der Menschheit immer tiefer sank und fast zusammenbrach, gab es noch andere Wesen, von denen die Zeichen der Zeit mit gleicher Aufmerksamkeit wie von Noah beobachtet wurden. Während der Geist der Arche die Seelen der Menschen erschreckte, trugen die Götter der Erde eifrig dazu bei, den Untergang der Welt zu beschleunigen. Es waren in Wirklichkeit innerlich gequälte Wesen, denn während sie sich an ihren Erfolgen berauschten, wußten sie dabei, daß jeder neue Sieg sie dem Ende ihrer irdischen Herrschaft näherbrachte. Doch in ihrer Perversität schienen sie gar nicht anders zu können, als ihren eigenen Untergang noch zu beschleunigen.

Die Galerie der legendären Wesen, die durch die geschlechtliche Vereinigung der Götter mit Menschenfrauen geboren wurden, waren gewöhnlich männlichen Geschlechts — "Helden der Vorzeit, berühmte Männer". Doch eine Anzahl Nephilim wurden auch als Frauen geboren. Eine der mächtigsten und berühmtesten davon war Artemis, die weit im Norden wohnte. Dieses großartige und prächtige Wesen war sehr klug und berühmt, weil sie sehr gut mit Waffen umgehen konnte und eine geschickte Jägerin war. Für lange Zeit war sie mit Poseidon eng befreundet. Doch seit etwa zwei Jahrzehnten hatte ihr Reich größere technologische Fortschritte gemacht als das Poseidons und hatte dadurch auch dem Handel von Poseidons Fürstentum schwer geschadet. Andere Fürstentümer, so zum Beispiel Partia, hatten mit ihrem Land, das nördlich von Nod lag, Bündnisse abgeschlossen. Dadurch hatte sie ihren Anhängern große Vorteile beschaffen können, und das wiederum hatte dazu geführt, daß sich viele von Poseidon abwandten und nun sie verehrten.

Das hatte natürlich den Zorn des Meergottes erregt, und daraus war offene Feindschaft gegen die große Jägerin geworden. Seit einiger Zeit nun befanden sich Artemis und Poseidon und ihre Fürstentümer miteinander in einem Krieg, der den gesamten Planeten gefährdete. Dieser Krieg war neben Noahs Arche der Hauptgesprächsstoff der Menschen. In Straßen, Gasthäusern, Geschäften und auf Marktplätzen aller Städte sprach man von den letzten Schlachten, den Siegen und Mißerfolgen der beiden Parteien. Viele andere Staaten waren schon in die Auseinandersetzung mit hineingezogen worden und standen nun entweder auf der Seite der Jägerin oder auf der des Meergottes.

Die Touristenstadt beim Schildkrötental war ein Ort geworden, wo man viele Neuigkeiten austauschte, weil sich hier Menschen aus allen Himmelsrichtungen trafen, die kamen, um Noah zu hören und seine Arche zu sehen. Seit Ausbruch des Krieges kamen noch mehr Menschen als vorher, weil viele hofften, der „Prophet“ würde in seinen Predigten auch manches über die Kriegsereignisse und den Ausgang der Auseinandersetzung sagen. Oft wurde er auch von Besuchern danach gefragt.

Doch Noah ließ sich nicht darauf ein, in seine Predigten die Tagesereignisse mit einzubeziehen. Er hatte von Jahwe einen größeren und wichtigeren Auftrag erhalten, der die Existenz der gesamten Menschheit betraf, und zwar nicht nur für eine kurze Zeit, sondern für die Ewigkeit. So fest sich Noah auch daran hielt, nur über das zu reden, was Jahwe ihm aufgetragen hatte, seine Zuhörer versuchten immer wieder, aus seinen Worten Hinweise auf die kommenden Kriegsereignisse herauszulesen und interpretierten sie deshalb völlig falsch, weil ihnen eben diese äußeren Ereignisse viel wichtiger waren als der Wille Gottes. Noah wurde deshalb zu einer Art öffentlicher Einrichtung, und jedes seiner Worte wurde nach allen Seiten hin gedreht und gewendet, um einen verborgenen Sinn darin zu finden.

Noah wunderte sich sehr über diese Haltung der Menschen und sagte eines Tages zu seinen Söhnen, als sie gemeinsam nach Hause gingen: „Ich kann nicht verstehen, daß diese Leute so sehr um die kurzlebigen Ereignisse besorgt sind, sich aber über ihre Zukunft auf lange Sicht und über den Willen und die Pläne Gottes überhaupt keine Gedanken machen. Seht ihr die Arche, wie still sie ist. Sie hat sich ganz auf ihre große Aufgabe konzentriert.“

Sem meinte erstaunt: „Du sprichst von dem Schiff, als sei es ein lebendiges Wesen."

„In gewisser Weise ist sie das", antwortete Noah. „Sie ist das lebendige Wort Gottes in materieller Form, die Vorsorge Gottes für die Seelen der Menschen." Nachdenklich fuhr er fort: „Aber so still das Schiff auch steht und wartet, es gibt andere Zeichen genug, durch die alle Menschen aufwachen sollten. Da ist der Krieg, den Poseidon und seine Artgenossen untereinander führen. Da sind die Beben in der Erde, die es seit einiger Zeit gibt und die immer heftiger werden. Es ist, als würde sich die Erde gegen die sündige Menschheit auflehnen. Habt ihr es nicht gespürt?"

„Doch, Vater", bestätigte Japhet. „Erst gestern, als ich in den Hügeln war, hörte ich ein entferntes Donnern. Kurz darauf begann auch unter meinen Füßen die Erde so heftig zu beben, daß ich kräftig geschüttelt wurde."

Noah lächelte. „Also auch ihr fühlt das Wirken Gottes schon. Denn die Erde ist das Werk Seiner Hände, und sie bebt, weil Sein Herz über der Sünde der Menschheit bricht." Plötzlich war die Luft erfüllt vom Dröhnen lauter Maschinen, und silberne Blitze fuhren aus dem Himmel herab. Ham hob seinen Arm und wies dahin, wo es immer wieder silbrig aufblitzte. „Es sind die Himmelsdämonen!" rief er.

Aus dem Himmel herab senkten sich, immer langsamer werdend, sechs silbrig glitzernde Fluggeräte, die viel größer waren als jene, die Noah vor vielen Jahrzehnten auf Baalbeck gesehen hatte. Zwar waren Himmelsmaschinen überall in Adalandia bekannt, doch bei diesen hier handelte es sich um militärische Apparate, die man nur in Kriegszeiten zu sehen bekam. Sie bestanden aus zwei ineinanderliegenden großen Rädern, die durch eine Mittelachse und lange Metallträger miteinander verbunden waren. Die beiden Räder drehten sich, und zwar in entgegengesetzter Richtung. In den

Radkränzen gab es viele erleuchtete Fenster, die aussahen wie viele strahlende Augen.

„Wir werden angegriffen!“, rief Japhet.

„Nein, nein“, beruhigte der Prediger. „Poseidon will uns mit dieser Zurschaustellung seiner Macht nur einschüchtern.“

„Poseidon?“ fragte Ham, der aufmerksam zusah, wie die Maschinen nun herabschwebten und etwa einen Meter über dem Boden in der Luft stehenblieben. „Wieso vermutest du das?“

„Kommt, ihr werdet es sehen“, sagte Noah und ging auf die Fluggeräte zu.

Die Einwohner der Stadt und die Touristen hatten natürlich den Lärm ebenfalls gehört und die Maschinen bemerkt. Sie kamen jetzt von verschiedenen Seiten eiligst herbei, um zu sehen, was hier geschah. Aus einer der Maschinen wurde jetzt ein Laufsteg ausgefahren. Als er auf dem Boden aufsetzte, erschienen eine Anzahl Nephilim, die herunterliefen und vor dem Laufsteg Aufstellung nahmen. Ihnen folgte der mächtige Seegott selbst in voller Kriegsrüstung und in einem scharlachroten Umhang. Er blieb auf halber Höhe des Laufstegs stehen und rief mit Donnerstimme: „Noah, Sohn Lamechs, tritt vor!“

Der Sethiter ging mit erhobenem Kopf auf die Maschine zu. Einige Schritte vor dem Laufsteg blieb er stehen und rief, so laut er konnte: „Hier bin ich, großer Dämon!“

„Ich möchte mit dir sprechen“, forderte der Seegott.

„Dann rede“, willigte Noah ein.

Stolz wie in jenen Tagen, als der Prediger ihn zuletzt auf der Terrasse des Sonnentempels gesehen hatte, begann Poseidon: „Ich habe deine Botschaft eigentlich schon oft genug gehört.“

„Das stimmt“, nickte Noah.

„Aber in letzter Zeit gibt es so viele Erdbeben.“

„Ja.“

„Hast du eine Erklärung dafür?“ wollte Poseidon wissen.

Noah überlegte seine Worte sorgfältig. „Nimmst du nicht die Verantwortung dafür selbst in Anspruch, großer Dämon?“ sagte er vorsichtig. „Deine modernen Waffen, die du in diesem Krieg gebrauchst, reißen doch Berge auseinander. Könnte es also nicht sein, daß die Erde unter deiner Macht bebt?“

Der Gott hätte sich geschmeichelt fühlen können. Es stimmte ja, daß er Waffen besaß, die ungeheure Zerstörungskraft hatten. Doch er merkte die Absicht hinter Noahs Worten, und außerdem suchte er im Augenblick keine Schmeicheleien, sondern die Wahrheit. „Du verhöhnst mich“, rief er wütend. „Die Beben, von denen ich spreche und die von unseren Instrumenten registriert werden, reichen so weit in das Innere der Erde, daß sie unmöglich von unseren Waffen verursacht werden können.“

Noah zuckte mit den Achseln. „Du kommst mit Soldaten und großen Kriegsmaschinen zu mir, als wäre ich eine Bedrohung für dich. Was möchtest du denn von mir hören?“

„Nun“, lachte der gefallene Engel, „es kommt ja in letzter Zeit alle Welt zu dir gelaufen und fragt dich nach Antworten, du müßtest ja mittlerweile Übung darin haben, solche zu geben. Also sage mir, o Prophet“, spottete er, „was bedeuten diese Erdbeben? Wollen sie die große Katastrophe ankündigen, von der du damals vor meinem Thron gesprochen hast und heute noch sprichst?“

Noah betrachtete den Satansfürst, der in seiner glitzernden Uniform ein eindrucksvolles Bild abgab, aufmerksam. Er mußte daran denken, was dieser Tyrann seiner Schwester Adala und seinem Freund Obed angetan hatte. Wieder sagte er sich, daß es besser sei, Vorsicht walten zu lassen und den Dämon nicht unnütz zu reizen. Deshalb antwortete er: „Vor langer Zeit hat einmal ein Delphin zu mir gesprochen, Poseidon. Glaubst du das?"

Erstaunt blickte der Meergott ihn an. „Solche Dinge geschehen manchmal", nickte er zustimmend.

„Dann werde ich heute dafür meinen Dank abstatten, indem ich dem Gott des Meeres antworte", erklärte Noah. „Du kennst die Antwort auf deine Frage genau, großer Poseidon. Du weißt, daß das Ende für diese Welt und für deine Herrschaft sehr nahe ist. Du weißt, daß die Erdbeben ankündigen, daß Jahwe über dich und alle, die so sind wie du, bald Gericht halten wird. Hör mich an, mächtiger Herrscher: Du kommst zu mir mit gewaltigen stählernen Flugapparaten und mächtigen Waffen, die für dich Sicherheit bedeuten. Ich aber will dem Schiff Gottes vertrauen, auch wenn es nur aus Holz ist. Eines Tages, der nicht mehr fern ist, werde ich auf den Wassern des Zornes Gottes schwimmen, bewahrt von Seiner mächtigen Hand, während du mit deinem Fürstentum in diesen gleichen Fluten untergehen wirst!"

2. Kapitel

Poseidon wußte recht genau, daß Noah auch unter seinen Landsleuten, den Sethitern, ja selbst unter den Einwohnern von Lamechstadt, kaum solche hatte, außer seiner eigenen Familie, die sich von seiner Botschaft überzeugen ließen. Vielleicht war das der Grund, daß Noahs Worte ihn wenigstens äußerlich unberührt ließen. Denn mit dem gleichen hochmütigen und überheblichen Benehmen, mit dem er gekommen war, drehte er sich um und bestieg ohne ein Wort des Abschieds seinen Flugapparat, mit dem er zur Hauptstadt zurückflog.

Die Einwohner von Lamechstadt und auch die anwesenden Besucher staunten zwar über Noahs mutiges Auftreten gegenüber Poseidon und über seine Botschaft, nahmen aber die Worte selbst mit viel Zweifel auf. Für sie war die ganze Sache eher eine kleine Sensation gewesen. Da die Besucher die Sonne und die Sterne anbeteten, war der Überherr für sie ein Gott, und viele hatten sich schon immer gewünscht, ihn einmal aus der Nähe zu sehen. Daß dies nun auf solche Weise möglich geworden war, schien für sie die Hauptsache gewesen zu sein.

Noah schaute traurig zu, wie die Versammelten

ohne erkennbare Reaktion auf seine Worte wieder auseinanderliefen. Seine Söhne drängten ihn, mit nach Hause zu kommen, doch er sagte: „Geht schon voraus, ich komme bald nach." Mit diesen Worten ging er zur Arche zurück und setzte sich dort nieder. Er mußte an Lamech denken. Bald fiel ihm auch die Voraussage Obeds wieder ein: „Deine Botschaft ist jetzt noch sehr undeutlich. Doch die Zeit wird kommen, dann wird für dich das Tor der Erkenntnis weit offenstehen, und alle Menschen werden klar den Sinn deiner Worte erkennen können."

Diese Worte hatten ihn während der langen Zeit oft getröstet und ermutigt. *„Vielleicht"*, hatte er sich gesagt, *„werden noch viele kommen und sich retten lassen, wenn das Tor der Erkenntnis erst weit offensteht."*

Als er jetzt wieder einmal über diese Worte nachdachte und daraus neue Hoffnung schöpfte, erwartete er nicht, daß es gerade ein Verwandter sein würde, der seiner Hoffnung einen neuen Stoß versetzte. Es war Jaseth, der zu ihm kam, weil es schon langsam zu dämmern begann. „Bruder", rief er, „wir haben uns Sorgen gemacht, wo du bleibst."

Noah war überrascht über die Sorge, die aus dem Ton seiner Worte zu hören war. Er wußte, daß sein jüngerer Bruder ihn liebte, obwohl er in allen Dingen, die Noahs Auftrag betrafen, eine andere Meinung hatte. „Setz dich zu mir", sagte er.

Jaseth warf einen Blick auf die hoch aufragende Arche und fragte: „Muß es ausgerechnet hier sein?"

„Komm", lachte Noah, „du hast viele Jahre mit uns an dem Schiff gearbeitet. Hast du jetzt etwa Angst vor ihm?"

Jaseth zog den Kopf zwischen die Schultern und zog seinen Umhang enger um sich, als er sich jetzt neben dem Prediger niederließ. „Der Bau wirkt so seltsam unheimlich, vor allem, wenn die ersten Abendnebel heranziehen", flüsterte er. „Manchmal, vor allem gegen Abend, wenn ich hier vorübergehe, glaube ich fast, ich könnte das Schiff atmen hören."

Noah blickte ihn von der Seite an und kicherte. „Ach, Jaseth, deine Phantasie geht mit dir durch."

„Vielleicht, Bruder. Aber es ist schon ein seltsames Fahrzeug, das du da gebaut hast. Meinst du nicht auch?"

„Wieso?" wollte Noah wissen.

„Warum? — Nun sieh es dir einmal an. Der Bau ragt über uns auf wie eine Burg . . . aber es ist nur eine einzige Tür darin vorhanden . . . und nur ein einziges Fenster ganz oben im Dach, und das ist sogar noch mit Fensterläden verschlossen."

„So hat Gott es mir aufgetragen", nickte Noah bestätigend.

„Hmmm?" zweifelte Jaseth. „Glaubst du immer noch, daß die Pläne für das Schiff von Jahwe stammen, oder erzählst du diese Geschichte nur, damit die Leute dir weiter zuhören?"

„Ich glaube das ganz fest, Jaseth", erklärte der Prophet. „Aber du glaubst es nicht mehr?"

Noch nie zuvor war die Frage der in Jaseth immer mehr gewachsenen Zweifel so offen zwischen den beiden Brüdern ausgesprochen worden. Sie hatten es beide gewußt, aber immer vermieden, davon zu reden.

„Meine Zweifel haben schon vor langer Zeit begonnen", gab Jaseth zu. „Denn wenn deine Botschaft wahr ist, dann ist diese Arche das Symbol für unzählige menschliche Tragödien."

Noah nickte traurig. „Aber wir sind gelehrt worden, Gottes Wort ohne Einschränkung zu akzeptieren. Deshalb kann ich nichts anderes predigen."

„Man kann wohl von dir wirklich nichts anderes erwarten", ärgerte sich der Jüngere. „Doch mir scheint, wenn deine Lehre wahr wäre, würde nicht nur über Schurken und schreckliche Sünder das Unheil kommen, sondern auch über sehr anständige und fromme Leute, wie zum Beispiel Onkel Moricahn, Seltan und viele andere — jedenfalls über alle, die deiner Botschaft nicht glauben."

„Ich habe niemals Namen genannt, wenn ich von solchen sprach, die gerettet und von solchen, die nicht gerettet würden", warf Noah ein. „Nur Jahwes Gerechtigkeit war es, die ich predigte. Meine Zuhörer können mit meiner Botschaft machen was ihnen gefällt."

Jaseth blickte seinen Bruder mit brennenden Augen an und stellte eine Frage, die den Prediger tief ins Herz traf: „Und du, Noah ... wirst du es fertigbringen, die Tür der Arche zu schließen, wenn draußen die Verlorenen um Hilfe und Rettung schreien?"

Der Prophet zuckte zusammen. Der Gedanke, daß er dies einmal würde tun müssen, war ihm noch nie gekommen. Er war immer damit beschäftigt gewesen, nach neuen Auslegungsmöglichkeiten der Worte Jahwes zu suchen, die es ihm erlaubten, doch ein Schiff voller geretteter Menschen zu sehen. Der Gedanke, er könne einmal verantwortlich sein dafür, daß viele Menschen ausgeschlossen wurden, erschreckte ihn zutiefst. „Wie kannst du so etwas auch nur denken", stöhnte er. „Ich bin hier, um Menschen zur Umkehr und Rettung zu rufen ... nicht zur Verdammnis."

„Ha!" stichelte Jaseth, „was bildest du dir eigentlich ein, wer du bist? Du hast auch einmal geglaubt, du seist berufen Adala zu retten, und dabei hast du nur die Krise heraufbeschworen, die zu ihrem Tod führte."

Da war es heraus. Alle bisher nicht ausgesprochenen Anklagen, aus denen im Laufe der Jahre tief versteckte Feindschaft geworden war, standen nun zwischen ihnen. Noahs Gesicht wurde blaß. Doch Jaseth war noch nicht fertig. „Außerdem, Bruder", fuhr er fort, „wenn du Jahwes Worte so buchstäblich nimmst, dann solltest du auch einmal richtig darüber nachdenken. Wenn deine Prophezeiungen wahr sind und ich sie richtig verstehe, dann werden von allen Menschen auf Erden nur acht gerettet."

Noah war, als poche in seiner Brust ein Hammer. Seine Gedanken gingen so wild durcheinander, daß er eine Zeit brauchte, um sie zu ordnen. Doch Jaseth hatte sich schon erhoben und machte sich auf den Weg zu seinem eigenen Haus. Nach zwei Schritten drehte er sich nochmals um und sagte: „Ich glaube, das ist auch der Grund, weshalb es nur ein einziges Fenster da ganz oben gibt, und das auch noch verrammelt. Es soll dir wohl den Anblick der Verlorenen ersparen, die sich an die Arche klammern und einer nach dem anderen vom Wasser hinweggerissen werden."

Sein Gelächter, mit dem er sich entfernte, klang schaurig durch den dichter werdenden Nebel. Noah bebte am ganzen Leib, als er sich jetzt erhob und müden Schrittes nach Hause ging.

3. Kapitel

Es blieb nur noch sehr wenig zu tun bis zur endgültigen Fertigstellung der Arche. Doch für Noah waren diese Tage äußerst niederdrückend. Denn jeder eingeschlagene Nagel, jede endgültig montierte Planke brachte ihn der bestimmten Stunde näher — der Stunde, in der das Leben auf Erden, so wie er es bisher kannte, zu Ende gehen würde und die Menschen die Botschaft von der Errettung, wenn sie nur glauben wollten, zum letzten Mal hörten. Trotzdem ging er jeden Tag zum Schiff und erledigte die letzten Arbeiten. Sem und Japhet halfen ihm dabei, und auch Ham legte in letzter Zeit häufig wieder einmal mit Hand an.

Noah hatte gespürt, daß bei Ham eine Veränderung vorging. Vielleicht war es der Einfluß von Carise, seiner feurigen Beduinenfrau, der dies bewirkte, denn erstaunlicherweise stellte sich heraus, daß sie mehr und mehr auf das einging, was die Familie bewegte und zusammenhielt. Vielleicht war es ihre Empfindsamkeit den Dingen gegenüber, die in der Natur vor sich gingen, die das bewirkte. Was immer es auch war, sie wurde jedenfalls für alle Vorbereitungsarbeiten im Blick auf die kommende Katastrophe eine sehr große Hilfe.

Sem und Japhet waren in letzter Zeit ihren männlichen Gefühlen gefolgt und hatten sich unter den Bewohnern von Lamechstadt nach Lebensgefährtinnen umgesehen. Sem war es, der als erster seinem Vater und der übrigen Familie bald seine zukünftige Frau vorstellte. Sindra, ein ruhiges und zierliches Mädchen, hatte sein Herz gewonnen. Nur wenige Monate nach Lamechs Beerdigung fand die Hochzeit statt.

Das war wieder ein Ereignis gewesen, an dem Noah gesehen hatte, daß die Zeit sich dem Ende nahte. Nun mußte nur noch Japhet eine Frau fürs Leben finden, dann waren auch auf diesem Gebiet alle Erfordernisse, von denen Jahwe gesprochen hatte, erfüllt. Wenn Gottes Prophezeiungen wörtlich zu nehmen waren, durften ihm vor der großen Katastrophe noch keine Enkel geboren werden. Es war aber durchaus möglich, daß Ham und Carise zu irgendeiner Zeit der Familie ein solches Ereignis als bevorstehend bekanntgeben würden. Das Ende rückte also mit Riesenschritten näher.

Da auch die Aufenthaltsräume für die Familie in der Arche von den Männern schon fertiggestellt waren, begannen die drei Frauen, diese Räume wohnlich einzurichten. Naamah hatte Carise wie selbstverständlich mit in diese Vorbereitungsarbeiten hineingezogen. Ihre ursprüngliche Zurückhaltung der Zigeunerfrau gegenüber waren längst geschwunden, weil sie sah, wie eifrig und geschickt Carise bei der Sache war.

Bald saßen Sindra, Carise und Naamah viele Stunden beisammen, nähten, webten Teppiche und taten viele andere Dinge, die den Aufenthalt in der Arche, von dem bisher niemand wußte, wie lange er dauern würde, so angenehm wie möglich machen sollten. Da gab es vieles zu überlegen und zu bereden. Natürlich konnten auch sie längst nicht allen Hausrat, der sich im Laufe der Jahre angesammelt hatte, mit in die Arche nehmen. Doch andererseits sollte auch nichts, was notwendig war und hilfreich sein konnte, vergessen werden.

Die Arbeit an der gemeinsamen Aufgabe brachte die drei Frauen einander immer näher. Naamah erzählte den beiden anderen von der Zeit, in der sie mit Tubal-Kain, ihrem Bruder, in dieses Land gekommen war und Noah kennengelernt hatte. Auch von ihrem Leben in Nod-Partia berichtete sie den jüngeren Frauen, die aufmerksam zuhörten. Doch auch Carise war während der Wanderungen mit ihrem Stamm viel in der Welt herumgekommen und hatte viel Interessantes zu ihren Unterhaltungen beizutragen. Aber hauptsächlich kehrten ihre Gespräche immer wieder zu den kommenden Ereignissen zurück, denen sie alle mit Sorge entgegenblickten.

„Ich kann mir nicht recht vorstellen, wie es uns gelingen soll, all die Tiere in die Arche zu bringen", sagte Sindra eines Tages, als sie sich wieder über dieses Thema unterhielten. „Hast du dir darüber schon einmal Gedanken gemacht, Mutter?"

Die angesprochene Naamah wiegte bedächtig den Kopf hin und her. „Nachgedacht habe ich darüber schon, bin aber zu keinem vernünftigen Ergebnis gekommen. Ich weiß auch nicht, wie mein Mann das anstellen will." Sie wandte sich an ihre andere Schwiegertochter und fragte: „Was meinst du, Carise? Du kennst dich doch mit den Dingen der Natur und den Tieren besser aus als wir. Mir scheint die Sache recht geheimnisvoll zu sein."

Carise blickte nachdenklich zum Fenster hinaus. „Nur für den Verstand der Menschen gibt es solche Geheimnisse", flüsterte sie, „aber nicht in der Natur. Die Tiere merken viel besser als wir Menschen, wenn irgend etwas vor sich geht. Ich glaube, sie werden es spüren, wenn es Zeit ist, und werden zu uns kommen."

Naamah nickte bedächtig. „Vielleicht hast du recht. Mir ist es gerade in letzter Zeit auch so gegangen. Ich habe oft an meinen Bruder Tubal-Kain denken müssen, der einer der größten Männer war, die je in Nod-Partia lebten."

Erstaunt blickte Carise ihre Schwiegermutter an. „Warum sprichst du von deinem Bruder als würde er nicht mehr leben?" forschte sie.

„Eine Stimme in meinem Herzen sagt mir, daß er nicht mehr lebt", antwortete Naamah. „Gewiß, Noah hat immer davon geträumt, mein Brurder würde uns in die Arche begleiten. Doch wie die Tiere der Wildnis das Ende der Dinge erahnen, so weiß auch ich: Tubal-Kain ist gegangen – eine unserer letzten Hoffnungen für diese Erde ist dahin."

4. Kapitel

Naamahs Ahnung wurde wenige Tage später bestätigt, als ein Bote aus Nod-Partia in Lamechstadt eintraf. Tubal-Kain hatte sich entschlossen, auf diese persönliche Weise Nachricht von seiner schweren Krankheit und seinem bevorstehenden Ableben zu senden, weil er dadurch seinem Schwager und seiner Schwester noch eine letzte Ehre erweisen wollte.

Als der Bote Noah und Naamah fand, überreichte er ihnen einen Brief, den Tubal-Kain persönlich geschrieben hatte. Die beiden lasen: „Wenn ihr diese Nachricht erhaltet, werde ich schon vor euch diese Erde verlassen haben. Wir sehen uns auf der anderen Seite wieder."

Mit tränenfeuchten Augen drückte Naamah den Brief in Noahs Hand. „Lege ihn zu deinen Tagebüchern", sagte sie. „Mehr, als Tubal-Kain selbst geschrieben hat, ist zu seinem Tod nicht zu sagen."

Als sie den Boten mit reichlichem Lohn davongesandt hatten, wußten sie, daß die Schatten, die über der Zukunft dieser Welt lagen, wieder etwas dunkler geworden waren.

Japhets Hochzeitstag war angefüllt mit mahnenden Zeichen. Als der helle Sohn Noahs und seine Braut Eltebeta, ein blondes, kräftiges Mädchen, geführt von Onkel Jaseth und flankiert von seinen beiden Brüdern, zu dem Baldachin schritten, unter dem sie den Segen des Vaters empfangen sollten, bebte die Erde so kräftig, daß alle es spürten.

Der ganze Tag stand unter gewissen Spannungen. Noah wußte, daß außer Jaseth, der das Brautpaar zur Trauung führte und der immer eine besonders starke Zuneigung zu Japhet gehabt hatte, alle anderen Gäste nur widerwillig aus familiären oder anderen Verpflichtungen heraus an der Hochzeit teilnahmen. Besonders seit Lamechs Tod war die Anhänglichkeit an die Familie des Gründers der Stadt und des Sägewerks immer mehr zerbrochen. Schon in den Jahren vorher waren diese Bindungen durch Meinungsverschiedenheiten, die mit dem Bau der Arche zusammenhingen, ziemlichen Belastungen ausgesetzt gewesen, und nur die Treue zum Patriarchen der Stadt hatte sie mühsam aufrechterhalten. Mittlerweile aber waren die entstandene Kluft und die feindseligen Gefühle so groß, daß sie unüberbrückbar schienen.

Doch als die Erde bebte, verloren all diese Dinge plötzlich an Bedeutung. Die Gedanken des Predigers gingen sofort zu seinem Schiff und der Tatsache, daß es so gut wie fertig war. Er mußte sich zwingen, um sich auf die beiden zu konzentrieren, die vor ihm unter dem Baldachin standen und auf seinen Segen warteten, den er als Oberhaupt der Familie und als jetziger Patriarch der Stadt zu geben hatte.

Als er seine, von der vielen Arbeit harten Hände auf die Köpfe der beiden legte, seinen väterlichen Segen über sie aussprach und sie der Fürsorge Jahwes anbefahl, wurde die Aufmerksamkeit aller durch das Flattern von Flügeln abgelenkt. Eine weiße Taube hatte sich, wie ein Segen Jahwes erscheinend, auf dem Baldachin niedergelassen. Sie blickte sich nach allen Seiten um, nickte dann mit dem Kopf und ließ ein leises Gurren hören, als wolle sie ihre Zufriedenheit mit einer nunmehr vollendeten Aufgabe ausdrücken.

Noah sah darin ein Zeichen des Herrn, der ihm damit Seine Befriedigung kundtun wollte, und sein Herz wurde deshalb mit Freude erfüllt. Doch als er jetzt einen Blick zur Arche hinüberwarf, die mit ihren Ausmaßen alles überragte, sah er über ihr einen schwarzen Punkt in der Luft kreisen. Sonst schien niemand unter den Anwesenden den schattenhaften Flug des Raben bemerkt zu haben. Nur die Taube blickte ebenfalls zu dem schwarzen Vogel hin; und als sie das tat, sträubten sich ihre Nackenfedern wie die eines Adlers.

Die Taube und der Rabe waren nur einige anfängliche Zeichen. Während der folgenden Tage häuften sich die Erdstöße in der Gegend. Doch das hielt die Touristen nicht ab, in noch größeren Scharen als bisher in das Tal zu kommen. Seit sich der Besuch Poseidons herumgesprochen hatte, schienen die Menschenscharen, die von allen Seiten herbeiströmten, kein Ende mehr nehmen zu wollen. Auch Poseidons Flugapparate ließen sich nun täglich über der Arche sehen. Noah folgerte daraus, daß der gefallene Engel sehr wohl wußte, daß auch seine Stunde bald gekommen war.

„Sie erschrecken uns", sagte Naamah zu ihrem Mann. „Die anderen Frauen und ich sehen sie oft, wenn wir Vorräte zum Schiff bringen oder euer Essen. Sie kommen dann ganz tief herunter."

„Sie werden euch nichts tun", versicherte Noah ihr. „Sie haben nur den Auftrag, alles zu beobachten, was hier geschieht. Der Dämon fürchtet sich viel mehr davor, daß die ihm verbleibende Zeit immer kürzer wird, als wir uns vor ihm fürchten."

5. Kapitel

Obwohl all diese in der letzten Zeit geschehenden Dinge — die Heirat seiner Söhne, der Tod großer und guter Männer, die immer stärker zunehmenden Erdbeben, die Reaktion der Überherren und ihrer Anhänger — von dem nahenden Ende sprachen, blieb noch eine Aufgabe, die bewältigt werden mußte, ehe die Katastrophe hereinbrechen würde.

Die ersten Hinweise darauf, daß sich auch diese Sache bald erfüllen sollte, zeigten sich, nachdem die letzten Nägel eingeschlagen und die letzten Riegel in die fertigen Käfige eingesetzt waren. Nachdem nunmehr, nach fast hundert Jahren, der Bau endgültig fertiggestellt war, zogen viele gemischte Gefühle durch Noahs Seele.

Sem würde den seltsamen Ausdruck, der sich auf seines Vaters Gesicht ausbreitete, wohl nie vergessen. Er kniete auf dem Fußboden des Mitteldecks und paßte die letzte Käfigtür ein, damit Ham den Riegel befestigen konnte. Japhet war dabei, den letzten Käfig zu säubern. Als der Riegel fest in seiner Halterung saß und Ham das Werkzeug aus der Hand legte, räusperte sich der Vater mehrere Male, ohne ein Wort zu sagen. „Ist etwas nicht in Ordnung, Vater?“ fragte Sem und erwartete, Noah habe einen Tadel anzubringen.

„Nein", antwortete der Vater. „Ich habe nur ... ach, laß nur, Sohn." Noah warf einen langen Blick an der Reihe der Käfige entlang, als suche er nach einer Arbeit, die noch nicht fertig war. Dann wandte er sich um und ging langsam dem Ausgang zu. Eine seltsame Traurigkeit schien ihn ergriffen zu haben.

„Wir sind fertig", verkündigte Japhet in diesem Augenblick stolz, während er die letzten Späne zusammenfegte.

„Pssst", machte der Erstgeborene und wies mit dem Finger auf den davongehenden Vater.

„Oh", fragte Japhet, „ist er nicht zufrieden?"

Sem und Ham blickten sich verständnisvoll an. Auf dem dunklen Gesicht des zweiten Sohnes lag ein Anflug von Mitleid. „Er braucht jetzt Zeit für sich allein", bemerkte er. „Vielleicht werden wir ihn heute nicht mehr zu sehen bekommen."

Ham behielt recht. Noah verschwand an diesem Tag in den Hügeln. Seine Aufgabe war beendet. Nach den Jahren der Arbeit fühlte er plötzlich eine Leere. Ein Anflug von Depression wollte sich deshalb seiner bemächtigen. Als er jetzt im Wald verschwand, dachte er daran, wie Gott ihm damals im Wald des Hügellandes östlich von Sonnenstadt begegnet war, als er sich auf seiner Flucht vor Poseidon dahin zurückgezogen hatte. Wie er danach verlangte, Gottes Stimme wieder zu hören.

Als er sich jetzt nochmals umdrehte und auf die Arche zurückblickte, packte ihn eine verzweifelte Furcht. *„Was ist, wenn alles nur eine Lüge war?"* überlegte er. Wie sollte es weitergehen, wenn er den besten Teil seines Lebens damit zugebracht haben sollte, dem Traum eines Verrückten nachzujagen? Vor seiner Begegnung und Unterhaltung mit Jahwe hatte er solche Zweifel oft verspürt. Daß sie heute, nach fast einhundert Jahren, wiederkamen, zeigte ihm, wie müde und leer er war.

Noah verkroch sich in einen schmalen moosbewachsenen Felsspalt, den er seit frühester Jugend kannte. Hier wollte er die Nacht allein verbringen. Vielleicht würde ein wohltuender Schlaf den Aufruhr seiner Seele stillen. Oder vielleicht, er wagte es kaum zu denken, würde Jahwe wieder zu ihm reden. Doch es wurde eine unruhige Nacht voll quälender Träume, in denen er sich auf endlosen Jagden und langen Reisen in ihm unbekannten Gebieten befand, wo er überall versuchte, Tiere zu fangen und in die Arche zu bringen, wobei er furchtbare Kämpfe mit wilden Bestien zu bestehen hatte.

Als er erwachte, fühlte er Schweißtropfen auf seiner Stirn. Es war noch stockdunkel und die Stunde vor der ersten Dämmerung. Nun war ihm klar, was ihn die ganze Zeit quälte. Er hatte den Gedanken immer beiseite geschoben, solange noch andere Arbeit zu erledigen war. Aber nun gab es keine andere Arbeit mehr, und er mußte sich unausweichlich damit befassen. Wie sollte es ihm gelingen, von allen Tierarten auf Erden die erforderliche Anzahl in die Arche zu bringen? Er wußte ja noch nicht einmal, wie viele Arten es gab, welche ihm völlig unbekannte Arten noch im Lande Nod oder im fernen Nordland lebten. Gewiß, es würde Raum genug für alle in der Arche sein. Aber wie sollte er sie finden, fangen und in das Schiff bringen? Nun konnte er dieser Frage nicht mehr ausweichen. Es war die letzte große Aufgabe, die mit Jahwes Plan zusammenhing.

Er wußte, daß im Schildkrötental und hier in den Bergen eine große Zahl verschiedener Tiere lebten. Das würde seine Aufgabe erleichtern. Aber trotzdem würde es viele Monate, ja vielleicht sogar Jahre dauern, ehe er von allen Tierarten die erforderliche Anzahl beisammen hatte. „Aber ich fühle doch, daß die Zeit nur noch knapp ist, Herr“, flüsterte er in die Dunkelheit hinein. „Wie soll es mir gelingen, Deinen Willen auszuführen?“

Plötzlich hörte er außerhalb der Felsspalte ein knackendes Geräusch, wie damals im Wald vor ungefähr einhundert Jahren. Erwartung und Freude erfüllten sein Herz. „Jahwe", flüsterte er. Vorsichtig schob er die Blätter des vor der Spalte wachsenden Busches beiseite. Doch er wurde vom Schnauben aus den Nüstern eines Tieres begrüßt. Erschreckt fuhr er zurück.

Er wartete, bis die Morgendämmerung erlaubte, etwas zu erkennen. Als er jetzt wieder vorsichtig hinausschaute, erkannte er zwei Hirsche, Männchen und Weibchen, die vor seinem Unterschlupf grasten. Nun, Hirsche waren nichts Ungewöhnliches in den Bergen. Aber diese hier hatten seine Anwesenheit sicherlich schon bemerkt. Warum flüchteten sie nicht? Statt dessen bekam er, je länger er hinschaute, immer mehr den Eindruck, als würden sie auf ihn warten.

Noah schnalzte mehrmals mit der Zunge. Doch furchtlos blieben sie und blickten nur aufmerksam zu seinem Versteck herüber. Endlich stand er auf und trat hinaus. „Hallo, ihr beiden", rief er, „was wollt ihr von mir?"

Er erinnerte sich, daß in seinem Gürtel noch ein Apfel steckte, den er nun mit dem Messer zerteilte und den Tieren auf der flachen Hand entgegenstreckte. Ohne zu zögern kamen sie herbei und holten sich den angebotenen Leckerbissen. Kopfschüttelnd sah er ihnen zu.

Als er sich jetzt auf den Heimweg machte, folgten ihm die beiden Tiere. Erschrocken blickte er auf, als ihm kurz darauf aus dem Wald ein mächtiger Bär und seine Bärin entgegenkamen. Doch sie bekundeten keinerlei böse Absicht, sondern reihten sich hinter den Hirschen ein und folgten ebenfalls. Wenig später gesellte sich ein wilder Eber und seine Bache zu ihnen und verlängerten den seltsamen Zug.

Als Noah sich der kleinen Stadt näherte, folgte ihm

eine ganze Herde verschiedener Tiere. Mit geraden Schultern und hocherhobenen Hauptes führte er sie an. Als sie in die Nähe der Arche kamen, lachte Noah laut vor Freude und rief die Worte, die der Herr ihm einst gesagt hatte:

„Je ein Männchen und ein Weibchen sollen es sein. Von allen Arten der Vögel, von allen Arten des Viehs, von allen Arten der Kriechtiere auf dem Erdboden sollen je zwei zu dir kommen, damit sie am Leben bleiben."

6. Kapitel

Seit vielen Jahren bestand nun schon zwischen Lamechstadt und dem Schildkrötensee die Touristenstadt. Sie war vor allem in der letzten Zeit immer noch gewachsen, weil der Zustrom von Besuchern sich durch die dramatischen Ereignisse verstärkt hatte. Dadurch waren andererseits die wilden Tiere, die das Gebiet um den Schildkrötensee bewohnten, immer mehr verdrängt worden und hatten sich weiter zurückgezogen auf die andere Seite des Sees und nach den Höhen von Baalbek hin.

Doch nun setzte auf einmal ein Zustrom von Tieren in das Tal ein, der den Touristen unangenehm war. Von überall, auch von den entferntesten Gegenden Adalandias, kamen die Tiere herbei. Es waren solche darunter, die man hier noch nie gesehen hatte, ja von denen man bisher gar nichts wußte. Zwar benahmen sich die Tiere sehr ruhig, sogar solche, die gewöhnlich sehr wild und recht gefährlich waren. Doch allein die Tatsache, daß sie in der Gegend herumstrichen und lagerten, beunruhigte die Touristen, weil sie darin Gefahren für sich sahen. Es ist eben nicht jedermanns Sache, morgens vom Brüllen eines Löwen oder Tigers oder vom Trompeten eines Elefanten aufgeweckt zu werden.

So verschwanden innerhalb der nächsten Tage die Zelte eines nach dem anderen, und die leichten, für Touristen gebauten Holzhäuschen leerten sich ebenfalls. Da sich der Grund für den Abzug der Gäste schnell herumsprach, kamen auch kaum noch neue, so daß die Touristenstadt sich bald leerte.

„Man sollte glauben, die Ankunft der Tiere sollte deine Zuhörer von der Wahrheit deiner Worte überzeugen", wunderte sich Naamah, „statt dessen laufen sie vor ihnen davon."

Sie und ihr Gatte hatten sich an diesem Nachmittag gemeinsam auf das Dach der Arche zurückgezogen und beobachteten von dort oben aus, wie im Touristenlager immer mehr Zelte verschwanden und die Gäste sich eifrig zur Abreise fertigmachten. Von hier oben aus hatten sie einen weiten Ausblick über das sich zum Schildkrötensee hin erstreckende Tal und konnten auch viele der Tiere sehen, die immer noch eintrafen. Erst am Tag zuvor waren sieben riesige weiße Wölfe angekommen, die wohl in großen Höhen des im Norden liegenden Hochgebirges daheim waren. Ihr Geheul, das fast die ganze Nacht hindurch zu hören gewesen war, hatte die noch anwesenden Gäste so nervös gemacht, daß fast alle Übriggebliebenen es nun doch vorzogen, abzureisen. Noch eine solche Nacht, angefüllt mit dem Lärm der Tiere, wollten sie nicht erleben.

„Das liegt daran", antwortete Noah jetzt auf die Feststellung seiner Frau, „daß sie verhärtete Herzen haben. Aber ich bete trotzdem immer noch für ihre Errettung."

Naamah blickte zum Waldrand hin, wo auf einem Felsvorsprung die sieben weißen Wölfe saßen und aufmerksam die Menschen unten im Tal beobachteten. „Es sind großartige Tiere", flüsterte sie. „Jetzt verstehe ich, warum du damals so empört warst über meinen kleinen Topay, der ihnen nur in der Farbe ähnlich war."

Noah legte den Arm um sie, während auch er die riesigen Wölfe aufmerksam studierte. „In ihren Körpern ist das Leben aller künftigen Hunderassen der neuen Welt enthalten", stellte er fest.

„Willst du damit sagen, daß alle Hunde später einmal so groß sein werden?" fragte sie.

„Gewiß nicht", antwortete Noah. „Ich bin überzeugt davon, es wird unendlich viele Arten geben. Aber in denen da, die Jahwe zur Arche geschickt hat, steckt das Potential für alle neuen Hunderassen genauso wie es mit ihren Ahnen war, die in Eden wohnten."

Die Tiere schienen irgendwie bemerkt zu haben, daß sie Aufmerksamkeit erregten, und blickten zum Schiff herüber, wo der Mann und die Frau saßen. Ihre weißen Pelze leuchteten hell in der Sonne. Noah meinte: „Ich habe gehört, daß in den höchsten Gebieten unseres Planeten der Dunstschleier manchmal kondensiert und sich in den Morgenstunden als gefrorener Tau auf die Erde legt, so daß dann alles weiß ist. Von einer solchen Gegend müssen diese Wölfe wohl kommen."

„Warum nimmst du das an?" wollte Naamah wissen.

„Ehe unsere Stammeltern das erstemal sündigten, herrschte unter Menschen und Tieren völliger Friede, deshalb war es damals für die Tiere auch noch nicht nötig, ein Kleid zu haben, das sie vor Sicht tarnte", erklärte er seine Meinung. „Doch nachdem Eden für alle Lebewesen auf Erden verschlossen wurde, machte Jahwe alle Dinge sehr praktisch für die nun vorhandenen Lebensbedingungen. Die weißen Pelze der Wölfe sind nicht einfach nur schön, sondern sollten hauptsächlich dazu dienen, sie in dieser weißen Umgebung, wo der Tau gefroren war, vor Sicht zu schützen und gleichzeitig auch vor Kälte."

Naamah schauderte ein wenig und schmiegte sich noch enger an ihren Mann. „Ich möchte nicht in einer kalten Welt wohnen, wo Tau gefriert und noch lange nach Sonnenaufgang liegen bleibt", meinte sie.

Der Prediger lächelte und strich ihr leicht über das Haar. Im stillen fragte er sich, welche Veränderungen die kommende Flutkatastrophe wohl über die Erde bringen würde. Doch er behielt seine Gedanken für sich.

7. Kapitel

Das Heulen der Wölfe wurde jede Nacht lauter, so daß auch die anderen Tiere davon erregt wurden und in das nächtliche Konzert einstimmten. Das ging so lange weiter, bis das Touristenlager völlig leer war und sich kein einziger Gast mehr im Tal befand. Die Unruhe der Tiere wurde dadurch hervorgerufen, daß der Mond sich der Erde auf eine seltsame Weise immer mehr näherte und deshalb Nacht für Nacht größer zu werden schien.

Im Laufe des Nachmittags eines dieser Tage traf auch Moricahn von seinem einsamen Bergbauernhof bei ihnen ein. Jaseth freute sich darüber besonders, denn Moricahn raffte sich zu solchen Besuchen nur auf, wenn er etwas Wichtiges zu besprechen hatte. Der jüngere Sohn Lamechs hoffte nun, sein Onkel habe besondere Erkenntnisse über die Zeichen am Himmel und in der Erde, durch welche die Tiere so über die Maßen erregt wurden.

Nach herzlicher Begrüßung und nachdem Moricahn sich von der anstrengenden Reise erfrischt und gestärkt hatte, versammelte sich die Familie im großen Wohnzimmer von Lamechs Haus. Moricahn begann das Gespräch, indem er sich an den neuen Hausherrn wandte und fragte: „In den letzten Nächten schien der

Mond ungewöhnlich groß zu sein, hast du das auch bemerkt, Noah?"

Der Prediger, der in seinem Herzen betete, die Ankunft seines Onkels möge bedeuten, daß er ernsthaft über Noahs Prophezeiungen nachdachte, nickte zustimmend. „Ja. Man sieht daran, daß die ganze Schöpfung stöhnt und selbst der Himmel sich bereit macht für Gottes großes Gericht."

„Bruder", lachte Jaseth, „mußt du alles mit deinen phantastischen Träumen in Zusammenhang bringen? Moricahn hat sich sein ganzes Leben mit solchen Dingen beschäftigt und weiß darüber sicher viel mehr als wir."

„Also gut", lenkte Noah ein. „Du studierst die Sterne schon seit vielen Jahren, Moricahn. Wenn du eine andere Theorie hast, dann berichte uns davon. Warum bebt die Erde und warum verändern sich die Himmelskörper in so seltsamer Weise?"

Der Onkel lehnte sich bequem zurück und legte seine Meinung dar: „Ich bin keinesfalls überrascht, Noah, daß du in all dem die Hand Jahwes siehst. Ich allerdings glaube, daß es Anzeichen dafür sind, wie der gegenwärtige Krieg ausgehen wird."

„Der Krieg zwischen Poseidon und der Artemis?" staunte Jaseth.

„So ist es", fuhr Moricahn fort. „Der Mond ist das Symbol der Jägerin, deshalb sage ich voraus, daß sein Größerwerden die wachsende Stärke von Artemis anzeigt. Die Himmelskörper sagen uns, daß sie den Seegott besiegen wird und ihre Herrschaft bis an die Küsten Adalandias ausbreitet."

Noah lehnte sich zurück und lachte laut und herzhaft. „Deine Logik erscheint mir etwas seltsam", wandte er ein. „Wir wissen doch alle, daß gerade bei zunehmendem Mond das Meer besonders kräftig bewegt ist und die Flut ansteigt. Wie kann ein solches Zeichen dann ausgerechnet den Untergang des Seegottes ankündigen?“

Moricahn schwieg verdutzt bei Noahs logischer Folgerung. Jaseth wartete gespannt auf die Antwort des Onkels, doch der hatte keine.

„Natürlich werden all jene, die unsere irdischen Götter mit den Himmelskörpern in Verbindung bringen, die Dinge ungefähr so verstehen müssen“, fuhr Noah fort. „Doch ich versichere euch, eine solche Auslegung ist völlig falsch. Der Mond ist genauso in der Hand Jahwes wie die Sonne und unsere Erde. Poseidon regiert das Meer nicht, und auch Luzifer hat keine Macht über die Sonne. Auf diesem Gebiet, lieber Onkel, hast du unsere sethitische Tradition leider immer verachtet.“

Jaseth wunderte sich über die harte Offenheit seines Bruders und rief: „Wie kannst du es wagen, zu unserem Verwandten in solcher Weise zu reden?“

„Es ist jetzt die Zeit gekommen, daß wir Verwandtschaft und Bruderschaft nach anderen Maßstäben messen als bisher“, erwiderte Noah fest. Er studierte den beleidigten Gesichtsausdruck seines Onkels und fuhr fort: „Obwohl ich immer gehofft habe, Moricahn würde sich noch eines Besseren besinnen, muß ich jetzt sagen: Du bist, geistlich gesehen, nicht enger mit Lamech verwandt als irgendein Diener des Satans.“

Diese harten Worte versetzten allen einen Schock. Es wurde sehr still im Raum. Eine geraume Zeit verging, ehe Moricahn sich räusperte und in der ihm eigenen sanften Art fragte: „Also gut, Neffe, wie verstehst du denn die Zeichen des Himmels? Dann erkläre uns deine Ansicht.“

Noah erhob sich, trat ans Fenster und blickte nachdenklich hinaus. Dann begann er: „Der Mond wird eine der Ursachen sein, durch die es für unsere Erde zu der großen Gerichtskatastrophe kommt, die Jahwe prophezeit hat. Er ist uns in der letzten Zeit viel näher gekommen als früher. Dadurch wird sich die Balance zwischen ihm und der Erde verschieben und die Umlaufbahn unseres Planeten wird sich ändern. Und wenn dies erst geschieht, beginnt das große Unheil."

Moricahn wandte sich jetzt Noahs Söhnen zu, die gemeinsam in einer Ecke des Raumes saßen und bisher schweigend zugehört hatten. „Jungs", fragte er, „wie denkt ihr über all das? Sind die Dämonen nicht die Beherrscher unserer Erde, und werden sie nicht von der Sonne gelenkt?"

Sem blickte seinen Onkel lange an. Seine Augen hatten große Ähnlichkeit mit denen von Noah und Lamech — sie waren dunkel und durchdringend. Doch jetzt lagen auch noch viel Liebe und Mitleid in dem Blick. „Onkel Moricahn", sagte er fast flehend, „du bist ein feiner Mann und wir schätzen dich alle sehr. Doch deine Torheit ist sehr groß. Wende dich ab von deiner Auflehnung gegen Jahwes Tradition und Gebote, die du unter angeblichen intellektuellen Argumenten verbirgst, und wende dich von ganzem Herzen zu Gott, denn die Zeit ist sehr kurz geworden."

8. Kapitel

An diesem Morgen waren nur wenige gekommen, um Noahs letzter Predigt zuzuhören. Auch der Prophet selbst war nicht mehr mit voller Aufmerksamkeit und ganzem Herzen dabei, weil er so bekümmert war. Er mußte immer noch daran denken, wie Moricahn und Jaseth am gestrigen Tag über seine und Sems Warnungen gelacht hatten und anschließend Arm in Arm aus dem Hause gegangen waren, dabei eifrig miteinander tuschelnd und immer wieder lachend.

Seine Predigt war sehr kurz und bestand nur aus Wiederholungen von Dingen, die er schon oft gesagt hatte. Es waren keinerlei neue Gedanken mehr dabei. Und obwohl die wenigen Einwohner Lamechstadts, die zuhörten, auch heute freiwillig gekommen waren, fielen die Worte Noahs auch diesmal auf taube Ohren und harte Herzen.

Als die Versammelten sich zerstreuten und zu ihrer Arbeit im Sägewerk oder zu ihrem Haushalt zurückkehrten, ging Noah mit traurigem Herzen zur Arche. Wie schon so oft, öffnete er das schwere Tor und blickte in das Schiff hinein. Alles darin war ihm schon so bekannt, sogar der vertraute Geruch des Holzes und des frischen Innenanstrichs mit wasserfestem Material.

Noah zündete eine Laterne an und ging langsam durch den langen Mittelgang. Überall waren Vorräte aufgestapelt. Säcke mit Getreide und Früchten und andere Dinge. Weiter hinten kamen Berge von Futter für die Tiere. Große Wasserbehälter waren vorhanden und auch Fleisch genug, für all jene Tiere, die sich davon ernährten. Beim Einbringen des Fleisches hatte besonders Ham mit seinem Geschick als Jäger eine große Arbeit geleistet.

All diese Vorbereitungen hatten viele Überlegungen und Kalkulationen erfordert. Als dann aber alle Räume und Ecken voll waren, wußte Noah, nun war wieder einer von Jahwes Befehlen ausgeführt worden. Manchmal hatte er sich gefragt, ob die Vorräte reichen würden. Doch sein Vertrauen zu den Worten Gottes hatte ihm immer wieder gesagt: Da Jahwe selbst die Pläne für das Schiff gemacht hat, hat Er auch gewußt, wieviel Raum es für Vorräte braucht.

Alle Abfälle würden ganz tief unten abgelagert werden, in dem Teil des Schiffes, der tief im Wasser liegen würde. Die Wohnräume für die Familie lagen in der Mitte des oberen Decks. Noah dachte an Naamahs Furcht vor der Kälte und war froh, daß die menschlichen Passagiere Wärme von den unter ihnen im Zwischendeck und auch auf dem oberen Deck um sie herum wohnenden Tieren erhalten würden.

Er begann nun, sich mit der Tatsache abzufinden, die er bis jetzt immer von sich gewiesen hatte: Es würde nur acht menschliche Passagiere in der Arche geben. Jahwes Worte waren auch in diesem Punkt wörtlich genau gewesen. Die Nahrungsmittel, die er für sich und seine Mitfahrer zusammengetragen hatte, würden ungefähr solange reichen wie das Futter für die Tiere. Er hatte überschlagen, daß im günstigsten Fall für ein Jahr Vorräte für die Tiere vorhanden waren. Da Gott die Räumlichkeiten dafür bestimmt hatte, konnte man also ungefähr mit dieser Zeit rechnen. Danach hatte er sich gerichtet beim Einlagern der Vorräte für die Menschen.

Langsam ging er zur Tür zurück. Es wurde ihm wieder schwer ums Herz, als er daran dachte, wie bald er von vielen Menschen, die er liebte und schätzte, gewaltsam getrennt werden würde. Tränen wollten ihm in die Augen treten, als er den Eingang erreichte und auf die kleine Stadt hinabschaute. Waren alle Worte, die er zu seinen Mitbürgern durch viele Jahrzehnte geredet hatte, vergeblich gewesen?

In diesem Augenblick begann Gott das erste Mal seit jenem Tag im Wald, als Er ihm die Pläne für die Arche gegeben hatte, wieder äußerlich hörbar mit Noah zu reden. Er spürte plötzlich, daß er nicht mehr allein war, sondern daß diese seltsame unerklärbare Gegenwart Gottes ihn einhüllte. Der Herr selbst blieb unsichtbar wie damals, als Er am Delphinfelsen zu ihm gesprochen hatte. Doch das starke Bewußtsein Seiner Gegenwart war genauso vorhanden. Laut und deutlich vernahm er Gottes Stimme neben sich: *„Geh in die Arche, du und dein ganzes Haus, denn Ich habe gesehen, daß du unter deinen Zeitgenossen vor Mir gerecht bist."*

Der Sethiter zitterte und schaute sich nach allen Seiten um, doch er konnte niemand sehen. Dann blickte er zum Tal hinüber, wo sich die von Gott ausgewählten Tiere von ganz Adalandia versammelt hatten — eine riesige Schar von kleinen und großen, glatthäutigen, pelzigen, gefiederten und anderen Tieren. Sie alle schienen auf irgendeine Anweisung zu warten.

„Von allen reinen Tieren nimm dir je sieben Paare mit, und von allen unreinen Tieren je ein Paar; auch von den Vögeln des Himmels je sieben Männchen und Weibchen, um Nachwuchs auf der ganzen Erde am Leben zu erhalten", fuhr Gott mit seinen Instruktionen fort.

Die Luft war voller Spannung, und Noah war es, als

spüre er die Trauer des Herzens Gottes in den weiteren Worten, die der Herr nun noch hinzufügte: *„Denn noch sieben Tage dauert es, dann lasse Ich es vierzig Tage und vierzig Nächte auf die Erde regnen und tilge vom Erdboden alle Wesen, die Ich gemacht habe."*

9. Kapitel

Noch sieben Tage? Die Chance zur Rettung der Menschen würde in sieben Tagen zu Ende sein!

Noah stand in der Tür des Schiffes und beobachtete, wie Japhet, Naamah, Carise und Eltebeta den Strom der Tiere in Gruppen — jeweils sieben Paare oder ein Paar — zum Aufgang der Arche führten oder trieben. Ein unablässiger Strom zog an ihm vorüber; und für jedes der Tiere hatte er ein freundliches Wort, einen leichten Klaps oder eine streichelnde Bewegung übrig. Sein Herz klopfte im Takt mit dem lauten oder leiseren Dröhnen der vielen Füße auf dem dicken Laufsteg.

Aus dem Inneren des Schiffes hörte er die Rufe Sems und Hams, die alle Tiere in ihre vorgesehenen Ställe führten oder schoben, wobei sie den Kreaturen freundlich zuredeten oder, wenn einmal eines sich dickköpfig anstellte, auch schimpften. Doch von wenigen Widerspenstigkeiten und Protestschreien abgesehen waren alle Tiere erstaunlich willig.

Eigentlich war ja ein Wunder nach dem anderen geschehen, überlegte Noah, von den Plänen an, die Gott ihm selbst aufgezeichnet hatte, bis zum Einzug der Tiere, der nun stattfand. Wer würde in tausend oder zehntausend Jahren diese ganze erstaunliche Geschichte wohl noch glauben? Wer würde glauben, daß alle Lebewesen auf einem Planeten, und dessen Oberfläche noch dazu, von Wasser zerstört werden konnten, oder daß viele wilde Tiere sich ganz selbstverständlich dem Willen eines Mannes und seiner Familie unterordnen würden?

Über ihm hatte auf einem durch den Türrahmen entstandenen kleinen Vorsprung die weiße Taube Platz genommen, die er schon bei der Hochzeitsfeier seines jüngsten Sohnes bemerkt hatte. Sie gurrte ein wenig ängstlich. Noah blickte zu ihr hinauf und fragte: „Was hast du?" Sie hob den Kopf und blickte zu dem weißen Dunstschleier, der die Erde umgab und in dem sich hier und da sehr undeutlich dunklere Flecken zeigten, die es bisher noch nie gegeben hatte.

„Ja, ich sehe es auch", nickte Noah, „die Zeichen mehren sich." Er blickte zu den dunklen Flecken hinauf, die sich in den nächsten Tagen immer mehr zusammenballen würden. Noch konnte er nicht verstehen, was da geschah, aber später würden die Menschen die Gebilde, die sich hier sehr langsam zum ersten Mal in der Atmosphäre formten, „Wolken" nennen.

Sie brauchten volle fünf Tage, um alle Tiere in die Arche und in die für sie vorgesehenen Käfige zu bringen. Am sechsten Tag standen Noah und Japhet bei Einbruch der Dämmerung oben auf der Arche und blickten zum Mond hinauf, der während der Tage, in denen sie mit den Tieren beschäftigt gewesen waren, noch größer geworden war. „Ich wünschte, wir hätten Onkel Moricahns Teleskop", meinte Japhet, „nur zu gern würde ich mir diese seltsamen Lichterscheinungen, die vom Mond ausgehen, noch näher ansehen."

„Ich denke, es sind kleine Staubwolken, die von der Oberfläche des Mondes losgerissen werden", vermutete Noah. „Der näherkommende Mond gerät natürlich jetzt stärker unter den Einfluß der irdischen Schwer-

10. Kapitel

In Noahs sechshundertstem Lebensjahr, am siebzehnten Tag des zweiten Monats — sieben Tage nachdem Gott Noah befohlen hatte, mit seiner Familie in die Arche zu gehen —, brachen alle Quellen der gewaltigen Urflut auf, und die Schleusen des Himmels öffneten sich.

Es wäre kaum möglich zu sagen, womit es begann, ob zuerst der aus kondensiertem Wasser bestehende Dunstschleier zerstört wurde, der den Planeten umgab, oder ob als erstes, verursacht durch gewaltige Erdbeben, das Meer sich hob, der Kontinent zerrissen wurde und dadurch die Quellen der Urfluten ausbrachen. Wahrscheinlich geschah alles zur gleichen Zeit. Noah und seine Familie konnten sich später nur noch an ein gewaltiges Dröhnen und an das Geschrei der Stadtbewohner erinnern, das anfing, als es zu regnen begann. Als der Regen herabströmte — der erste Regen, der je auf Erden fiel —, kamen sie zur Arche gerannt, um dort Sicherheit zu suchen.

Noah hatte in der Tür gestanden, hatte gewartet und in die unheimliche Stille hinausgelauscht, die dem Ausbruch der Elemente vorangegangen war. Am Himmel hatte sich der Dunstvorhang immer mehr zu diesen unheimlichen schwarzen Gebilden zusammengeballt. Andererseits fiel durch Löcher, die sich durch die Zusammenballung nun in dem Schleier bildeten, Sonnenlicht in starken Strahlen auf die Erde herab. Das war auch ein noch nie gesehenes Phänomen, da das Licht der Sonne durch den Dunstschleier bisher immer stark gefiltert worden war. Während sich durch die Strahlen seltsame Lichtstreifen quer über die Landschaft legten, dachte Noah: „*Jetzt muß es beginnen. Heute wird das Ende kommen, und ich fürchte, es dauert nur noch wenige Minuten.*"

Ein heftiger, ebenfalls noch nie dagewesener Wind fegte durch das Tal. Er wurde hervorgerufen, als die Hitze des bisher auf Erden herrschenden Treibhausklimas mit der Kälte zusammenstieß, die durch den zerreißenden Dunstschleier eindrang. Der Wind zerrte an Noahs Kleidung und an seinen Haaren. Es war, als habe er die Kraft der Stimme Gottes, als er jetzt mit aller Macht hinausschrie: „Tut Buße! Das Ende ist gekommen! Tut Buße und laßt euch retten!"

Die Leute von Lamechstadt strömten aus dem Sägewerk und aus ihren Häusern, als sie den Lärm hörten. Noch nie hatten sie einen solchen Wind erlebt, noch nie hatten sie den Himmel schwarz, und da, wo die Sonne hindurchschien, goldschimmernd gesehen — immer nur weiß mit einem blauen Schimmer. Staunend betrachteten sie alles und zeigten, immer noch lachend, auf den schreienden Noah — bis der Regen begann.

Als der Regen kam, packte sie der Schrecken. Alle anderen Zeichen hatten sie bisher immer noch mit Vernunftgründen zu erklären versucht. Seit etwa 65 Jahren hatten sie vor Noahs Prophezeiungen ihre Ohren und Herzen verschlossen und sich mit ihrer Tradition Mut gemacht, so wie die Leute aus den Städten sich gegenseitig mit anderen törichten Argumenten getröstet hatten.

Die meisten waren nähergekommen und standen in Gruppen nicht weit von der Arche entfernt, als es zu regnen begann. Die Männer redeten eifrig miteinander, und die meisten Frauen und Kinder weinten. Plötzlich brach es über sie herein, als wären Schleusen geöffnet worden. Ein fernes Dröhnen wurde hörbar, als würde sich eine gewaltige Lawine nähern. Die Menschen begannen zu schreien. Wie auf ein geheimes Kommando rannten sie alle zur Arche. Auch Seltan und Jaseth befanden sich unter ihnen. Da sie stark und schnell waren, waren sie unter den ersten, die den Laufsteg zur Tür der Arche erreichten.

Noah hatte aufgehört, die Leute zur Buße zu rufen, als er ihre spöttisch erhobenen Finger gesehen hatte. Doch als er sie nun gerannt kommen sah, als er Seltans Entschlossenheit erkannte und Jaseths Schreie hörte, ja sogar seinen Onkel Moricahn wenige Schritte hinter den beiden laufen sah, faßte er nochmals Hoffnung. *„Sie sollen gerettet werden"*, sagte er zu sich. Er machte sich bereit, jedem durch die Tür zu helfen, der das rettende Ziel noch erreichen würde.

Der Laufsteg war voller hastender und flüchtender Menschen. Seltan war der vorderste, doch die anderen drängten nach. Blitze zuckten vom Himmel, Donner dröhnten, der Wind wurde zum Sturm — und es wurde immer dunkler. Noah zitterte heftig und streckte seine Hand nach den ersten Herandrängenden aus, mit der anderen Hand hielt er sich am Eingang fest, um nicht vom Sturm hinweggerissen zu werden.

Doch da — ein Schütteln und Knirschen, die Rampe fiel in sich zusammen. Das zähe Goferholz, das unter dem Gewicht der Elefanten gehalten hatte, zerbrach in viele Stücke, fiel nach unten und riß alle, die sich auf dem Laufsteg befanden, mit hinab.

„Mein Gott!" flehte Noah.

Doch die Verzweifelten gaben nicht auf. Sie krallten

sich mit Händen und Füßen an schmalen Vorsprüngen des Schiffes fest und versuchten zur Tür hinaufzuklettern. Jaseth, der sich auf die Rücken einiger anderer geschwungen hatte, konnte schon fast den Eingang erreichen. Noah beugte sich weit nach unten und streckte seinem Bruder die Hand entgegen, um ihn heraufzuziehen. Doch in diesem Augenblick wurde er von einem gewaltigen Sturmstoß gepackt und ein Stück in das Schiff zurückgeworfen. Erstarrt lag er einige Augenblicke auf dem Holzboden. Doch die Schreie der Elenden draußen rissen ihn in die Wirklichkeit zurück. Er sprang auf und blickte zur Tür — doch die war verschlossen. Gott selbst hatte sie verriegelt und zugeschlossen.

Er rannte zur Tür und warf sich mit aller Wucht dagegen, doch sie rührte sich nicht. Er trommelte mit den Fäusten darauf und riß so sehr er konnte an den mächtigen Riegeln, doch er konnte sie nicht einen Millimeter bewegen. Von draußen hörte er das Rollen der Donner, das Heulen des Sturmes und die Schreie derer, die ihr Leben retten wollten. „Gott!", weinte er und riß sich verzweifelt Haare aus dem Kopf.

Seine Söhne hatten alles mit angesehen. Jetzt traten sie zu ihm und umringten ihn. Sem legte ihm die Hand auf die Schulter. Doch Noah fuhr mit einem ärgerlichen Schrei zurück. „Komm, Vater", sagte Ham entschlossen und schob seine Hand unter Noahs Arm. Japhet tat auf der anderen Seite genauso. Sem stand hinter ihm und schob ihn sanft in den Gang hinein.

So führten die drei Männer ihren Vater zurück in den Wohnbereich der Arche, wo die acht Passagiere Jahwes, die einzigen menschlichen Überlebenden Adalandias, warten mußten, bis der durch den Zorn Gottes hereingebrochene Weltuntergang zu Ende war.

11. Kapitel

Seit Monaten hatte Poseidon die Veränderungen im Meer und am Himmel beobachtet. Durch seine komplizierten Instrumente und die Erklärungen seiner Wissenschaftler war ihm nichts von allem entgangen.

Man konnte nicht sagen, daß er oder ein anderer der gefallenen Engel von Luzifer *betrogen* worden wäre. Einst, im Dunkel der Vergangenheit, als noch keine Menschen auf der Erde lebten, waren sie ihm bereitwillig gefolgt, als er gegen Gott rebellierte. Sie hatten einfach geglaubt, Luzifer könnte den Thron des Himmels einnehmen, und dadurch würde auch ihrem stolzen Verlangen nach mehr Macht geholfen. Aus diesem Grund hatten sie ihn unterstützt. Und auch dann noch, als sie mit ihrem Anführer aus dem Himmel vertrieben worden waren, hatten sie durch die Äonen hindurch weiter gegen Gott gekämpft, weil sie nicht von der krankhaften Überzeugung lassen wollten, sie könnten am Ende doch noch siegen.

Die Menschheit war unwissend das Opfer dieses irrsinnigen Kampfes der gefallenen Engel gegen Gott geworden. Man muß hier allerdings sagen, daß sie zwar unwissend Opfer wurden, aber nicht unschuldig. Schon am Anfang ihrer Geschichte war das Stammelternpaar der Menschheit in diese Auseinandersetzung zwischen Gott und Luzifer mit hineingezogen worden. Sie wußten zwar nicht, welche Rolle Gott ihnen in diesem universellen Drama zugedacht hatte, aber sie wußten, daß sie Gott vertrauen und gehorchen sollten. Aber das hatten sie nicht getan, sondern hatten sich wider besseres Wissen in Eden von Luzifer, der Schlange, betrügen lassen.

Wenn die Frage aufgeworfen wird, *warum* Gott zuließ, daß die Menschen in diese Auseinandersetzung mit hineingezogen wurden und ihr am Ende zum Opfer fielen, so finden wir darauf in der Geschichte Edens die Antwort. Es scheint so, als wäre von allen Planeten des Universums nur auf der Erde ein solches Drama von Versuchung, Sündenfall und Erlösung möglich gewesen, denn die Erde war der einzige Planet, dessen von Gott eingesetzter Engelsfürst gegen Ihn rebellierte, um Ihm die Herrschaft zu entreißen. Deshalb wurde es nötig, daß die Menschheit die freie Wahl bekam, im Glauben und Vertrauen Gott zu gehorchen und Seinen Willen zu tun, oder sich im Unglauben von Ihm abzuwenden und damit unter die Oberherrschaft Luzifers zu treten.

Poseidon und die anderen gefallenen Engel kannten die ganze Geschichte und auch ihre Hintergründe. Aber in ihrem Stolz hielten sie weiter an ihrem einmal erwählten Führer, dem Satan, fest. Doch nun, als der Zorn Gottes die Erde mit der Flutkatastrophe überzog, zeigte sich, welches endgültige Schicksal auch sie einmal erwarten würde.

Der Seegott stand im Thronsaal seines Tempels, wo vor vielen Jahrzehnten der schlichte Prediger aus den Bergen mit seinen verrückten Prophezeiungen seinen Zorn erregt hatte. Doch der Dämon wußte jetzt, daß jene Prophezeiungen damals die Wahrheit gewesen waren. Er war allein, denn seine Anhänger und Diener —

Nephilim und Menschen – hatten sich in den unterirdischen Grotten seines Aquariums verkrochen, in der Hoffnung, dort Sicherheit zu finden.

Poseidon trat ins Freie und blickte zum Himmel hinauf. Als er sah, wie der die Erde umgebende Dunstschleier zerriß und die ersten Strahlen der Sonne hell auf die Erde fielen, erkannte er, daß es nirgends mehr eine Zuflucht und Rettung für die Erdbewohner gab.

Er blickte zum Ufer hin, wo der Strand auseinanderbrach. Überall aus dem Meer stiegen Dampffontänen auf, weil glühende Lava aus den sich bildenden Rissen in das Meer strömte. Als der Himmel sich zu öffnen schien und die Fluten herabstürzten, begann auch der mächtige Dämon zu zittern. Er wußte, daß seine sichtbare Herrschaft über dieses Fürstentum der Erde, die nun schon so lange gedauert hatte, jetzt zu Ende ging. Ihm war, als könne er die Schreie all derer hören, die schon in das Totenreich gegangen waren und durch den Betrug Luzifers und seiner Dämonen dort einer hoffnungslosen Zukunft entgegensahen, nämlich dem „ewigen Feuer, das für den Teufel und seine Engel" bestimmt ist.

Dem Dämon war, als höre er diese Unseligen rufen: „Ihr, die ihr euer erstes von Gott gegebenes Fürstentum verlassen habt und die große Gotteslästerung begingt, euch gegen euren ewigen Gott aufzulehnen, werdet gerichtet, denn für euch sind die ewigen Ketten der Finsternis bestimmt. Wir warten auch auf dich, Poseidon, du betrügerischer gefallener Engel, der du im Namen deines Herrn Luzifer schon so viele Menschen betrogen und verführt hast."

Poseidon spürte, wie jetzt die Mauern seines Tempels zu wanken begannen. In seiner Verzweiflung schrie er: „Luzifer, hilf mir!" Doch statt einer Antwort war ihm, als würde er wieder das Schreien der Verführten und Verlorenen hören: „Wie bist du vom Himmel gefallen, o Luzifer, du herrlicher Morgenstern, und wie wird dein Reich zerstört werden. Du wirst in die Grube geworfen, der du die Völker der Erde verführt hast."

Das Meer kochte und brach mit seinen aufgewühlten Fluten nun über den Tempel herein. Die Stimmen aus der Tiefe mischten sich immer mehr mit dem Heulen des Sturmes und dem Toben der Elemente. „Tartarus", riefen sie. „Der Tartarus ist vorbereitet! Der Hades, Aufenthalt der Verlorenen, öffnet sich. Tartarus, empfange deine Beute!"

Als der Boden unter ihm nachgab, verlor der mächtige Dämon seinen Halt. Sein großartiger Körper, mit dem er die Menschen so geblendet hatte, daß sie ihn als Gott verehrten, wurde durch die Hitze der ausbrechenden Lava mit zerstört. Er wußte, daß er und die anderen Dämonen nun ihr verderbliches Verführungswerk wieder ohne diesen Körper tun mußten, bis einmal am Ende des Äons Gott sie alle vor seinen endgültigen Richterstuhl fordern würde.

12. Kapitel

Durch das Näherrücken des Mondes an die Erde verlagerte sich auch der Schwerpunkt der gegenseitigen Anziehungskräfte. Das wiederum löste auf dem Festland und im Meer eine ganze Reihe geologischer, vulkanischer und tektonischer Reaktionen aus, die zu einer solchen Katastrophe auswuchsen, daß die ganze gewaltige Landmasse der Erde, die zu jener Zeit aus einem einzigen riesigen Kontinent bestand, buchstäblich in Stücke gerissen wurde. Dadurch wurden auch die riesigen Wasservorräte im Erdinneren frei und schossen unter gewaltigem Druck wie Fontänen an die Oberfläche, wo sie sich gemeinsam mit dem vom Himmel herabströmenden Wasser über die Erde verteilten. Die Fluten fielen also nicht nur aus dem zusammengebrochenen Dunstbaldachin vom Himmel herunter, sondern kamen auch aus der Tiefe der Erde.

Da, wo es im Meer zu gewaltigen vulkanischen Ausbrüchen kam, entstanden neue Gebirge, während andererseits durch Erdbeben Gebirge eingeebnet wurden. Ströme glühendheißer Lava flossen überall wie Bäche über den Erdboden. Dort, wo sie mit den Wasserfluten zusammenstießen, stiegen Wasserdampffontänen Hunderte von Metern in die Luft. Gewaltige Flutwellen rasten über die Erdoberfläche dahin, und ganze Stücke des zerbrochenen Kontinents versanken im Meer.

Das Leben klammerte sich an jede Rettungsmöglichkeit, die sich scheinbar anbot. Insekten krochen in die schmalsten Spalten und Ritzen, Vögel flogen auf die Spitzen der höchsten Bäume und Bauwerke, und die vierfüßigen Tiere suchten ihre Höhlen auf oder eilten immer höher die Berge hinauf. Auch die Menschen taten alles, um den Fluten zu entgehen, doch weder für sie noch für die Tiere gab es Überlebensmöglichkeiten, da der gesamte Erdboden vom Wasser überschwemmt wurde.

Die Insassen der Arche — Menschen und Tiere — wurden von dem auf dem Wasser schwimmenden Schiff über die wütenden Wellen getragen und hatten in den ersten schlimmsten Tagen das Empfinden, in einer riesigen Luftschaukel zu sitzen. Einmal ging es mit ihrem treibenden Schiff abwärts in ein Wellental, und dann ebensoschnell wieder aufwärts. Die Menschen lagen auf dem Fußboden und klammerten sich an irgendwelche feste Gegenstände, um nicht im Raum hin und her geschleudert zu werden. Den Tieren ging es nicht viel besser. Es war ein Glück für sie, daß alle Käfige nur den allernötigsten Raum boten und dazu noch gut mit Stroh ausgestattet waren, so daß sie nicht zu sehr herumgeworfen werden konnten.

Die ersten sechs Tage waren die schlimmsten. Die meiste Zeit konnte man kaum unterscheiden, was nun die Schreie und das Geheul der angsterfüllten Tiere waren und welche lauten Geräusche vom Wüten der Elemente außerhalb der Arche kamen. Noah wäre gern durch das Schiff gegangen, um nach den Tieren zu sehen, doch es war einfach unmöglich.

Nach sechs Tagen schien das Wasser langsam einen gleichmäßigen Stand zu erreichen. Zwar fiel das Wasser immer noch in Strömen vom Himmel, was man vom Dach der Arche her deutlich hören konnte. Auch die Erdbeben hatten noch nicht aufgehört, was an dem ab und zu immer noch zu hörenden Dröhnen zu erkennen war. Doch die Wellen schienen nach und nach niedriger zu werden und auch gleichmäßiger zu rollen.

Sobald das Schiff nicht mehr so schlimm schlingerte, machte Noah sich auf und ging von Käfig zu Käfig. Die Tiere waren mittlerweile auch schon wieder überraschend ruhig geworden. An jedem Käfig sprach er einige freundliche Worte, hier und da öffnete er die Tür oder eine Klappe und streichelte das eine oder andere Tier. Einigen, die leise wimmernd in ihrem Käfig saßen oder lagen, warf er schnell schon einmal eine Handvoll Futter hinein, da ja in den vergangenen sechs Tagen keines der Tiere Nahrung oder Wasser erhalten hatte. *„Es wird Zeit"*, dachte er, *„daß wir uns eingehender um die Bedürfnisse unserer Pflegebefohlenen kümmern."* Dabei mußte er wieder an all die anderen Lebewesen denken, die nun wohl alle schon von der Katastrophe dahingerafft waren.

Als er sich langsam wieder auf den Rückweg zu den Wohnräumen seiner Familie machte, kam ihm zum erstenmal so recht zu Bewußtsein, wie weise Jahwe angeordnet hatte, das einzige Fenster ganz oben einzubauen und fest zu verschließen. *„Wie mag es jetzt draußen aussehen?"* fragte er sich. *„Müßten wir, wenn wir hinausschauen, überall tote Menschen und Tiere herumschwimmen oder liegen sehen? Und könnten wir diesen Anblick ertragen?"* Er war dankbar, daß sie Zerstörung und Chaos, die draußen sicherlich herrschten, nicht anschauen mußten und daß es ihnen nicht möglich gewesen war zu sehen, wie der Tod Triumphe feierte.

13. Kapitel

Der Regen hielt 40 Tage und 40 Nächte an. Auch nachdem er zu Ende ging, stieg das Wasser noch weiter, so daß die Arche auf der Flut immer höher gehoben wurde. Offensichtlich sank das Land tiefer, weil die riesigen unterirdischen Hohlräume zusammenbrachen, die bisher mit dem Wasser gefüllt waren, das nun die Oberfläche des Planeten überflutete.

Die Passagiere in der Arche konnten nicht sehen, daß selbst die höchsten Berge schon unter Wasser lagen. Aber sie wußten, daß Jahwes Zorn nicht gestillt war, bis dies geschehen sein würde. Sie waren auch nicht in der Lage zu beobachten, wie das Wasser so hoch stieg, daß die höchsten Gipfel noch fünf Meter unter Wasser lagen. Doch mit ihrem Zeitinstrument, einer Errungenschaft der Technik der Überherren, die auch Noah sich zunutze gemacht hatte, konnten sie erkennen, daß die Wassermassen 150 Tage lang anstiegen, ehe sie den Höhepunkt erreicht hatten und langsam wieder zu fallen begannen.

Naamah saß am Herd und bereitete das Essen für die Familie vor. Das Feuer wurde nach Möglichkeit immer brennend erhalten, nur in den ersten, besonders stürmischen Tagen war das nicht möglich gewesen. Die drei Brüder hatten sich beim Aufbau und der Auswahl des Herdes besondere Mühe gegeben, um zu verhindern, daß von da einmal Feuer auf das Schiff übergriff.

Schweigend betrachtete Naamah ihren Gatten, der auf seinem niedrigen Bett lag und schlief. *„Ich frage mich“*, dachte sie, *„ob draußen jetzt Tag ist oder Nacht? Wie mag es überhaupt aussehen? Scheint die Sonne noch oder ist sie bei der Katastrophe auch mit vom Himmel gefallen?“* Wenigstens gab es keinen Sturm mehr. Auch die Erdbeben schienen fast ganz aufgehört zu haben. Nur noch ganz selten war einmal entferntes Rumpeln zu hören; einige Zeit danach gab es meist einige besonders hohe Wellen, die im Schiff deutlich spürbar wurden. Sonst war in den letzten Wochen eine gleichförmige und durch ihre Dauer und Ungewißheit auf die Nerven gehende Ruhe eingekehrt.

Der durch Noah eingeteilte regelmäßige Tagesablauf mit den Arbeiten für die Tiere und den regelmäßigen Untersuchungen des Schiffes, ob alles im guten Zustand war, half allen, nicht in Stumpfsinn zu verfallen oder durchzudrehen. Auch der gute Geist, der innerhalb der Familie herrschte und der sich auch auf die Tiere zu übertragen schien, trug dazu bei.

Die tägliche Arbeit half auch viel mit, die Gedanken abzulenken. Da mußten die Tiere gefüttert und die Ställe gesäubert werden, immer wieder wurden auch die auf den Gängen des Mittel- und Oberdecks hängenden Lampen kontrolliert, damit nicht durch eine derselben einmal ein Feuer ausbrach. Noah achtete darauf, daß auch die Tiere in dem gleichförmigen Einerlei einen Eindruck von Tag und Nacht behielten. Deshalb wurden alle Lampen in den Gängen vor dem Frühstück angezündet und nach dem Abendessen wieder gelöscht. Trotz all dieser Aufgaben fühlte Naamah, wie manchmal Depressionen sich ihrer bemächtigen wollten. Sie bewunderte die Ruhe und innere Kraft ihres Gatten, der dort ganz friedevoll schlief und immer wieder Worte der Ermutigung und Hoffnung für alle anderen Familienmitglieder hatte.

Ihre Gedanken wanderten zu ihren Söhnen und deren Frauen, die in den Räumen rechts und links wohnten und schliefen. Die Söhne hatten mit ihren Lebensgefährtinnen offensichtlich alle eine gute Wahl getroffen, denn alle drei Schwiegertöchter hatten sich bis jetzt tapfer gehalten und waren eine große Hilfe gewesen. Besonders mußte das von Carise gesagt werden, der es mit ihrem Instinkt für das Natürliche am besten von ihnen allen gelang, mit den Tieren umzugehen. Sie hatte es sich zur Gewohnheit gemacht, mit den größeren Tieren, die in den engen Käfigen besondere Probleme hatten, reihum kleine Ausflüge den Gang entlang bis zum Ende der Arche zu machen, wo ein kleiner offener Platz für diese Zwecke vorgesehen worden war. Die Tiere schienen sich jedesmal darauf zu freuen, wenn Carise ihre Käfigtür öffnete und sie „ausführte". Willig gingen sie am Ende des kleinen Rundgangs stets wieder in ihre Behausung zurück.

Wieder wanderte der Blick Naamahs zu ihrem schlafenden Gatten zurück. Wie viele Anfechtungen und Probleme hatten sie in all den Jahrzehnten schon miteinander durchgestanden? Manchmal hatte sie ihn ermutigen können, wenn Zweifel ihn packen wollten, weil niemand seine Botschaft ernst nahm. Sie war sich auch bewußt, daß sie ihn noch genauso liebte wie zur Zeit ihrer Eheschließung. Doch in diesen letzten Wochen hatte sie manchmal gespürt, wie Verdruß in ihr aufsteigen wollte. Wie lange würde sie selbst, und wohl auch die anderen, dieses Gefängnis in der Arche noch ertragen können?

Naamah hatte während ihres ganzen Ehelebens ihren Gatten noch nie aus egoistischen Gründen aus dem Schlaf gerissen. Doch nun streckte sie zögernd einen

Finger aus und unterbrach damit seinen Schlummer. „Ich fürchte mich, mein Herr“, flüsterte sie, als er die Augen öffnete.

„Was ist denn geschehen?“ fragte er und schaute aufmerksam um sich.

„Mir ist, als müsse mir die Decke auf den Kopf fallen“, gestand sie zitternd.

Noah zog sie lächelnd an sich. „Gott ist mit uns“, versicherte er ihr.

„Wie willst du das wissen?“ bekannte sie ihre Zweifel. „Vielleicht hat Er uns vergessen. Nachdem wir unsere Aufgabe erfüllt und alles getan haben, was Er uns aufgetragen hat, braucht Er uns vielleicht nicht mehr?“

Leise schüttelte Noah den Kopf. „Wie könnten wir noch zweifeln, nachdem alles, was Jahwe gesagt hat, bisher so buchstäblich eingetroffen ist. Ja früher — vor der großen Flut und allem, was damit zusammenhängt —, aber jetzt nicht mehr.“

Naamah schwieg und kämpfte mit ihren Frustrationen. Doch Noah richtete sich plötzlich auf und lauschte. „Gib acht“, sagte er. „Hörst du es?“

Die Frau hörte nichts, tat aber wie Noah sagte und legte den Kopf etwas schräg.

„Hör‘ genau hin!“ forderte er.

Da hörte sie ein noch weit entferntes leises Sausen eines mächtigen Windes. „Der Sturm!“ schrie sie und klammerte sich an ihn. „Der Sturm kommt zurück!“

„Nicht doch — hör‘ genau hin“, mahnte er.

Es wurde stetig lauter und kam näher. Das Dröhnen schien fast harmonisch — eine Symphonie der Ermutigung und Hochstimmung schien über die Wasser zu rauschen. „Das ist die Stimme Gottes“, rief Noah. „Er hat uns nicht vergessen!“

Der Wind dauerte fünf Monate an. Die Quellen der Tiefe und die Schleusen des Himmels schlossen sich. Der Regen hörte auf. Langsam versickerte das Wasser wieder in der Erde oder verdunstete. Der Wasserspiegel sank.

Am 17. Tag des siebenten Monats hörten die Passagiere der Arche vom unteren Teil des Rumpfes her kratzende Geräusche, die darauf schließen ließen, daß der Boden des Schiffes mit Land in Berührung kam. Kurze Zeit später saß die Arche fest. Sie war auf dem Berge Ararat gelandet.

14. Kapitel

„Haben wir draußen jetzt eigentlich Tag oder Nacht?" fragte Japhet, nachdem das Geschirr beiseitegeräumt war.

„Ich glaube, es ist Tag", antwortete Noah, der den sehnsüchtigen Gesichtsausdruck seines Sohnes sah. „Wir werden bald hinaus können."

„Können wir nicht wenigstens hinausschauen?" bat Japhet. „Eigentlich sollte man doch die Bergspitzen schon sehen können."

„Jahwe hat mir noch nicht gesagt, daß es Zeit dazu ist", erklärte der Sethiter. Trotzdem verstand der Prophet die Gefühle seiner Söhne. Sem half fleißig den Frauen und verbarg somit sein Verlangen hinter äußerer Aktivität. Ham, der Noah wieder „Vater" nannte, seit es zu regnen begonnen hatte, saß mit mürrischem Gesicht in einer Ecke und beobachtete seine Frau. Es hatte sich in letzter Zeit herausgestellt, daß er sehr eifersüchtig über Carise wachte und ärgerlich wurde, wenn sie einmal mit Sem oder Japhet scherzte. Er sehnte sich danach, mit seiner Frau bald ein eigenes privateres Leben führen zu können. Er würde sich ein großes Reich aufbauen, das hatte er sich geschworen. Carise würde ihm viele Söhne und Töchter gebären, und er würde die Welt erobern. Die Tatsache, daß seine Nachkommen gemeinsam mit Semiten und Japhetiten würden Kinder zeugen müssen, machte ihm wenig aus. Das hamitische Blut würde dominieren, da war er sicher. Und sie würden die Erde beherrschen.

Doch die Gedanken der einzelnen wurden unterbrochen. „Habt ihr das Geweih der Rehböcke beachtet?" fragte Carise. „Ich glaube, sie kommen in die Brunft. Bald werden die Böcke miteinander um die Ricken kämpfen. Es ist ein Naturtrieb, gegen den wir nichts tun können."

Sie hoffte, Noah wisse eine Lösung für das Problem. Doch er konnte nur sagen: „Der Herr wird uns sagen, wenn wir die Arche verlassen können. Dann mögen die Böcke ihr Gebiet abgrenzen und ihre Ricken führen, wohin sie wollen.

Die Taube und der Rabe kämpften wieder einmal miteinander. Es geschah in letzter Zeit zu oft, und die Frauen befürchteten, der schwarze Bösewicht würde eines Tages den sanften weißen Vogel töten. Naamah wunderte sich über die beiden. Es gab, wie Jahwe bestimmt hatte, noch mehr Tauben und Raben in der Arche — je sieben Pärchen —, doch sie alle schienen nicht solche Persönlichkeiten zu haben wie diese beiden Vögel.

Ihr war aufgefallen, daß dieser Rabe versuchte, in der Arche immer den höchsten Platz zu besetzen. Saß einmal ein Vogel höher als er, begann er sofort mit ihm zu streiten. „Das schwarze Tier scheint einen seltsam unverträglichen Geist zu haben", bemerkte sie zu Noah. „Es macht mich richtig nervös."

Der Prediger gab keinen Kommentar dazu. Doch ihm war an den beiden Tieren längst klar geworden, daß die Arche zum Neuanfang der Menschheit auch die Samen des Guten und des Bösen mit sich trug, wie es, seit Eden verschlossen wurde, gewesen war. Der freie Wille des Menschen und die Entscheidung, die der einzelne jeweils traf, würde auch in Zukunft bestimmen, wie sich die Geschichte der Menschheit entwickeln würde.

15. Kapitel

Der Tag kam, an dem das Fenster geöffnet wurde.

Die beiden gefiederten Gegner weckten das Schiff an diesem Morgen mit dem Lärm ihres neuen Streits. Noah ging zu ihnen und packte den Raben, der heftig mit den Flügeln schlug und laut krächzend protestierte, im Genick. „Jetzt ist es genug, du mußt hinaus", rief er. „Aber dabei sollst du uns noch einen Dienst erweisen."

Er trug den heftig zappelnden Vogel ganz nach oben. Naamah und der Rest der Familie folgten. Ihren Gesichtern konnte man Erregung und Spannung ansehen, als Noah sich jetzt dem einzigen Fenster der Arche näherte, das bisher fest verschlossen und verriegelt geblieben war.

Irgendwie schienen auch die Tiere in ihren Käfigen zu bemerken, was geschehen sollte und taten ihre Erwartung in Schreien, Bellen, Heulen und Zwitschern kund, so daß die Arche voll ungeduldigen Lärms war.

Der Sethiter reichte Sem den Raben und bat ihn, diesen gut festzuhalten, während er mit viel Mühe die schweren Bolzen und Riegel entfernte und endlich mit einem kräftigen Stoß das Fenster öffnete. In breiten Strahlen fiel das Sonnenlicht in das Innere. Die Passagiere fuhren wegen dieses noch nie gesehenen Phänomens erstaunt zurück. Noah, dessen Augen so grelles Licht ebenfalls nicht gewöhnt waren, bedeckte sie mit der Hand. Mit der anderen Hand packte er den Raben, den Sem ihm reichte, und rief: „Hinaus mit dir! Suche trockenes Land. Und wenn du noch keines findest und deshalb wieder zurückkehren mußt, dann bleib draußen auf dem Dach sitzen. Herein darfst du nicht mehr." Damit warf er den Vogel mit weitem Schwung zum Fenster hinaus.

Der Rabe hatte ihn haßerfüllt angestarrt. Nun öffnete er, wütend krächzend, seine Schwingen und flog davon.

Vorsichtig stieg Noah die Leiter noch ein wenig weiter empor, um gut hinausschauen zu können. Schweigend schauten die anderen zu. Endlich rief Sem: „Was siehst du, Vater? Wie sieht es draußen aus?"

Noah fand kaum Worte, den Himmel zu beschreiben. „Sohn, erinnerst du dich an die Farbe der Kornblumen? Oder denk an Japhets blaue Augen!"

„Natürlich erinnere ich mich", lachte Sem.

„So ist der Himmel. Er ist nicht länger weißlich mit einem ganz leichten blauen Schimmer dahinter, sondern tiefblau wie ... ja wie ein Lapislazuli."

Im Murmeln der anderen war deutlich ihre Verwunderung zu hören. Naamah rief: „Und das Meer? Wie ist das Meer?"

„Es ist ganz still", beruhigte Noah. „Doch seine Farbe — es ist ... es ist wie ein Spiegel des Himmels und leuchtet wie ein Türkis."

Die anderen drängten sich zur Leiter und zerrten an Noahs Kleidung. Doch der stieg ein wenig weiter herunter und schloß das Fenster krachend wieder zu. „Heute noch nicht", sagte er fest. „Ihr werdet alles noch rechtzeitig zu sehen bekommen."

Die Familie protestierte laut, doch Noah ließ sich nicht erschüttern. Er hatte nichts davon gesagt, daß man neben all dem Neuen auch noch zu sehr die Überreste der alten Welt in Gestalt toter Menschen und Tiere auf den Wassern sehen konnte. Diesen Anblick wollte er den Seinen ersparen. Er würde ihnen ihr neues Land zeigen, wenn die Reste des alten völlig dahingeschwunden waren.

Es blieb der Taube vorbehalten, die ersten Anzeichen neuen Lebens zu finden. Zweimal stieg der Prophet heimlich die Leiter hinauf und öffnete das Fenster, um zu sehen, ob das Wasser schon weit genug gefallen war. Das erst Mal kam der liebliche weiße Vogel, den er zu diesem Zweck hinaussandte, zurück ohne einen Platz gefunden zu haben, wo er sich niederlassen konnte. Ihr Gurren schien enttäuscht und traurig zu klingen, als sich die Taube wieder auf Noahs Arm setzte. Er schloß das Fenster und brachte sie zurück in ihren Käfig.

Eine Woche später sandte er sie ein zweites Mal hinaus. Fast den ganzen Tag mußte er voller Spannung auf ihre Rückkehr warten. Seine Söhne, die ihn suchten, schickte er wieder fort. Endlich, der Nachmittag war schon fortgeschritten, erspähte er die Taube, die irgend etwas in ihrem Schnabel trug. Sein Herz klopfte heftig, als er feststellte, daß der Vogel mit einem frisch gepflückten Olivenblatt zurückgekehrt war — es war noch naß, aber grün und zart.

Während er der Taube sanft über das Gefieder strich, hob er das Blatt empor und sprach ein stilles Dankgebet. Dann rief er seine Familie. „Seht“, sagte er, „das Leben ist zum festen Land zurückgekehrt. Und es wird nicht mehr lange dauern, da werden wir es ebenfalls tun.“

16. Kapitel

Ein Jahr und zehn Tage nach Beginn des Regens war der Boden soweit abgetrocknet, daß die acht Passagiere, die einzigen menschlichen Überlebenden der großen Flutkatastrophe, die Arche verlassen konnten. Sie taten es auch diesmal wieder, genau wie sie die Arche betreten hatten, auf das Gebot Jahwes hin. Und es war eine ihnen fremde und unheimliche Welt, auf die sie ihren Fuß setzten.

Die erste Überraschung war für sie, wie vor einiger Zeit schon für Noah, das strahlende Blau des Himmels. Doch dann betrachteten sie sich das noch trostlos aussehende Land mit seinen hoch aufragenden Bergen und den tiefen Falten der Täler. Gewiß, auch Lamechstadt hatte in den Bergen gelegen, aber solche Berge, die sie hier umgaben, waren etwas anderes. Dagegen nahmen sich die Berge ihrer früheren Heimat wie Hügel aus. Und überall sahen sie tosende Ströme und Wasserfälle von den Hängen in die Täler rauschen.

Das Land war fast überall noch kahl. Nur hier und da gab es die ersten Anzeichen, daß bald wieder Grün hervorsprossen würde. Und über das noch so gut wie nackte Land wehte ein stetiger Wind.

Die Tiere, deren Käfige nach und nach geöffnet wurden, folgten den Menschen die neue Rampe hinunter, die Noah und seine Söhne aus einigen Innenteilen der Arche schnell gebaut hatten. Die meisten schienen sich zu freuen, endlich wieder in die Freiheit zu kommen. Doch auch sie blieben zögernd stehen, wenn sie auf der Rampe in das helle Sonnenlicht traten. Einige mußten geschoben und gezogen werden, weil sie den Platz, an den sie sich während des Jahres gewöhnt hatten, nicht ohne weiteres verlassen wollten. Doch endlich waren alle nach draußen gebracht, wo sie sich zögernd rund um die Arche verteilten. Keines der Tiere schien es eilig zu haben, die neugewonnene Freiheit zu benutzen, um sich schnell davonzumachen.

Noah begann nun, seinen ersten Gang zur Erforschung der näheren Umgebung der Arche vorzunehmen, während seine Familie schon begann, einige der noch vorhandenen Futtervorräte aus dem Schiff zu tragen, da die Tiere draußen noch kaum Nahrung finden konnten.

Noah entfernte sich nicht aus Sichtweite der Arche. Unsicher ging er herum, bis er endlich am Berghang einen Felsvorsprung fand, von dem er weit über das Land hinausblicken konnte. Zitternd fiel er auf die Knie und barg sein Gesicht, über das die Dankestränen flossen, in seinen Händen. Als er sich wieder erhob, begann er größere Steine zu sammeln, die er aufeinanderschichtete. Seine Söhne, die immer wieder zu ihm hinblickten, erkannten, was er vorhatte, und kamen zu ihm, um ihm zu helfen.

Nach etwa zwei Stunden war der Altar fertig. Als der Abend nahte, kräuselten die Rauchwolken des ersten Opfers, das Noah und seine Familie Jahwe brachten, durch die Luft der neuen Welt. Noah hatte einige von den reinen Tieren, von denen ja jeweils sieben Paare vorhanden waren, genommen und sie Jahwe zum Opfer gebracht.

Die Menschen hatten die Nacht noch in der Arche verbracht. Wegen der vielen Arbeit, die sie erwartete, verließen Noah und seine Söhne das Schiff, das nun seinen Zweck erfüllt hatte, schon in der Morgendämmerung wieder. Doch als sie den Boden betraten, blieb Noah plötzlich stehen und warf einen verstohlenen Blick zu dem weiten Hang hin, der westlich von der Arche ins Tal führte. Dann schaute er seine Söhne an und flüsterte mit erhobenem Finger: „Hört hin — es sind die Schritte Jahwes."

Sem, Ham und Japhet blickten sich erstaunt an, doch Noah gab keine Erklärung ab. „Lauscht und beobachtet aufmerksam", befahl er.

Gerade fielen die ersten Strahlen der Morgensonne auf den Berg und begannen die Nacht endgültig zu vertreiben, da wurde auf dem Hang die Figur eines einsamen Wanderers sichtbar, der, mit einem Stab in der Hand, aufwärts schritt, auf die Arche zu. Als Er an dem Altar vorüberkam, hielt Er kurz an. Die Geste, die Er dabei machte, schien Zustimmung und Anerkennung auszudrücken.

Nun kam der Fremde zu ihnen und blieb kurz vor Noah und seinen Söhnen stehen. „Ich will die Erde wegen der Menschen nicht noch einmal verfluchen", rief Er.

Noahs Söhne, die erst jetzt richtig begriffen, wer vor ihnen stand, sanken ehrfürchtig in die Knie, als der Herr jetzt erklärte: „Solange die Erde besteht, sollen nicht aufhören Aussaat und Ernte, Kälte und Hitze, Sommer und Winter, Tag und Nacht. Dies soll die neue Ordnung auf der Erde sein."

Die Männer verstanden nicht völlig, wovon Jahwe zu ihnen sprach, denn in dem ausgeglichenen Klima des vorigen Zeitalters hatte es keine Jahreszeiten gegeben, doch sie wagten es nicht, an Ihn dieserhalb Fragen zu richten.

Auch Noah war jetzt neben seinen Söhnen niedergekniet. Der Herr trat nun zu ihnen, legte ihnen die Hände auf die Köpfe und sagte: „Seid fruchtbar, vermehrt euch und bevölkert die Erde."

Dann wandte Er sich um und warf einen Blick auf die Tiere. Auch sie hatten alle die Nacht rund um die Arche verbracht. Der Herr schien mit Wohlgefallen auf diese Kreaturen Seiner Schöpfung zu blicken; und um sie vor den künftigen Nachstellungen der Menschen noch besser zu schützen, legte er ihnen Furcht und Zurückhaltung dem Menschen gegenüber in ihren Instinkt. Er sagte: „Furcht und Schrecken vor euch soll sich auf alle Tiere der Erde legen, auf alle Vögel des Himmels, auf alles, was sich auf der Erde regt, und auf alle Fische des Meeres; denn euch sind sie übergeben, so wie Ich euch einmal diesen grünen Planeten übergeben hatte."

Aufmerksam studierte der Herr die vor Ihm Knienden, als wolle Er bis auf den Grund ihrer Seelen blicken. Er erinnerte sie an die Gewalttätigkeiten und Übeltaten der Welt, die Er dieserhalb zerstört hatte und warnte: „Wenn aber euer Blut vergossen wird, fordere Ich Rechenschaft, und zwar für das Blut eines jeden von euch. Von jedem Tier fordere Ich Rechenschaft und vom Menschen. Für das Leben des Menschen fordere Ich Rechenschaft von jedem seiner Brüder. Wer Menschenblut vergießt, dessen Blut wird durch Menschen vergossen werden. Denn: Als Abbild Gottes hat Er den Menschen gemacht."

Sanfter fügte Er, an Noahs Söhne gewandt, nochmals hinzu: „Ihr nun, seid fruchtbar und vermehrt euch; bevölkert die Erde, und vermehrt euch auf ihr."

Nun blickte der Herr Seinen Propheten an und fuhr freundlich fort: „Hiermit schließe Ich Meinen Bund mit euch und mit euren Nachkommen und mit allen Lebewesen: Nie wieder sollen alle Wesen aus Fleisch vom

Wasser der Flut ausgerottet werden; nie wieder soll eine Flut kommen und die Erde verderben."

Während der Herr mit Noah und seinen Söhnen gesprochen hatte, waren Wolken am Himmel aufgezogen, durch die hindurch die Morgensonne ihre Strahlen sandte. Der Herr wies auf diese Wolken, über die sich ein breiter Bogen von unglaublich hellen und leuchtenden Farben zog.

„Das ist das Zeichen des Bundes, den Ich stifte zwischen Mir und euch und allen lebendigen Wesen bei euch für alle kommenden Generationen", erklärte der Herr. „Meinen Bogen setze Ich in die Wolken; er soll das Bundeszeichen sein zwischen Mir und der Erde. Balle Ich Wolken über der Erde zusammen und erscheint der Bogen in den Wolken, dann gedenke Ich des Bundes, der besteht zwischen Mir und euch und allen Lebewesen; und das Wasser wird nie wieder zur Flut werden, die alle Wesen aus Fleisch vernichtet."

5

Der Same vom Ararat

„Die Söhne Noahs, die aus der Arche gekommen waren, sind Sem, Ham und Japhet. Ham ist der Vater Kanaans. Diese drei sind die Söhne Noahs; von ihnen stammen alle Völker der Erde ab.“

1.Mose 9,18.19

1. Kapitel

An den Hängen des Berges Ararat entspringt die Hauptquelle des mächtigen Stromes, der eines Tages den Namen „Euphrat“ erhalten sollte, das heißt: „Der Fruchtbare“. Nachdem Noah und seine Familie begonnen hatten, sich in ihrer neuen Welt einzurichten, entdeckten sie bald, daß die Ländereien entlang des Stromes außerordentlich fruchtbar waren. Außerdem folgte die „Zeit der Saat“, wie der Herr sie genannt hatte, bald nachdem das Land nach der Sintflut abgetrocknet war. Sie hatten sich eiligst daran gemacht, die Zeit ausgenutzt und den Acker bestellt. Auch die erste Ernte, die durch den Segen Jahwes reichlich ausgefallen war, hatten sie schon eingebracht.

Nun waren schon fast zwei Jahre vergangen, nachdem sie die Arche verlassen hatten. Die Zeit des ersten sprossenden Grüns war längst wieder vorüber und die Ernte stand wieder vor der Tür. Noah stand zwischen zwei Reihen eines Maisfeldes, dessen Pflanzen kräftig herangewachsen waren und sehr große Kolben trugen, und beschirmte mit der Hand seine Augen vor der Helligkeit der Mittagssonne. Dies war etwas, das er in Adalandia nie hatte tun müssen, da der beständige Dunstschleier um die Erde der Sonne ihre strahlende Helligkeit nahm. Er betrachtete die höchsten Erhebungen des Ararats, auf denen sich in der vergangenen Nacht ein leichtes weißes Tuch von Schnee ausgebreitet hatte. Das war ein Phänomen, das er von der alten Welt her auch noch nicht gekannt hatte. Wohl hatte er davon gehört, daß von Zeit zu Zeit auf den höchsten Höhen der Gebirge im Norden, „Olympus" wurden sie damals genannt und es sollten die Wohnplätze der allerhöchsten Götter sein, manchmal gefrorenes Wasser liegen sollte, das aussah wie große weiße Tücher. Doch nun hatte er dieses Phänomen selbst kennengelernt und hatte einen Namen dafür finden müssen. An den Hängen des Berges, unterhalb der Schneegrenze, hingen immer noch einige dunkle Wolken, und Noah konnte im Licht der Sonne, die dort hineinschien, erkennen, daß da immer noch Regen fiel.

Er mußte daran denken, wie nach der Sintflut die Familie zum ersten Mal einen Regen erlebt hatte. Sie hatten gerade ein wenig unterhalb der Arche ihre ersten Zelte aufgebaut, als die Sonne durch Wolken verdunkelt wurde und kurz darauf ein heftiger Regenschauer über das Land hinwegfegte. Die Frauen hatten begonnen zu schreien. Naamah, seine Söhne und deren Frauen waren zum Schiff gerannt, bis Noah ihnen zugerufen hatte, stehenzubleiben.

„Lauft nicht davon!" rief er. „Erinnert ihr euch an den Bund, den Jahwe mit uns gemacht hat?" Als sie nickten, fragte er: „Warum fürchtet ihr euch dann? Der Regen wird uns keinen Schaden tun."

Doch es war ihnen nicht leicht gefallen, zu vertrauen. Sogar der Prophet selbst hatte gespürt, wie Furcht in ihm aufsteigen wollte, als er den Regen herabströmen sah. Er hatte nichts dagegen gesagt, als sich die anderen bis zum Eingang der Arche zurückgezogen hatten, wo sie, die Frauen ängstlich an ihre Männer angeschmiegt, stehenblieben und dem aus den Wolken fallenden Wasser zusahen. Noah selbst allerdings hatte hartnäckig inmitten des kalten Gusses ausgeharrt, obwohl er hinterher völlig durchnäßt gewesen war.

Nach und nach hatten sie sich dann an das wechselnde Wetter und auch an die nacheinander folgenden Jahreszeiten gewöhnt. Nach besonders heftigen Gewitterstürmen war oft der Regenbogen erschienen – gewöhnlich kleiner und nicht so wunderbar hell strahlend wie das erste Mal. Doch Noah wurde dadurch jedesmal an den Bund Jahwes erinnert, und auch an jenen fernen Tag, als der Herr am Delphin-Felsen durch eines Seiner Geschöpfe ihm zugerufen hatte: „Sohn des Menschen, freue dich!"

Noah reckte sich und beugte sich nach hinten. Sein Rücken schmerzte doch ein wenig und er spürte, nachdem er den ganzen Vormittag hier im Maisfeld gearbeitet hatte, daß er nicht mehr der Jüngste war. Obwohl die Erde sich als sehr fruchtbar erwies, war sie doch auch recht steinig und viel schwerer zu bearbeiten, als der Boden in der alten Welt.

Ein Stück weiter unten arbeiteten die Frauen von Sem und Japhet in den Maiszeilen. Sie trugen ihrer helleren Haut wegen Kopfbedeckungen, mit denen sie ihre Gesichter und den Nacken vor der brennenden Sonne schützten; etwas, das in Adalandia auch nicht nötig gewesen war.

Noch ein Stück hinter ihnen war auch Naamah fleißig, die sich, trotz ihrer dunkleren Färbung, auch häufig beklagte, ihre Haut sei so trocken. Beständig war sie dabei, mit verschiedenen Ölen und Tierfetten zu experimentieren und diese auf verschiedene Weise zu mischen, um irgendeine Art Creme zu finden, mit der sie ihre Haut geschmeidiger erhalten konnte. Der Sethiter hatte sie wegen dieser vermeintlichen Eitelkeit manchmal geneckt und lachend erklärt: „Es gibt keine Frau auf der Welt, die schöner ist als du!" Doch auch er hatte sich im stillen manchmal Sorgen gemacht über die viel zu frühen Anzeichen des Alters, die sich durch kleine Flecken auf seiner Haut und winzige Fältchen in den Augenwinkeln zeigten. Bei seinem Vater Lamech hatten sich solche Symptome erst gezeigt, als er viel älter gewesen war.

Doch welche physischen Veränderungen durch den Zusammenbruch des Dunstschleiers und die dadurch eingetretene viel stärkere Sonnenstrahlung und die anderen Veränderungen des Klimas auch eingetreten waren, sie waren jedenfalls alle acht am Leben.

Jenseits des kleinen Maisfeldes, in der Nähe der vier Zelte, war Carise. Ihrem geschwollenen Leib sah man an, daß sie das erste Kind einer neuen Generation, den neuen Anfang für die Menschheit, unter dem Herzen trug. Ja, Ham würde es erleben, daß einer seiner Träume in Erfüllung ging — er würde der erste von Noahs Söhnen sein, dem ein Sohn geboren wurde.

Die allezeit fröhliche und muntere Carise blieb während dieser Tage ständig in der Nähe der Zelte. Sonst hätte sie vielleicht ihren Mann begleitet, der sich schon am frühen Morgen auf den Weg gemacht hatte, um das Land zu durchstreifen. Die alte Unruhe lag ihm immer noch im Blut. Er erkundete überall die Gegend und war schon weiter herumgekommen als die anderen, um gutes Land zu finden, das einmal der Wohnplatz für sich und seine beginnende Familie werden sollte. Außerdem steckte der Jagdtrieb von früher her in ihm; und so beobachtete er sehr sorgfältig die langsam wachsenden wilden Tierherden und überlegte beständig, ob er es sich schon leisten konnte, das eine oder andere Tier daraus zur Bereicherung der Küche zu schießen. Einige wenige Male hatte er das auch schon getan.

Doch so war Carise ihres hochschwangeren Zustands wegen bei den Zelten geblieben und kümmerte sich um die ebenfalls schon wachsende Rinderherde der Familie.

Noah hatte von einigen reinen Tierarten, die ja zu je sieben Paaren in der Arche gewesen waren, nicht alle in die Freiheit entlassen, sondern einige zurückbehalten als Haustiere. Von den Rindern hatten sie vier Paare zurückbehalten und drei Kühe sowie zwei Ochsen losgelassen. Einen Ochsen hatte Noah zusammen mit einigen anderen reinen Tieren an jenem ersten Tag, als sie die Arche verließen, auf dem Ararat geopfert.

Carise hatte sich schon manchmal gefragt, wie das Leben sich für das Kind, das in ihr heranwuchs, einmal gestalten würde. Sie saß unter einer der Kühe und war dabei, diese zu melken. Als sie damit fertig war, blieb sie noch ein wenig sitzen und legte den Kopf auf das Fell des Tieres. Dabei betrachtete sie das schlichte Zelt, das nun schon seit mehr als einem Jahr ihr Zuhause war, und eine Träne trat in ihre Augenwinkel. Sie war als Nomadin aufgewachsen, hatte aber vielleicht gerade deshalb mehr als die anderen immer von einem festen Haus geträumt. Ham hatte seinen Vater gebeten, aus dem Holz der Arche ein stabiles Haus für seine Frau bauen zu dürfen. Doch der alte Prediger hatte sich hartnäckig geweigert.

„Dies ist das Schiff Jahwes“, hatte er erklärt. „Wir werden aus dem Inneren, von den abgeteilten Ställen und anderen Orten, nur die allernötigsten Teile für dringendste Bedürfnisse nehmen, aber wir werden nicht das Denkmal der Errettung unseres Gottes abbrechen. Die Arche muß für immer bestehen bleiben, damit die kommenden Generationen in ihr beständig ein Zeichen der Treue Gottes sehen können. Es wird die Zeit kommen, da werden wieder genügend Bäume gewachsen sein, dann können wir Häuser bauen.“

Carise hatte das verstanden. Auch ihr Sohn sollte einmal das Symbol ihrer Errettung aus der großen Sintflut sehen, das wünschte sie sich. Sie wollte ihm von der Flutkatastrophe erzählen und davon, wie die alte Welt einmal gewesen war.

Doch Ham hatte rebelliert. Es schien sich immer mehr zu zeigen, als sei die Versöhnung mit seinem Vater nur eine vorübergehende gewesen, denn er hatte diese, wie fast jede andere Gelegenheit, die sich ihm bot, wahrgenommen, um damit einen Streit vom Zaune zu brechen. Erst heute morgen hatte er wieder über Carises sich immer mehr rundenden Leib gestrichen und erklärt: „Die Zeit wird kommen, wenn wieder genügend Bäume gewachsen sind, da werde ich dir ein prächtiges Haus bauen, meine Liebe. Wir werden nicht hier bleiben, sondern uns von den anderen trennen und davonziehen in ein noch besseres Land, das ich erkundet habe. Dort werden wir zu Reichtum und Ruhm gelangen." Dann hatte er den Bogen und den Köcher mit den Pfeilen über den Rücken gehängt und war davongegangen.

Als Carise jetzt an diese bittere und stolze innere Einstellung Hams dachte, mußte sie so sehr weinen, daß ihr die Tränen über die Wangen liefen. Noah, der dies sah, verließ das Maisfeld und kam zu ihr. Freundlich fragte er: „Was hast du, meine Tochter? Warum weinst du?"

„Das Kind", flüsterte sie.

„Bereitet das Kind dir Schmerzen?" fragte er besorgt.

Carise ergriff den Eimer mit der Milch und erhob sich vorsichtig. „Nein, es ist eigentlich nicht das Kind", erwiderte sie kopfschüttelnd und mit tränennassen Augen. „Wenn ich nur an das Baby denke, erfüllt mich immer große Freude. Aber für Ham ist das Kind nur ein Grund, seinen Stolz damit zu nähren und wachsen zu lassen. Er sieht in ihm die Hoffnung seiner zukünftigen Eroberungen und seiner kommenden Macht."

2. Kapitel

Der Tag, an dem Hams Sohn das Licht der Welt erblickte, wurde zu einem Festtag. Es war Erntezeit, und die Erde hatte von allem, was ausgesät worden war, überreichlich Frucht gegeben. Und nun hatte Carise auch noch ein hübsches schwarzes Kind geboren, das mit einem lauten Schrei in das Leben getreten war und sich bemerkbar gemacht hatte.

„Sein Name soll ‚Kanaan' sein", hatte Ham voller Stolz bekanntgegeben, was „Tal" oder besser noch „Talebene" bedeutet. Er hatte das zappelnde Baby zum Himmel emporgehoben und erklärt: „Denn er soll so fruchtbar sein wie der Euphrat und sich so vermehren wie alles, was wir in die rote Erde dieses Tales pflanzen."

Einige Tage vor der Geburt hatten Naamah, Sindra und Eltebeta Weintrauben gekeltert. Es war die erste Ernte von dem hinter Noahs Zelt am Hang neu angelegten Weinberg gewesen. Außerdem hatten sie mehrere Kuchen gebacken und zartes Kalbfleisch für das bevorstehende Geburtsfest vorbereitet. Die Schläuche mit dem frischen Traubensaft waren an einem Holzgestell in der Nähe der Zelte aufgehängt worden. Man wollte beim kommenden Fest zum ersten Mal vom Saft der neugepflanzten Reben trinken.

Den Frauen war während der letzten Tage aufgefallen, daß die Schläuche, in denen sie den Traubensaft aufbewahrten, ziemlich prall wurden, worüber sie sich wunderten, sich aber nichts weiter dabei dachten. Sie konnten ja nicht wissen, daß der Gärungsprozeß des Saftes jetzt, da es keinen Dunstschleier mehr um die Erde gab, unter der viel stärkeren Sonneneinstrahlung auch viel schneller vor sich ging als in Adalandia.

Als nun der Tag des Festes gekommen war, trank Noah reichlich von dem roten Getränk und fühlte, wie er dadurch angeregt wurde. In Adalandia war der Wein, bedingt durch die klimatischen Verhältnisse, so rar gewesen, daß Noah nur ab und zu ein wenig davon getrunken hatte, so daß er nicht an die Wirkung starken Weins gewöhnt war. Aber er war überzeugt davon, daß er durch dieses Getränk keinesfalls berauscht werden konnte, denn so schnell konnte aus Traubensaft unter gar keinen Umständen Wein werden, war seine, noch von Adalandia stammende Meinung.

Doch er redete sich etwas ein, was nicht stimmte. Und außerdem gefiel ihm die fröhliche und leichte Stimmung, in die er und auch die Frauen gerieten, als sie jetzt zum Klang von Japhets Flöte tanzten. Er genoß die lockere Atmosphäre aus Musik, Tanz und Fröhlichkeit. Die schwere Arbeit der letzten Wochen und Monate, während der er, besonders jetzt beim Einbringen der Ernte, oft seine Muskeln und Knochen gespürt hatte, und auch die Erinnerung an die grüne Welt von Adalandia schien mit jedem Schluck leichter erträglich zu werden.

Noah konnte über Hams aufmerksame Blicke, mit denen dieser ihn beobachtete, lachen und den Kummer beiseite schieben, den die versteckte Feindschaft seines Sohnes ihm oft bereitet hatte. „Komm“, rief er seinem dunklen Sohn zu und klopfte dabei mit der flachen Hand auf den Boden neben sich, „komm, setz dich zu mir und trink mit mir. Wir wollen fröhlich sein.“

Der neugebackene Vater erhob sich und kam zögernd zu Noah. Er setzte sich neben ihn und trank wenige Schlucke aus Noahs Weinschlauch, um der Einladung seines Vaters nachzukommen. Verdächtig schnell reichte er den Wein an Noah zurück und ermunterte ihn: „Herr, trink, wenn es dir Freude macht, ich werde wachsam sein."

„So ... na gut ... du wirst wachsam sein", sagte Noah mit schwerer werdender Zunge, „und ich werde trinken."

Als der Patriarch verlangte, man solle ihm seinen neugeborenen Enkel bringen, erfüllten die Frauen ihm den Wunsch, aber nur für kurze Zeit. Da auch sie Noahs berauschten Zustand erkannten, blieben sie dabei neben ihm stehen und gaben sorgfältig auf das Baby acht.

Es war noch früh am Abend, als Naamah ihren Gatten dazu überredete, nun sein Zelt aufzusuchen und sich zur Ruhe zu begeben. Sie brachte ihn zu seinem Ruhelager, wo er schwerfällig nach ihr griff und lachte: „Bleib bei mir." Doch sie trat schnell zurück und entfernte sich mit einer Verbeugung, um sich wieder zur Familie zu begeben.

Musik, Tanzen und Lachen währten bis in die Nacht hinein. Als die Laternen schon eine ganze Zeit angezündet waren, stahl sich Ham leise von der frohen Runde fort, nahm eine Laterne und ging in das Zelt des Patriarchen. Was er beim milden Laternenschein sah, entzückte sein rebellisches Herz. Hier, in der privaten Sphäre seines Zeltes, lag Noah völlig entblößt auf seinem Lager und schlief seinen Rausch aus — nackt vor den Augen dessen, der ihn immer verachtet hatte.

„Halloo!" rief Ham. Doch Noah, der im tiefen Schlaf lag, rührte sich nicht.

„Ha!" schrie der dunkle Sohn nun laut und voller Hohn und lief unter Gelächter auf die Feiernden zu.

„Kommt und seht den großen und gerechten Propheten“, lachte er laut und wies mit den Händen auf das Zelt des Vaters. „Bewundert alle Jahwes Auserwählten, wie er seinem Schöpfer in der Fülle seiner natürlichen Schönheit dient!“

Die Musik verstummte abrupt, und die Frauen standen still. Sem und Japhet erhoben sich verwundert und gingen mit fragend gerunzelter Stirn zu ihrem Bruder.

„Seht“, wiederholte Ham, „da liegt der heilige Mann, nackt wie ein Säugling, der erst heute geboren wurde.“

Sem blieb stehen und ergriff Japhet beim Arm. „Gehe nicht in das Zelt“, befahl er. „Unser Vater hat sich sehr schändlich benommen.“

Jetzt erst begriff der Jüngere. „Du meinst . . .?“ stotterte er.

„Ja“, nickte Sem.

„Oh“, stammelte Japhet, während sein Gesicht sich vor Verlegenheit und auch Ärger rötete. „Aber Ham“, fuhr er diesen an, „wie konntest du?“

„Er konnte, weil er unseren Vater nicht liebt“, grollte Sem und blickte den spottenden Schänder mit zornig lodernden Augen an.

Ham begann nun höhnisch seines Vaters vermutetes Benehmen nachzuahmen. Er schwankte im Mondlicht hin und her, während er sein Übergewand öffnete und zu Boden sinken ließ. Sem hob es voller Empörung wieder auf und reichte Japhet den einen Zipfel, während er den anderen in der Hand behielt.

„Wir werden jetzt rückwärts in das Zelt gehen“, bestimmte er, „und werden unseren schlafenden Vater mit Hams Übergewand bedecken, ohne auch nur einen Blick auf ihn zu werfen.“

Japhet nickte zustimmend. Und so gingen die beiden Brüder zum Zelt ihres Vaters und traten dann, rückwärts gehend, an sein Lager, wobei sie ihren Blick nach draußen gerichtet hielten. Hinter sich hörten sie

Noahs schweren Atem, während sie vorsichtig das Gewand über seinen Körper gleiten ließen. Als sie ihr Vorhaben ausgeführt hatten, verließen sie das Zelt voller Achtung und verschlossen es.

Für Ham, der höhnisch zugeschaut hatte, war diese Handlungsweise seiner Brüder mehr, als er stillschweigend ertragen konnte. Er verspottete die beiden, die voller Zorn waren, und lief lachend hinein in die Ebene. Sein schallendes Gelächter hallte weit durch das stille Tal, in dem die Musik verstummt war und wo man daneben nur noch die Schreie des kleinen Kanaan hörte.

3. Kapitel

Am nächsten Morgen saß der Patriarch vor seinem Zelt. Seinen Kopf, in dem es hämmerte und klopfte, hatte er in beide Hände gestützt. Die Zunge in seinem Mund fühlte sich dick und geschwollen an.

Er hatte sich in den Mantel eingehüllt, mit dem seine Söhne ihn zugedeckt hatten — das Übergewand Hams. Dabei fühlte er schmerzlich die ganze Torheit seines Zustands, hatte aber keine Kraft und Möglichkeit, diesen zu ändern. *„So“*, sagte er zu sich selbst, als er über seine Übelkeit nachdachte, *„das also ist der Prophet Gottes.“*

Zornig über sich selbst schlug er mit der Faust auf seinen Oberschenkel und schmähte seinen eigenen Namen. Doch da stand auch schon Naamah neben ihm und sagte sanft: „Deine Prüfungen waren Zeit deines Lebens schwer, und du hast dich in allen Versuchungen bewährt. Warum erwartest du von dir selbst, du könntest vollkommen sein?“

Doch keiner ihrer vorgebrachten Gründe konnte ihn beruhigen, da er sein Versagen so klar vor sich sah. Er starrte sie aus rotunterlaufenen Augen an und schüttelte seinen schmerzenden Kopf. „Ich habe versucht, meinen Söhnen die Wege und Gebote Gottes zu lehren. Wie sollen sie nach dem, was sie in dieser Nacht mit mir erlebt haben, je wieder zuhören und Achtung haben vor dem, was ich sage?“

Naamahs Herz war voller Mitleid, als sie den Kummer ihres Gatten sah. Doch auch sie wußte auf seine Selbstanklage nichts zu sagen, womit sie ihn hätte trösten können.

„Ich bin immer ein nüchterner und besonnener Mann gewesen“, stöhnte er.

„Das warst du, mein Herr“, versicherte Naamah. „Doch du solltest dich auch daran erinnern, daß es nicht nur dir, sondern allen Menschen so geht: In dem Augenblick, in dem wir einmal nicht völlig wachsam sind, gelingt es dem Feind, an den wir am wenigsten denken, uns zu überlisten.“

Noah erhob sich mühsam und hielt sich dabei am Zeltpfahl fest. Seine Züge waren jetzt voller Verachtung über sich selbst, aber gleichzeitig auch voller Zorn. „Feind?“ grollte er. „Sprichst du jetzt von dem Wein oder von meinem Sohn Ham?“

Die Frau sah ihm voller Kummer nach, als er stolpernd davonging. „Ham hat keine Macht über dich“, rief sie. „Warum quälst du deine Seele seinetwegen? Sein versteinertes Herz wird nur sein eigenes Schicksal bestimmen.“

Der Patriarch ging nicht weiter. Eine ganze Weile stand er schweigend im Morgenlicht. Ihm war, als würde sich eine große Last auf seine Schultern legen. Tiefe Sorge packte den Propheten, als er jetzt ein wenig in die Zukunft schauen durfte. Ein kalter Schauer lief ihm den Rücken hinunter. Nun wandte er sich voller Zerknirschung und Kummer zu Naamah um und rief: „Ich möchte doch nur das Beste für ihn, weil ich ihn liebe. Glaubst du, ich wäre glücklich, wenn ich ihn leiden sehen müßte?“

Naamah erhob sich, lief zu ihrem Gatten und klammerte sich an ihn. „Ach, mein Herr, ich weiß es ja", rief sie, „ich weiß ja, daß du ihn lieb hast!"

Der Prophet starrte in die Ebene hinaus, in der Ham in der letzten Nacht verschwunden war. Er fragte sich, wann sein Sohn wohl zurückkehren würde.

In Hams Zelt wachten die neue Mutter und ihr Kind gerade auf. Leises Schreien war zu hören, als Carise das Baby an ihre Brust hob, um es trinken zu lassen. Noah zitterte, als er es hörte und sagte zu seiner Frau: „Ich fürchte, Hams Sohn wird es sein, der leiden muß — als unschuldiges Opfer, weil sein Vater sein Erbe und den Segen Jahwes so verachtet."

4. Kapitel

Als Ham zu seiner Frau und seinem Kind zurückkehrte, erzählte er Carise von einem wunderschönen Tal im Osten, der Ebene, die eines Tages den Namen „Schinar" erhalten sollte. Dort, so beharrte er, würde er sein Reich für sich und seine Nachkommen aufrichten. „Es ist üppig, grün und — leer", lachte er ironisch. „Seltsam klingt es, daß ich, der ich immer ein Sieger und Herrscher werden wollte, dazu überlebt habe, nun über eine leere Welt zu triumphieren. Man wird mich dereinst einen Sieger nennen, der keine Feinde hatte."

Carise hörte geduldig zu, während Ham ihre wenigen Habseligkeiten auf einen kleinen Wagen lud, den er aus Material aus dem Inneren der Arche gebaut hatte. „Jeder Mensch hat einen Feind", bemerkte sie ruhig, „selbst wenn es manchmal nur seine eigene Seele ist."

Ham tat so, als habe er ihre Worte nicht gehört und half ihr auf den Wagen. Dann reichte er ihr das zappelnde Kind. Den Ochsen und die Kuh, die sein Anteil an den zurückbehaltenen vier Rinderpaaren waren, hatte er eingespannt.

Noah, der vor seinem Zelt stehend den Reisevorbereitungen Hams zugesehen hatte, trat nun an den Wagen. Zärtlich klopfte er dem Ochsen, der seinen mittleren Sohn davonführen würde, das Fell. Die anderen Mitglieder der Familie standen ebenfalls in der Nähe. Sie hielten sich eng beieinander. Die Frauen weinten leise, als Carise ihnen nun ihre tränenumflorten Augen zuwandte.

„Du bist also entschlossen, uns zu verlassen?" fragte Noah, als Ham jetzt die Zügel ergriff.

„Das bin ich", war die kurze Antwort. „Auf mich wartet ein Thron und eine ganze Nation. Deshalb muß ich mich beeilen, sie aus meinem eigenen Schweiß und meinen eigenen Lenden zu erschaffen, solange ich dazu Zeit habe."

Noah legte ihm die Hand auf die Schulter und sagte: „Nimm dich in acht, mein Sohn, sonst wird dein Ruhm zu Staub zerfallen, und deine Freiheit wird zur Sklaverei. Eines Tages wird dein hartes Herz, das nicht verzeihen und barmherzig sein kann, dein Ruin sein, und Kanaan wird dann das unselige Ergebnis davon tragen müssen. Er wird zum Diener seiner Brüder werden."

Ham trat einen Schritt zurück und blickte zur Spitze der Arche hinauf. „Sogar der Rabe, der fortwährend Streit verursachte und den du deshalb hinausgeworfen hast, ist fortgeflogen, um sich ein eigenes Gebiet zu suchen, in dem er wohnen kann. Soll nun ich, dein dunkler Sohn, das nicht auch tun dürfen? Verfluche mich, wenn du das möchtest, Vater. Ich ziehe davon, um mir meine Zukunft selbst aufzubauen."

Ham ruckte mit fester Hand am Zügel, und der Wagen setzte sich in Bewegung. Als er den Platz verließ, an dem nun nur noch drei Zelte standen, war Noah, als würde ihm vor Kummer die Kehle zugeschnürt. Er räusperte sich, um seine Stimme zu befreien, und rief: „Sohn, denke immer an Jahwe! Vergiß unseren Gott nicht!"

Hams Lachen klang zynisch, als er antwortete: „Sicher gibt es in der baumlosen Welt, die Er uns hinterlassen hat, auch für Ihn noch einen Platz. Ich werde in jedem Fall in den Hügeln von Schinar eine Nische für Ihn reservieren!"

Noah seufzte tief. Sein Herz schien unheilbar gebrochen zu sein, als er jetzt seine Arme emporhob und dem davonrollenden Wagen nachrief: „Du willst es nicht anders, so sei es denn", dröhnten die Worte über das Lager der überlebenden Menschen aus der großen Flutkatastrophe; es waren Worte, die keinen Fluch bedeuten sollten, sondern eine Prophezeiung waren: *„Verflucht sei Kanaan. Der niedrigste Knecht sei er seinen Brüdern."*

Tief holte er Atem, ehe er fortfuhr: *„Gepriesen sei der Herr, der Gott Sems, Kanaan aber sei sein Knecht.*

Raum schaffe Gott für Japhet. In Sems Zelten wohne er, Kanaan aber sei sein Knecht."

Epilog

„Aufgrund des Glaubens wurde Noah ... Erbe der Gerechtigkeit, die aus dem Glauben kommt."

Hebräer 11,7

„Und Jesus ... hielt man für den Sohn Josephs, ... der war ein Sohn Davids, ... der war ein Sohn Sems, der war ein Sohn Noahs"

(aus der Geschlechtertafel in Lukas 3).

Obwohl es natürlich kein Fluch sein sollte, sondern eher eine Prophezeiung war, hatte Noahs Ausspruch Grundlegendes für die Entwicklung der kommenden Geschichte zur Folge. Da die Worte nun einmal gesagt waren, wurde immer wieder Bezug darauf genommen, und von hier aus teilten sich die Ströme der Menschheit.

So wie vorzeiten von Eden aus, war nun auch von der Arche aus der Konflikt schon wieder in die Welt hineingetragen worden. Noah fragte sich, wie lange es wohl noch dauern konnte, bis auf der Erde wieder Gewalt und Korruption die Herrschaft übernehmen würden.

Er saß an diesem Morgen vor dem Schiff und blätterte in seinem Tagebuch, das er seit der Sintflut immer noch in seiner Wohnkabine in der Arche verborgen hielt. In dem Buch hatte er die unvergeßlichen Verheißungen Gottes niedergeschrieben, aber auch die Berichte über das Leben im untergegangenen Adalandia. Voller Ehrfurcht blätterte er in den Seiten und klappte das Buch dann zu. Er erhob sich nun und betrachtete das große Schiff, das die Überlebenden der Schöpfung Gottes zu einem neuen Anfang getragen hatte.

Nun konnte man Sem sehen, der mit schnellen Schritten den ausgetretenen Weg heraufkam, der zur Arche führte, und sich seinem Vater näherte. Er blieb jetzt stehen und beobachtete den alten Propheten, der nun an die Schiffswand getreten war und fast zärtlich über die rauhen Goferholzbretter strich. Dann blickte er wieder die drei Decks hinauf, die sich hoch über ihm auftürmten. Oft kam Noah nach hier, und Sem begleitete ihn häufig und lauschte den Erinnerungen des Patriarchen oder den Vorlesungen aus dem alten Tagebuch.

Der Patriarch war nun fast so alt wie Methusalem, und auch Sem hatte schon mehr als 400 Jahre gelebt. Seit den Jahrhunderten, die mittlerweile nach dem Ende der Sintflut vergangen waren, entstanden aus den Familien der Söhne Noahs Rassen und Nationen, die man nicht mehr zählen konnte, und sie hatten sich von dem Tal am Fuße des Ararat nach allen Himmelsrichtungen hin weit ausgebreitet.

Hams Traum von Ruhm und Macht erfüllte sich in seinen Nachkommen. In der Ebene von Schinar, zu der Ham mit seiner Frau und seinem erstgeborenen Sohn gezogen war, erwuchs die erste große Zivilisation der nachsintflutlichen Menschheit; und auf ihren Fersen folgten andere mächtige hamitische Reiche. Die Menschen in Schinar wurden von Jahwe erst in ihre Schranken gewiesen, als sie begannen, die von Gott gesetzte Ordnung umzustoßen, wie dies schon ihre Vorgänger in Adalandia getan hatten. „Wir wollen einen Turm bauen, der bis an den Himmel reicht“, erklärten sie; so wie die Adalandier geschrien hatten, sie wollten „sein wie die Götter“. Und leider verfielen auch die Kinder Sems und Japhets in den gleichen Irrtum. Als Antwort würde Jahwe ihnen die bis dahin in aller Welt noch einheitliche Sprache nehmen und dadurch die Trennung und Verwirrung unter den verschiedenen Rassen noch größer machen.

Doch das alles lag noch in der Zukunft, für jetzt waren die verschiedenen Rassen und sich entwickelnden Nationen noch dabei, die Welt wieder aufzubauen. Es gab nur wenige unter den Menschen, die an dem Bericht über die Sintflut zweifelten, die Arche war eine zu deutliche Erinnerung daran. Noah hatte das Schiff in den vergangenen Jahrhunderten unzählige Male vor Plünderern und Andenkenjägern verteidigen müssen. Doch in der letzten Zeit kamen nur noch wenige Besucher, die das Schiff sehen und seine Geschichte über die ungeheure Reise in einen Neuanfang hören wollten. Oft bekümmerte es ihn, wenn er hörte, wie ungenau und verzerrt diese Geschichte von anderen schon weitererzählt wurde, die Legenden seltsamer Geschehnisse, fremder Götter und unbekannter Gegenden daranhängten und den Bericht von der großen Flut, die durch Jahwes Zorn verursacht wurde, damit ausschmückten und verfälschten.

Sem trat jetzt zu seinem Vater, und die beiden setzten sich wieder neben die oft reparierte Rampe, die zur Arche führte. Sie blickten von der Höhe hinunter ins Tal, in dem aus dem ersten Lager der Überlebenden, das nur aus vier Zelten bestanden hatte, mittlerweile eine beachtliche Stadt geworden war.

„Es reisen immer noch viele Fremde durch unsere

Stadt", begann Sem, „solche mit dunklen und solche mit hellen Gesichtern. Vater, hast du dich manchmal gefragt, ob Jahwe auch schon unter ihnen gewesen sein mag?"

„Das ist durchaus möglich", nickte Noah bedächtig. „Er ist den Menschen in der Vergangenheit erschienen, so wie ja auch mir, und wird sicherlich einzelnen von Zeit zu Zeit wieder begegnen. Wir sollten nicht vergessen, daß dies ja die Schöpfung ist und die Menschheit, die Er liebt."

Sem lächelte, als der Prophet seinen Arm nach der Richtung ausstreckte, in der Schinar lag. „Alles Land, das du sehen kannst, und die gesamte Erde, die wir nicht überblicken können, ist ja das Werk Seiner Hände. Ich bin fest überzeugt davon, daß Er eines Tages wieder unter Seinen Geschöpfen, den Menschen, wandeln wird — und dann wird Er bleiben und von allen gesehen werden."

„Ja, Vater, ich glaube das; du hast es uns schon viele Male gesagt", bestätigte Sem. „Doch was wird mit den anderen sein — den gefallenen Engeln, werden auch sie zurückkehren und eines Tages die Erde wieder regieren?"

Noah lachte und zuckte mit den Achseln. „Luzifer ist nie weit weg, da kannst du sicher sein", meinte er. „Nur verbirgt er sich diesmal den Blicken der Menschen noch mehr als in Adalandia. Aber es gibt keinen Zweifel daran, daß er seine Diener und seine Macht immer noch besitzt."

Sem fand an diesen Gedanken nichts Erfreuliches und fragte: „Was ist mit den Nephilim? Was meinst du, wird es auf der Erde auch wieder Riesen geben?"

„Möglich ist auch das", stimmte der Patriarch zu. „Ich glaube allerdings, daß die Nephilim der alten Welt tatsächlich mit umgekommen sind in der großen Katastrophe. Aber Satan versucht es ja immer wieder, und er frischt dabei auch viele alte Methoden auf. Ganz gewiß werden viele Könige auf Erden wieder nur seine Handlanger sein."

Jetzt mußte Sem über den hintergründigen Humor lächeln, der in den Worten des alten Mannes steckte. „Na ja", meinte er, „jedenfalls können wir sicher sein, daß die Erde nie wieder durch Wasser zerstört werden wird."

Noah wurde plötzlich sehr ernst und starrte nachdenklich auf den Rauch, der aus vielen Schornsteinen der Stadt unter ihnen aufstieg. „Nein . . . durch Wasser allerdings nicht . . .", gab er zögernd zu.

Sem war ein wenig verdutzt über die Reaktion. „Machst du dir in dieser Hinsicht Sorgen, Vater?" fragte er.

Noah blickte seinen Sohn nachdenklich an. „Du weißt, daß sich alles auf der Welt wiederholt", erklärte er. „Winter — Sommer, Leben — Tod, Gut — Böse, Frömmigkeit und Gottlosigkeit. Eines Tages wird auch der Herr wieder zurückkehren, und wie es in den Tagen vor der Sintflut war, so wird es auch dann sein."

„Du willst damit sagen", flüsterte Sem, „daß Jahwe Seinen Zorn wiederum über die Erde ausschütten wird?"

„Seinen Zorn, aber auch Sein Heil", nickte der Prophet nachdrücklich. „Denn Er selbst ist die eigentliche Arche der Rettung, ist dir das noch nicht klar geworden?"

Sem blickte jetzt zum blauen Himmel empor. Noah, der ihn von der Seite betrachtete, konnte die Zukunft in seines Sohnes stark ausgeprägter Stirn und seinen offenen Gesichtszügen lesen.

„Du trägst Sein Blut in deinen Adern", prophezeite der alte Prediger plötzlich. „Wenn der Sohn Gottes auf die Erde kommt, wird Er ein Sohn Sems sein."

Der jüngere Sethiter betrachtete den Patriarchen mit

weit aufgerissenen, ungläubigen Augen. „Ich verstehe nicht, was du meinst?" wunderte er sich.

„Eines Tages wird die Geschichte der Menschheit, so wie sie sich uns jetzt zeigt, abgebrochen werden", sagte Noah lächelnd. „Es wird dann einen neuen Himmel und eine neue Erde geben — und die Herrschaft Gottes wird auf der Erde kein Ende mehr nehmen."

Sem saß noch eine ganze Weile schweigend neben seinem Vater, ehe er sich erhob, um zu seinem Haus unten im Tal zurückzukehren. Noah blickte ihm nach und bemerkte, wie sein Sohn, tief in Gedanken versunken, immer wieder den Kopf schüttelte. Dann erhob er sich ebenfalls und ging in die Arche hinein, um sein geliebtes Tagebuch wieder in das geheime Versteck zu bringen.

Als er nach einiger Zeit ins Tageslicht zurückkehrte, richtete sich sein Blick aufs neue nach der fernen Ebene Schinar. Er mußte dabei plötzlich an das bewaldete Hügelland hinter der Küste Adalandias denken. Für einen Augenblick war ihm, als sitze er dort wieder im vertraulichen Gespräch seinem Gott gegenüber, dem er sich Zeit seines Lebens so nahe gefühlt hatte. Er spürte, wie ihm bei der Erinnerung an Jahwes Berührung eine verstohlene Träne in die Augenwinkel trat.

Ebenfalls in dieser Reihe erschienen:

Ellen Gunderson Traylor
Abraham. Der Wanderer Gottes

Die Geschichte eines Mannes, der es wagt, sich gegen alle religiösen Vorstellungen, Überlieferungen und Sitten seines Volkes zu stellen. Er lässt alle Sicherheiten hinter sich und begibt sich auf den ungewissen Weg eines völligen Neuanfangs. „Er zog aus, ohne zu wissen, wohin er kommen würde." Damit wurde er der Urvater Israels und sein Leben wurde zum Ausgangspunkt der drei großen monotheistischen Weltreligionen Judentum, Christentum und Islam. Sein Vorbild steht bis heute für ungeteilte Hingabe, Mut zum Glauben und eine ganz persönliche, tiefe Beziehung zu Gott.

Paperback, 368 Seiten.
Best. Nr. 567451, ISBN 978-3-932994-51-7

Ellen Gunderson Traylor
Johannes. Der Sohn des Donners

Ein Mann auf der Suche nach Wahrheit, der er schließlich in Gestalt eines noch unbekannten Wanderpredigers aus Nazareth gegenüber steht. Diese Begegnung sollte sein ganzes Leben auf den Kopf stellen. Sie würde ihn einerseits alles kosten, was ihm bis dahin vertraut war, ihm zugleich aber auch eine Dimension des Lebens und des Glaubens eröffnen, von der er nie zu träumen gewagt hätte.
Dies ist die Geschichte eines der Männer, die Jesus Christus aus allernächster Nähe erlebt und über ihn berichtet haben. Die Geschichte des Apostels der Liebe, dessen Evangelium und Briefe bis heute unzähligen Menschen einen innigen und persönlichen Zugang zu Gott eröffnet haben.

Paperback, 336 Seiten.
Best. Nr. 567452, ISBN 978-3-932994-52-4

VIS Medien • Reprint Edition
Postfach 180 119 - 40568 Düsseldorf
verlag@vis-medien.de, www.vis-medien.de